古典詩歌研究彙刊

第二四輯

龔鵬程 主編

第 6 冊

史達祖詠物詞研究（上）

呂 怡 倫 著

國家圖書館出版品預行編目資料

史達祖詠物詞研究（上）／呂怡倫 著 ― 初版 ― 新北市：花
木蘭文化事業有限公司，2018〔民107〕
序4+ 目2+164 面；17×24 公分
（古典詩歌研究彙刊 第二四輯：第6冊）
ISBN 978-986-485-443-1（精裝）
1.（宋）史達祖 2. 宋詞 3. 詞論
820.91   107011318

ISBN-978-986-485-443-1

9 789864 854431

古典詩歌研究彙刊
第二四輯　第 六 冊   ISBN：978-986-485-443-1

史達祖詠物詞研究（上）

作　　者　呂怡倫
主　　編　龔鵬程
總 編 輯　杜潔祥
副總編輯　楊嘉樂
編　　輯　許郁翎、王筑　美術編輯　陳逸婷
出　　版　花木蘭文化事業有限公司
發 行 人　高小娟
聯絡地址　235 新北市中和區中安街七二號十三樓
　　　　　電話：02-2923-1455 ／傳眞：02-2923-1452
網　　址　http://www.huamulan.tw 信箱 hml 810518@gmail.com
印　　刷　普羅文化出版廣告事業
初　　版　2018 年 9 月
全書字數　234023 字
定　　價　第二四輯共 9 冊（精裝）新台幣 15,000 元

史達祖詠物詞研究（上）

呂怡倫 著

作者簡介

呂怡倫，一九八一年生，臺灣苗栗人。國立嘉義大學語文教育學系、國立新竹教育大學語文教學碩士班畢業，現職苗栗縣國小教師，喜歡以古典文學細膩的藝術世界，來滋養生活、豐富教學。

提　　要

　　中國的詩歌重視感物言志的傳統，透過物象來寄寓情志成為作家感受世界和表達感情的基本途徑。詠物之作，便成為古典詩詞的一種重要類型。詞較之詩，更講究透過「索物以託情」的表達方式來達到曲折深隱之致。在宋代的詠物詞作中，無論是寫情體物或是借物抒懷，各見不同的風致。南宋中期詠物詞處於鼎盛時期，名家輩出，創作蔚為大觀，本文選定其中的重要作家「史達祖詠物詞」為研究對象，主要探討史達祖詠物詞的思想內涵、藝術表現、風格、整體評價，以及在詠物詞發展史上的地位與價值，全文共分為七章來探討：

　　第一章「緒論」：分述研究動機與目的、研究方法與步驟、詠物詞的義界、選材原則，以作為本文研究之依據。

　　第二章「詠物詞溯源及其發展」：以推源溯源的方式，回顧詠物詞發展的趨勢，並附帶提出詠物詞不同於詠物詩之處。

　　第三章「史達祖詠物詞之創作背景」：從精神氣候與文化土壤的影響、審美觀念與意趣趨向的改變及作家個人生平遭遇等面向來探討分析，藉此瞭解史達祖詠物詞的創作背景，作為本文論述之基礎。

　　第四章「史達祖詠物詞之內涵析論」：分析、歸納史達祖詠物詞所用的題材，以見史達祖取材偏嗜或側重之情形。次者，再析論史達祖詠物詞的思想內涵，以有無家國情懷之特殊寄託為判準，透過對史達祖詠物詞例的解析說明，分作詠物以見情趣、詠物以寄小我之感、詠物以寄大我之嘆三類。

　　第五章「史達祖詠物詞之藝術表現」：就意象的經營、章法結構的安排、修辭技巧的呈現三方面來探討史達祖詠物詞的表現手法與創作特色。

　　第六章「史達祖詠物詞之風格與評價」：探討史達祖詠物詞所呈現的奇秀清逸、柔媚淒婉、沉鬱悲涼、豪邁縱放四種風格類型，並探討其詠物詞的整體評價以見史達祖之詞史地位與影響。

　　第七章「結論」：總括前六章的研究成果，作一重點整理，以明史達祖詠物詞在中國文學史上的意義與價值。

自 序

　　一直以來，善感的我喜歡在古典文學中找尋安靜的思索空間，在探尋作家心靈世界的同時，我更能聽見自己內心的聲音。

　　第一次接觸宋詞是在高中的時候，我著迷於詞的優美文字，但少年讀書如隙中窺月，瞭解不夠深入，領悟也不夠透澈；進入嘉師語教系之後，這段學習的黃金時期，對於宋詞又有了不同的感悟，然自己似乎不懂得如何更深層的挖掘詞心、詞境。在進入新竹教育大學語文教學碩士班就讀之後，民國九十七年的暑假修習了黃雅莉教授所開設的「詞學專題研究」，老師的學識淵博，以豐富精采的教學內容與滿懷的教學熱誠引領學生探索宋詞的綺麗世界，這些抒寫細膩愁情與柔情的婉約詞，經過老師兼具理性與感性的、細膩的講解分析，可親可感，老師為我們揭示出詞人所創造的深沉動人的藝術世界，每首詞的生命更為飽滿、意義亦更為深刻。每回上完一次的課程，就有更深一層的領會與感動，我欣喜於自己竟能感知那隱藏在字裡行間的心靈幽泣與真摯情感，當夜深人靜之時，反覆研讀這些宋詞，內心的滿足真是難以言喻。

　　記得老師曾在課堂上與我們分享她對王國維《人間詞話》中所寫的「古今之成就大事業大學問者必經之三種境界」的體驗，文中提到：第一境界「昨夜西風凋碧樹，獨上高樓，望盡天涯路」，這是意志力

與正確判斷力考驗的艱苦歷程，我們必須確定前進的目標，才能發揮出潛力；第二境界「衣帶漸寬終不悔，為伊消得人憔悴」，這是承上啟下，決定成功與否的關鍵，為了取得成功，我們要有長期作戰的心理準備與全心投入的執著；第三境界「眾裡尋他千百度，驀然回首，那人卻在燈火闌珊處」，這是前面兩種境界水到渠成的結果，在歷經追求學問千辛萬苦的過程之後，終於能品味到甘甜。這篇文章給予我相當大的啟發，使我燃起了對於研究宋詞的熱情，雖然我預知這會是一條十分艱辛的研究之路，但心中時常迴盪著老師所說的：「熱情是動力，思想是加速器，而你的心就是加油站」，我感到無所畏懼，期許自己能在作學問的過程中，有所成長，能更深入的挖掘我所喜愛的宋詞世界，因此我選擇「史達祖詠物詞研究」作為個人碩士論文的研究方向。

本論文能順利的完成，首先要感謝指導教授黃雅莉老師，老師有一顆柔軟的心，在寫作的過程中，時常給予我鼓勵，增強我的信心，又常在電子郵件中詳細的解析我所不清楚的詞學觀念，給予我修正的意見，每次讀完老師的來信，總有極大的收穫，我的思考更為明晰；而老師非常細心的審閱論文的每一個章節，更讓我體會到她作學問的嚴謹與指導學生的認真，這令我十分的感動，在求學的路上能遇到這麼一位好老師，是我莫大的福氣，對於老師的恩惠，我銘感於心，因此我期許自己無論遇到多少窒礙，都要堅持自己的信念。

此外，我也要感謝簡翠貞、林淑貞兩位教授，她們在百忙之中撥冗審閱我的論文，從論文計畫到完成論文口試的期間，能提供我詳盡而寶貴的意見，使本論文能更趨完善。

我要感謝親愛的家人，疼愛我的父母總是全力支持我的工作與學業，時常傾聽我的心事，媽媽細心燉煮的雞湯溫暖了我的心，而妹妹與弟弟貼心的舉動常讓我忘卻了煩憂，我是一個幸福的女兒，幸福的姊姊。

　　最後，我要感謝摯愛的男友俊凱，這一年多來時常載著我四處奔
波找尋資料。求好心切的我假日常前往國家圖書館，在浩瀚的書海中
仔細的尋找研究資料，總是待到閉館時間已到才願意離開，俊凱一直
耐心的陪在我身邊，幫我找書、影印，陪我翻閱一本本的善本書、看
一捲又一捲的微縮片，在寫論文遇到瓶頸的時候，他溫暖的擁抱及那
句「我相信你可以」的話語化解了我不安的情緒，對於他的付出，我
點滴在心頭。

　　筆者希望自己的研究能爲詠物詞研究貢獻一份微薄的力量，也期
許將來有更多的研究者能踏進這塊領域，共同發掘宋詞之美。礙於學
力與時間，本論文難免有疏漏與不足之處，尚祈諸位先進、專家們不
吝賜教指正。

目

次

第一章 緒 論

第一節 研究緣起

一、研究動機與目的

　　由於中國的詩歌重視感物言志的傳統，創作主體喜歡在物象中發掘美，並將眞實豐富的思想、情意與感動寄託於宇宙萬象之中，袁枚曾云：「夕陽芳草尋常物，解用都爲絕妙詞」〔註1〕，正是說明了大千世界的尋常景物，無一不觸動人們的感懷，當作家們對生活事物有細緻的觀察和深切的藝術感受時，在「觸景生情」、「情景相生」到「情景交融」，便透過詠寫物象而寄寓情志，詠物之作於焉產生。詠物之作，是以物爲吟詠對象的作品，而這物與人往往是關聯在一起，但無論關聯有多深，它總是以「物」爲吟詠的主體。雖然詠物之作是以「物」作爲吟詠對象，但作爲文學作品，作者在表現客觀外物時，總是投入自己的思想情感，所以「抒情」、「言志」常常與對外物的吟詠互相聯繫。如此一來，我們在閱讀、鑑賞詠物作品時，就不僅著眼於作品中對所詠之物的描繪，而且習於探究作品中通過詠物所發抒的思想情感。

〔註1〕清・袁枚〈遣興〉，李靈年、李澤平譯注：《袁枚詩文》（臺北市：錦繡出版事業股份有限公司，1993年），頁180。

　　詠物詞正是詞人以客觀世界的具體事物爲審美對象，並且傾注熱情於其中，大致可分兩大類別：一是寫情體物，一是借物抒懷。在詠物詞作中，詞人喜怒哀樂的深厚情感來自生活中的一觸一發，透過委婉多致、含蓄蘊藉的表達方式，產生幽遠深邃的詞境，因此耐人咀嚼。

　　北宋前期，晏殊開詠物詞創作風氣之先，柳永以長調慢詞，以鋪陳之敘寫，擴充了詞體，然此時詠物詞描寫尚不夠細膩，寄託也不夠深遠。到了北宋後期，蘇軾以清新的字句與縱橫的氣象拓展了詞境，詠物詞漸成風尚。而後經極爲注重藝術技巧、工於雕琢的周邦彥，與堅持專主情致、保留詞體本色的李清照，以及創作題材廣泛，將對於社會以及人生的感慨藉詞句發之的辛棄疾等人進一步發展之後，至南宋中期詠物詞進入了鼎盛時期，亦有極高的成就，此時名家輩出，創作異彩紛呈，正如清人吳衡照《蓮子居詞話》所言：「詠物雖小題，然極難作，貴有不粘不脫之妙，此體南宋諸老尤擅長。」〔註2〕，其所言「南宋諸老」，即指風雅詞家姜夔、吳文英、張炎、史達祖、王沂孫、周密等人，這幾位詞家創作有一個共同特點，擅寫詠物。

　　史達祖，字邦卿，號梅溪，是南宋中葉著名詞人，雖因攀附奸相弄權而遭受後人鄙薄人品，然而道德評價與審美評價畢竟是不同的層次，我們應該認識到，人們的審美活動（包括審美創造活動）與普通的生活活動之間的關係是既有聯繫又有區別的。生活活動是審美活動的基礎，審美活動是生活活動的昇華與超越。生活活動以直接的功利目的爲中心而展開，而審美活動則必須在一定程度上超越直接的功利目的才能展開。作家作爲創作主體，只有在一定程度上擺脫各種實用功利的欲求，以審美的態度去擁抱生活，才能將生活個性提昇爲創作個性，進而才能創造出美的藝術世界來。我們不應以史達祖的人品不高而否定了他的詞作，身爲南宋風雅詞派的重要作家，其文學成就實

〔註2〕清・吳衡照《蓮子居詞話》，唐圭璋編：《詞話叢編（三）》（北京：中華書局，2005年10月），頁2417。

不能忽視，尤其是他的詠物詞。

史達祖的詞作早在南宋就被詞評家所高度關注，如張鎡〈梅溪詞序〉曾稱其詞：

> 辭情俱到，纖綃泉底，去塵眼中，妥帖輕圓，特其餘事……分鑣清眞，平倪方回，而紛紛三變行輩，幾不足比數。〔註3〕

姜夔〈題梅溪詞〉亦讚道：

> 奇秀清逸，有李長吉之韻，蓋能融情景於一家，會句意於兩得也。〔註4〕

陳造在〈竹屋癡語序〉中則認為史達祖的詞作甚至有超越秦觀與周邦彥之處：

> 高竹屋與史梅溪皆周、秦之詞，所作要是不經人道語。其妙處，少游、美成亦未及也。〔註5〕

而張炎除了讚揚史達祖的詞「平易中有句法」〔註6〕之外，還肯定了其句法獨特、警煉清新的特點：

> 中間如秦少游、高竹屋、姜白石、史邦卿、吳夢窗，此數家格調不侔，句法挺異，俱能特立清新之意，刪削靡曼之詞，自成一家，各名於世。〔註7〕

〔註3〕 宋·張鎡〈梅溪詞序〉，金啟華等編：《唐宋詞集序跋匯編》（臺北市·臺灣商務印書館，1993年2月），頁238。

〔註4〕 宋·姜夔〈題梅溪詞〉，金啟華等編：《唐宋詞集序跋匯編》（臺北市·臺灣商務印書館，1993年2月），頁239。

〔註5〕 明·毛晉〈竹屋詞跋〉，金啟華等編：《唐宋詞集序跋匯編》（臺北市：臺灣商務印書館，1993年2月），頁241。

〔註6〕 張炎在論及句法時認為：「詞中句法，要平妥精粹。一曲之中，安能句句高妙，只要拍搭襯副得去，於好發揮筆力處，極要用功，不可輕易放過，讀之使人擊節可也。如東坡楊花詞云……如美成風流子云……如史邦卿春雨云：『臨斷岸、新綠生時，是落紅、帶愁流處。』燈夜云：『自憐詩酒瘦，難應接許多春色。』……此皆平易中有句法。」見宋·張炎《詞源》，唐圭璋編：《詞話叢編（一）》（北京：中華書局，2005年10月），頁258。

〔註7〕 宋·張炎《詞源》，唐圭璋編：《詞話叢編（一）》（北京：中華書局，2005年10月），頁255。

上述諸家對史達祖的稱譽體現出其詞在南宋時已廣爲人知，而高觀國、吳文英、周密等人都曾步《梅溪詞》原韻作詞。

到了元、明詞壇，雖然詞已衰頹，但當時詞風也深受梅溪詞風影響，明人顧起綸曾言：

> 元季樂府之盛，慨又不出史邦卿蹊徑耳。〔註8〕

到了清代，史達祖以清新的風格與高超的藝術技巧而成爲當時具影響力的詞人之一。清初浙西詞派風靡詞壇且影響最大，其開創者朱彝尊曾說過：「吾最愛姜、史。」〔註9〕，對此謝章鋌指出了朱彝尊推崇姜史，在詞壇掀起了一股步循典雅詞風的風潮：

> 至朱竹垞以姜、史爲的，自李武曾以逮屬樊榭，羣然
> 和之，當其時亦無人不南宋。〔註10〕

彭孫遹在其所著的《金粟詞話》中對史達祖更是極爲推崇：

> 南宋詞人，如白石、梅溪、竹屋、夢窗、竹山諸家之
> 中，當以史邦卿爲第一。〔註11〕

而由汪世儁〈國朝詞綜偶評〉序所述：

> 姜史以清超擅勝，人能習頌，家有其書。〔註12〕

可見當時民間流傳史詞的盛況。

史達祖的詠物詞在南宋詞壇享有盛名，詠物名篇〈綺羅香〉、〈雙雙燕〉、〈東風第一枝〉三首在歷代詞選集中屢次入選。中國古代大多數的文學作品經由選本可以被讀者所熟悉、接受，選本除了具有保存文本的功用之外，還是重要的傳播媒介，能增加文本的知名度；

〔註8〕 明·顧起綸《花庵詞選跋》，《詞苑英華》本，引自孫克強編《唐宋人詞話》（鄭州：河南文藝出版社，1999年8月），頁711。

〔註9〕 清·謝章鋌《賭棋山莊詞話》，唐圭璋編：《詞話叢編（四）》（北京：中華書局，2005年10月），頁3501。

〔註10〕 清·謝章鋌《賭棋山莊詞話》，唐圭璋編：《詞話叢編（四）》（北京：中華書局，2005年10月），頁3530。

〔註11〕 清·彭孫遹《金粟詞話》，唐圭璋編：《詞話叢編（一）》（北京：中華書局，2005年10月），頁722。

〔註12〕 轉引自王步高著：《梅溪詞校注》（天津：天津人民出版社，1994年10月），頁439。

此外，選本代表了選家的審美理想，也代表了當時時代的審美風尚，因此從選本可看出文本受到當代或後世讀者所肯定的情形。筆者選取了宋、明、清、民國以來具有代表性的詞選集二十六種，其中宋代選本四種，明代選本三種，清代選本十種，民國選本九種，藉以觀察歷代詞選集選入史達祖詠物詞的情形。下表為二十六種歷代詞選集選入史氏詞總數、史氏詠物詞的數量，及選入詠物詞所佔選入史氏詞總數比率：〔註13〕

朝代	詞選集	選入史氏詞總數	選入史氏詠物詞數量	選入詠物詞所佔選入史氏詞總數比率
宋代	《草堂詩餘》〔註14〕	2 首	2 首	100%
	《陽春白雪》〔註15〕	17 首	3 首	17.6%
	《中興以來絕妙詞選》〔註16〕	17 首	6 首	35.3%
	《絕妙好詞箋》〔註17〕	10 首	3 首	30%
明代	《古今詞統》〔註18〕	27 首	5 首	18.5%
	《古今詩餘醉》〔註19〕	8 首	4 首	50%
	《花草粹編》〔註20〕	49 首	12 首	24.5%
清代	《歷代詩餘》〔註21〕	88 首	20 首	22.7%

〔註13〕關於歷代詞選集選入史達祖哪些詠物詞，詳細表格見本論文附錄一。
〔註14〕宋‧不著輯人、明‧楊慎批點：《草堂詩餘》，收入《叢書集成續編‧第205冊》（臺北市：新文豐出版公司，1989年）。
〔註15〕宋‧趙聞禮編：《陽春白雪》（臺北縣：藝文書局，1966年）。
〔註16〕宋‧黃昇輯：《中興以來絕妙詞選》（北京：北京圖書出版社，2004年10月）。
〔註17〕宋‧周密編、清‧查為仁、厲鶚箋：《絕妙好詞箋》（臺北市：世界書局，1956年2月）。
〔註18〕明‧卓人月編：《古今詞統》（明崇禎間刊本，1628年）。
〔註19〕明‧潘游龍編：《古今詩餘醉》（明崇禎丁丑海陽胡氏十竹齋刊本，1637年）。
〔註20〕明‧陳耀文輯：《花草粹編》（明萬曆癸未刊本，1583年）。
〔註21〕清‧沈辰垣編：《歷代詩餘》（清文淵閣四庫全書本，2008年）。

朝代	詞選集	選入史氏詞總數	選入史氏詠物詞數量	選入詠物詞所佔選入史氏詞總數比率
	《宋七家詞選》〔註22〕	42首	7首	16.7%
	《詞林紀事》〔註23〕	10首	3首	30%
	《詞潔》〔註24〕	23首	3首	13%
	《詞選/續詞選》〔註25〕	4首	3首	75%
	《詞綜》〔註26〕	25首	6首	24%
	《宋四家詞選箋》〔註27〕	3首	1首	33.3%
	《歷朝名人詞選》〔註28〕	6首	4首	66.7%
	《宋詞三百首箋注》〔註29〕	9首	3首	33.3%
	《古今詞選》〔註30〕	10首	5首	50%
民國	《胡適選註的詞選》〔註31〕	7首	1首	14.3%
	《宋詞舉》〔註32〕	3首	1首	33.3%

〔註22〕 清·戈載輯、清·杜文瀾校注:《宋七家詞選》(臺北市:河洛圖書出版社,1978年5月)。

〔註23〕 清·張宗橚輯、楊家駱主編:《詞林紀事》(臺北縣:鼎文書局,1971年3月)

〔註24〕 清·先著、清·程洪輯:《詞潔》(保定:河北大學出版社,2007年9月)。

〔註25〕 清·張惠言錄、清·董子遠續錄:《詞選/續詞選》(臺北市:廣文書局有限公司,1970年1月)。

〔註26〕 清·朱彝尊纂:《詞綜》(鄭州:中州古籍出版社,1990年11月)。

〔註27〕 清·周濟輯、鄺利安箋注:《宋四家詞選箋》(臺北市:臺灣中華書局,1971年1月)。

〔註28〕 清·夏秉衡撰:《歷朝名人詞選》(臺北市:西南書局有限公司,1973年3月)。

〔註29〕 清·朱祖謀選輯、唐圭璋箋注:《宋詞三百首箋注》(臺北縣:漢京文化事業有限公司,1983年6月)。

〔註30〕 清·沈時棟選:《古今詞選》(臺北市:臺灣東方書店,1956年5月)。

〔註31〕 胡適著:《胡適選註的詞選》(臺北市:遠流出版事業股份有限公司,1986年5月)。

〔註32〕 陳匪石編著:《宋詞舉》(臺北市:正中書局,1983年1月)。

朝代	詞選集	選入史氏詞總數	選入史氏詠物詞數量	選入詠物詞所佔選入史氏詞總數比率
	《唐宋名家詞選》〔註33〕	7首	2首	28.6%
	《唐五代兩宋詞選釋》〔註34〕	30首	5首	16.7%
	《宋詞選》〔註35〕	2首	2首	100%
	《唐宋詞選》〔註36〕	2首	2首	100%
	《唐宋詞選註》〔註37〕	9首	3首	33.3%
	《歷代詞選注》〔註38〕	4首	2首	50%
	《唐宋詞簡釋》〔註39〕	4首	2首	50%

　　自宋代開始，明代、清代至民國，都有選本選入史氏的詠物詞，可見史氏的作品有其重要性，能受到歷代選家的青睞。而史氏各首詠物詞入選二十六種歷代詞選集的次數見下表：

詞　　調	入選次數
1.綺羅香（做冷欺花）	23次
2.雙雙燕（過春社了）	25次
3.海棠春令（似紅如白含芳意）	1次
4.東風第一枝（巧沁蘭心）	16次
5.玉樓春（玉容寂寞誰為主）	4次

〔註33〕龍沐勛編選、卓清芬注說：《唐宋名家詞選》（臺北市：里仁書局，2007年10月）。

〔註34〕俞陛雲撰：《唐五代兩宋詞選釋》（臺北市：文史哲出版社，1988年7月）。

〔註35〕胡雲翼選注：《宋詞選》（香港：中華書局，1986年3月）。

〔註36〕夏承燾、盛弢青選注：《唐宋詞選》（北京：中國青年出版社，1962年6月）。

〔註37〕張夢機、張子良編著：《唐宋詞選註》（臺北市：華正書局，2000年10月）。

〔註38〕閔宗述、劉紀華、耿湘沅選注：《歷代詞選注》（臺北市：里仁書局，2004年9月）。

〔註39〕唐圭璋選釋：《唐宋詞簡釋》（臺北市：木鐸出版社，1982年3月）。

詞　　調	入選次數
6.祝英台近（縮流蘇）	1 次
7.西江月（三十六宮月冷）	0 次
8.桃源憶故人（明霞烘透春機杼）	1 次
9.菩薩蠻（唐昌觀里東風軟）	1 次
10.菩薩蠻（廣寒夜搗玄霜細）	0 次
11.夜合花（冷截龍腰）	2 次
12.留春令（秀肌豐靨）	0 次
13.留春令（故人溪上）	1 次
14.瑞鶴仙（館娃春睡起）	4 次
15.蘭陵王（漢江側）	1 次
16.風入松（素馨枬蕚太寒生）	1 次
17.隔浦蓮（洛神一醉未醒）	1 次
18.齊天樂（秋風早入潘郎鬢）	5 次
19.齊天樂（犀紋隱隱鶯黃嫩）	4 次
20.月當廳（白璧舊帶秦城夢）	3 次
21.滿江紅（萬水歸陰）	1 次
22.惜奴嬌（相剝酥痕）	2 次
23.龍吟曲（夢回虛白初生）	2 次
24.龍吟曲（夜寒幽夢飛來）	2 次
25.換巢鸞鳳（人若梅嬌）	8 次
26.醉公子（神仙無膏澤）	1 次

筆者發現在二十六種選本當中，有二十五種選本選入〈雙雙燕〉（過春社了），二十三種選本選入〈綺羅香〉（做冷欺花），十六種選本選入〈東風第一枝〉（巧沁蘭心），此三首詞是史達祖二十六首詠物詞中入選歷代詞選集中次數最多的前三名；將〈雙雙燕〉、〈綺羅香〉、〈東風第一枝〉三首詞都選入的選本就超過一半，有十五種選本，如：宋趙文禮編的《陽春白雪》、宋黃昇編的《中興以來絕妙詞選》、宋周密編的《絕妙好詞箋》、明卓人月編的《古今詞統》、明潘游龍編的《古

今詩餘醉》、明陳耀文編的《花草粹編》、清沈長垣編的《歷代詩餘》、清張宗橚輯的《詞林紀事》、清程洪輯的《詞潔》、清張惠言錄、董子遠續錄的《詞選/續詞選》、清朱彝尊纂的《詞綜》、清朱祖謀選輯的《宋詞三百首箋注》、清沈時棟選的《古今詞選》、民國俞陛雲撰的《唐五代兩宋詞選釋》、民國張夢機編的《唐宋詞選註》，可見此三首詠物詞尤受到歷代選家、讀者所喜愛、重視。

〈雙雙燕〉、〈綺羅香〉、〈東風第一枝〉更被張炎《詞源》視為詠物詞的典範，並加以推崇：

> 詩難於詠物，詞為尤難。體認稍真，則拘而不暢，模寫差遠，則晦而不明。要須收縱聯密，用事合題。一段意思，全在結句，斯為絕妙。如史邦卿〈東風第一枝〉詠春雪云……〈綺羅香〉詠春雨云……〈雙雙燕〉詠燕云……〔註40〕

足見史達祖的詠物之作在詞史上的地位。

又如清末王國維的《人間詞話》云：

> 詠物之詞，自以東坡〈水龍吟〉為最工，邦卿〈雙雙燕〉次之。〔註41〕

可見史達祖刻畫精工的詠物詞獲得極高的評價。

雖然史達祖在詞史上佔有一席之地，但其詞作卻很少受到關注，目前學界尚無聚焦於史達祖詠物詞而進行全面探究的學位論文與專書，〔註42〕本文以史達祖詠物詞為研究範疇，希望透過對史達祖詠物

〔註40〕宋・張炎《詞源》，唐圭璋編：《詞話叢編（一）》（北京：中華書局，2005 年 10 月），頁 261。

〔註41〕清・王國維《人間詞話》，唐圭璋編：《詞話叢編（五）》（北京：中華書局，2005 年 10 月），頁 4248。

〔註42〕目前學界關於史達祖詠物詞的探析在學位論文、單篇論文與專書中僅有部分章節論及，或屬於泛論性質：學位論文方面如賴茗惠的《史達祖梅溪詞研究》（國立彰化師範大學國文研究所國語文教學碩士班碩士論文，2006 年 7 月）、陳彩玲的《南宋遺民詠物詞研究》（國立政治大學中國文學研究所碩士論文，1985 年）、胡靜的《史達祖詞之研究》（山東師範大學碩士論文，2005 年 4 月）、陳賢的《論史達

詞作全面、深入的探析，以釐清以下問題：

一、了解詠物詞發展的趨勢。

二、了解詠物詞不同於詠物詩之處。

三、了解史達祖詠物詞的創作背景。

四、了解史達祖詠物詞慣常表現的題材與思想內涵為何。

五、了解史達祖詠物詞有何習見的表現手法。

祖其人其詞》（曲阜師範大學碩士論文，2007 年 4 月）；單篇論文方
面如徐信義的〈詠物詞的聲色——談詠物詞的表現方式〉（《中國學
術年刊》，1990 年 3 月第 11 期，頁 159～176）、張麗華的〈異曲同
工各臻佳境——史達祖與王沂孫的詠物詞之比較〉（《語文學刊》，
2008 年第 1 期，頁 52～54）、張敬的〈南宋詞家詠物論述〉（《東吳
文史學報》，1977 年 3 月第 2 期，頁 34～53）、龍建國的〈史達祖詞
的創作分期與藝術風貌〉（《文學遺產》，1995 年第 6 期，頁 54～63）、
黃正紅的〈論史梅溪之句法〉（《宿州教育學院學報》，2008 年 4 月
第 11 卷第 2 期，頁 85～87）、萬靜的〈論梅溪詠物詞與清真、白石
詠物詞的關係〉（《鄭州大學學報（哲學社會科學版）》，2007 年 5 月
第 40 卷第 3 期，頁 137～140）、張帆的〈論梅溪詞的沉鬱風格〉（《成
都師專學報（文科版）》，1997 年第 2 期，頁 38～42）、路成文的〈梅
溪詠物詞論〉（《湖北大學學報（哲學社會科學版）》，2005 年 3 月第
32 卷第 2 期，頁 183～187）、段春楊的〈梅溪詞反襯手法的成功運
用〉（《長春工程學院學報（社會科學版）》，2006 年第 7 卷第 1 期，
頁 67～68）、房日晰的〈談史達祖詞中的對偶〉（《陝西師範大學繼
續教育學報（西安）》，2006 年 3 月第 23 卷第 1 期，頁 67～68）、劉
薇的〈奇秀清逸：梅溪詞的主體風格〉（《安慶師範學院學報（社會
科學版）》，2006 年 7 月第 25 卷第 4 期，頁 74～78）、李艾國的〈史
達祖詞情感分析〉（《揚州教育學院學報》，2007 年 6 月第 25 卷第 2
期，頁 29～33）、譚新紅的〈史達祖接受史初探〉（《中國韻文學刊》，
2000 年第 2 期，頁 57～61）等；專書方面則如路成文的《宋代詠物
詞史論》（北京：商務印書館，2005 年 12 月，頁 194～213）、繆鉞
葉嘉瑩的《靈谿詞說》（臺北市：正中書局，1993 年 8 月，頁 467
～476）、薛礪若的《宋詞通論》（臺北市：臺灣開明書店，1982 年 4
月，頁 273～278）、劉揚忠的《唐宋詞流派史》（北京：中國社會科
學出版社，2007 年 4 月，頁 406～412）、陶爾夫劉敬圻的《南宋詞
史》（哈爾濱市：黑龍江人民出版社，1992 年 12 月，頁 303～323）、
史仲文的《兩宋詞史》（北京：中國社會出版社，2005 年 7 月，頁
278～282）、陳如江的《唐宋五十名家詞論》（上海：華東師範大學
出版社，1992 年 7 月，頁 189～194）等。

六、了解史達祖詠物詞的整體風貌與特色。

七、了解史達祖詠物詞的文學成就與藝術價值。

八、了解史達祖詠物詞在詞史上的地位。

二、研究方法與步驟

本論文以「史達祖詠物詞研究」為論題，主要著眼於史達祖詠物詞的思想內涵、藝術風貌、特色、整體評價，以及史達祖詠物詞在詠物詞發展史上的意義來探討。茲將所採用的研究方法與步驟略述如下：

首先，從基本材料之了解著手，分述研究動機與目的、研究方法與步驟、詠物詞的義界、選材原則，以作為本論文研究之依據。

其次，先對詠物傳統作溯源，回顧詠物詞發展的趨勢，並附帶提出詠物詞不同於詠物詩之處。

再其次，以傳記研究法之「知人」、「論世」的角度來看作者創作動機，作者的創作實與其所處的時代環境、個人身世遭遇、文學自身發展趨勢有密切的關係。因此從社會環境、文壇風氣、文學本身的發展及作家個人生平遭遇等面向，來探討分析史達祖詠物詞的創作背景，作為本文論述之基礎。

又其次，經由分析法、歸納法評論史達祖詠物詞所用的題材，以見史達祖取材偏嗜或側重之情形。次者，再從史達祖詠物詞題材分析其思想內涵，以有無寄託為判斷標準，分作詠物以見情趣、詠物以寄小我之感、詠物以寄大我之嘆三類，並舉史達祖詠物詞例，加以解析說明。

復次，就意象的經營、章法結構的安排、修辭技巧的呈現三方面來歸納分析史達祖詠物詞的藝術表現手法與寫作特色。

再者，剖析史達祖詠物詞的風格，並探討其整體評價以見史達祖之詞史地位與影響。

最後，總括各章節的研究成果，作一重點整理，以明史達祖詠物詞在中國文學史上的意義與價值。

第二節　研究範圍

一、詠物詞的義界

　　關於「物」，《說文解字》曰：「物，萬物也，牛為大物，天地之數起於牽牛，故從牛，物聲。」〔註43〕，王國維則認為：「古者謂雜帛為物，蓋由物本雜色牛之名，後推之以名雜帛。……由雜色牛之名，因之以名雜帛，更因以名萬有不齊之庶物，斯文字引申之通例矣。」〔註44〕，由此兩種對於物的解釋來看，可知「物」的範圍是廣泛複雜的。人們可以從現實生活中或自然界的物象獲得靈感和啟發，因此「物」與文學創作的關係密不可分。

　　中國的文論家特別關注「物」與文學創作之間的關係，如：

　　　　人心之動，物使之然也。（《禮記・樂記》）〔註45〕

　　　　氣之動物，物之感人，故搖蕩性情，形諸舞詠。……若乃春風春鳥，秋月秋蟬，夏雲暑雨，冬月祁寒，斯四候之感諸詩者也。（鍾嶸《詩品・序》）〔註46〕

　　　　遵四時以歎逝，瞻萬物而思紛；悲落葉於勁秋，喜柔條於芳春。（陸機《文賦》）〔註47〕

人心之所以動的原因是「物」的感發，而這些「物」是屬於自然界的物象，隨著四季的變遷會有不同的風貌：春天柔嫩的柳條隨著送暖的春風舞動，芳草展葉吐翠，林間鳥語，展現的是飽含生命力的清新氣息；夏天的雨敲打出節奏鮮明的音韻，陣雨過後，天光嵐影，清晰醒

〔註43〕漢・許慎撰、清・段玉裁注：《說文解字注》（臺北市：天工書局，1998 年 8 月），頁 53。

〔註44〕王國維撰：《觀堂集林（上冊）》，收於《讀書箚記叢刊第一集（第六冊）》（臺北市：世界書局，1964 年 9 月），卷六，頁 287。

〔註45〕賈傳棠編輯：《十三經》（鄭州市：中州古籍出版社，1992 年 12 月），頁 131。

〔註46〕王叔岷撰：《鍾嶸詩品箋證稿》（臺北市：中央研究院中國文哲研究所，1992 年 3 月），頁 47、76。

〔註47〕晉・陸機撰、張少康集釋：《文賦集釋》（臺北縣：漢京文化事業有限公司，1987 年 2 月），頁 14。

月，清麗而秀美；蕭瑟的寒秋，飄零的落葉，淒清的氣氛愈增其秋色之深；嚴冬大雪鋪野，晶瑩皎潔，輕瀉而下的清輝月光與千姿百態的梅樹構成靜謐的景致。四季的物象如此鮮明，人是自然界中的一份子，因此能深切體悟到節令推移中自然界物象的遞嬗與變化所帶來的感動，創作時，這份心靈的感動是極為重要的，詩人需要透過深刻觀察外在的自然景物，來喚起自身不同的情緒，並藉由具體的文字來掌握、捕捉朦朧且瞬息萬變的情感。

又如劉勰《文心雕龍》：

> 人稟七情，應物斯感，感物吟志，莫非自然。(〈明詩〉)
> [註 48]

> 春秋代序，陰陽慘舒，物色之動，心亦搖焉……歲有其物，物有其容，情以物遷，辭以情發，一葉且或迎意，蟲聲有足引心。況清風與明月同夜，白日與春林共朝哉！
> (〈物色〉) [註 49]

> 是以詩人感物，聯類不窮。流連萬象之際，沉吟視聽之區；寫氣圖貌，既隨物以宛轉；屬采附聲，亦與心而徘徊。……吟詠所發，志惟深遠；體物為妙，功在密附。故巧言切狀，如印之印泥。不加雕削，而曲寫毫芥；故能瞻言而見貌，即字而知時也。(〈物色〉) [註 50]

劉勰指出了「感物吟志」為文學創作的源頭，而「物」的物理、物情與人的情感、生命活動可能有相通之處，因此產生了感發人心、引起聯想之作用，詩人便會通過「物」來傳達自我的情緒或意念，進而創作出借物寫志、表達深遠情意的作品。

在中國的詩學體系中強調，情感的產生並非就是詩，詩興的產生

〔註 48〕 梁‧劉勰著：《文心雕龍‧明詩》，參見周振甫注：《文心雕龍注釋》（臺北市：里仁書局，1994 年 7 月），頁 67。

〔註 49〕 梁‧劉勰著：《文心雕龍‧物色》，參見周振甫注：《文心雕龍注釋》（臺北市：里仁書局，1994 年 7 月），頁 709。

〔註 50〕 梁‧劉勰著《文心雕龍‧物色》，參見周振甫注：《文心雕龍注釋》（臺北市：里仁書局，1994 年 7 月），頁 709～710。

還必須通過物的「引發」。物能「引發」詩人內在的哀心或怒心，從而使詩人產生感情。這裡的心與物的關係是一種引發與被引發，它強調的是外物給予主觀情緒的感發作用。詠物之作最初的心理根源就來自於物象界的某種本能與人類某種感情相似，這種物象本能便往往能觸發人的類似的感情。正如錢鑻《詳註分類歷代詠物詩選‧原序》表示：

> 詩能體物，每以物而興懷。物可引詩，亦因詩而覿態。
> 〔註51〕

由以上各家說法可知，外界的物象具有感染力，可以撼動人的心靈，使人有所感觸，進而成為創作詩歌的動力。

俞琰的《歷代詠物詩選‧序》曾寫道：

> 凡詩之作，所以言志也，志之動由於物也，感於物而動故形於言，言不足故發為詩，詩也者，發於志而實感於物者也。詩感於物，而其體物者不可以不工，狀物者不可以不切，於是有詠物一體，以窮物之情，盡物之態，而詩學之要，莫先於詠物矣。古之詠物者，其見於經則灼灼寫桃華之鮮，依依極楊柳之貌，杲杲為出日之容，瀌瀌擬雨雪之狀，此詠物之祖也，而其體猶未全。至六朝而始以一物命題，唐人繼之，著作益工。兩宋元明承之，篇什愈廣。故詠物一體，三百導其源，六朝備其製，唐人擅其美，兩宋元明沿其傳。〔註52〕

俞琰在此段文字中說明了「心」、「物」相感為引發創作的重要因素，並闡述詠物詩的源流、內涵以及特性。首先，因為「詩感於物」而有「詠物一體」，「體物」、「狀物」便成了詩歌組成的要素，在創作的要旨上，由於詩人對於「物」的呈現要求「窮物之情，盡物之態」，這就產生了詠物詩。而俞琰將《詩經》視為詠物之祖的觀點與清《佩文

〔註51〕清‧俞琰輯、易緝雲、孫奮揚合註：《詳註分類歷代詠物詩選》（臺北市：廣文書局有限公司，1968年1月），頁3。

〔註52〕清‧俞琰輯、易緝雲、孫奮揚合註：《詳註分類歷代詠物詩選》（臺北市：廣文書局有限公司，1968年1月），頁4。

齋詠物詩選・序》所言：「詩之詠物，自三百篇而已然矣」〔註53〕是一致的。但是，《詩經》中的詩作並不能視爲專門的詠物詩，因爲其中出現的對鳥獸蟲魚、植物的描寫，往往只是佔其中的一小部分，其作用是在於借物起興以引出正文，而即使是以一物爲描摹對象的詩篇，如〈豳風・鴟鴞〉、〈魯頌・駉〉等作品，雖已接近詠物詩，但在體制和藝術表現上還不算是成熟的詠物之作，且詩歌的主旨並不在這些「物」身上，是以情意爲主體。不過《詩經》從動植物、器物取材以描寫，且已經與人的情感活動有所聯繫的特點，爲後來的詠物詩所承襲。

「詠物」一詞很早就出現於古代典籍中，《國語・楚語上》記載楚莊王希望士亹能作太子箴的師傅，士亹便向申叔時請教教育太子的方式，申叔時說：「若是而不從，動而不悛，則文詠物以行之，求賢良以翼之」〔註54〕，韋昭注曰：「文，文辭也。詠，風也。謂以文辭風託事物以動行之。」韋昭以含有諷諫之意的「風」來詮釋詠物的「詠」，此與詠的本義不同。《說文解字》中將「詠」釋爲「歌」，因此「文詠物以行之」指的就是以文辭歌詠事物從而達到勸諷的目的，在此「詠物」是一種藉他物以感動、啓發人的勸諷方式，尙不具有文學體類的意義。

至於以「詠物」來指稱文學體類，始見於南朝梁鍾嶸《詩品・下品》品「許瑤之」條下云：「許長於短句詠物」〔註55〕，而《玉臺新詠》錄有許瑤之的〈詠柟榴枕〉：「端木生河側，因病遂成妍，朝將雲髻別，夜與娥眉連。」〔註56〕此詩以物爲吟詠的主體，大概就是鍾嶸所言的「短句詠物」。此外，梁蕭統《昭明文選序》有：「若

〔註53〕清・康熙御定、清・張玉書等編錄：《佩文齋詠物詩選》（臺北市：廣文書局有限公司，1988 年 11 月），頁 4。
〔註54〕易中天注譯：《新譯國語讀本》（臺北市：三民書局股份有限公司，2004 年 5 月），頁 424。
〔註55〕王叔岷撰：《鍾嶸詩品箋證稿》（臺北市：中央研究院中國文哲研究所，1992 年 3 月），頁 381。
〔註56〕陳・徐陵編、清・吳兆宜注：《玉臺新詠箋注》（臺北市：明文書局，1988 年 7 月），卷 10，頁 475。

乃紀一事，詠一物，風雲草木之興，魚蟲禽獸之流，推而廣之，不可勝載矣。」〔註57〕之句，則涉及了此時期的詠物賦，同樣亦具有文學體類的意義。

到了六朝之後，詠物詩開始蓬勃發展，最早以「詠物」名集者爲元謝宗可的《詠物詩》，明人瞿佑見此詩集「愛之，因效其體，亦擬百篇，其已詠者，不重出也」〔註58〕而成另一卷《詠物詩》。

清代詠物詩、詠物詞匯集、整理之成果最爲豐碩：康熙年間張玉書等奉敕編《佩文齋詠物詩選》，雍正年間俞琰編有《歷代詠物詩選》；詠物詞方面則有樊增祥的《詠物詞》、曹貞吉的《詠物十詞》。從清代所編的詠物詩選集來看，可以知道當時的人對於「詠物」的概念是屬於廣義的，並沒有明確的界定出「詠物」的範疇，且由收錄的內容可見景、物同收或是事、物不分的現象，例如《佩文齋詠物詩選》收錄了古初至明代凡四百八十六類，旨在「與天下學文之士共之，將使之由名物度數之中，求合乎溫柔敦厚之指，充詩之量如卜商氏之所言，而不負古聖諄復詁訓之心，其於詩教有裨益」〔註59〕，因此所選並非全是詠物之體，如康熙序云：「蓋蒐采既多，義類咸備，又不僅如向者所云，蟲魚鳥獸草木之屬而已也，若天經、地志、人事之可以物名者，罔弗列焉。」〔註60〕，甚至將帥的行陣、仙釋的遊蹤也納入其中，可見此書中詠物的疆界蕪雜不清。

其後俞琰的《歷代詠物詩選・凡例》提出「歲時，非物也」，可見抽象的時間不是具體之物，不宜列入詠物範疇，但由於此詩集是遵循《佩文齋詠物詩選》之例，仍是把歲時類的詩編入；此外，俞琰則

〔註57〕梁・昭明太子撰、唐・李善注：《昭明文選》（臺北市：文化圖書公司，1977年10月），頁1。

〔註58〕明・瞿佑撰：《詠物詩》，收入《叢書集成續編・第169冊》（臺北市：新文豐出版公司，1988年），頁197。

〔註59〕清・康熙御定、清・張玉書等編錄：《佩文齋詠物詩選》（臺北市：廣文書局有限公司，1988年11月），頁8～9。

〔註60〕清・康熙御定、清・張玉書等編錄：《佩文齋詠物詩選》（臺北市：廣文書局有限公司，1988年11月），頁8。

初步提到詠物詩的界限，即必須以「一物命題」，然而對於「詠物」之「物」的範疇依然沒有更進一步的限定。

　　然而詠物文學並非是毫無限制的吟詠一切事物，如此一來會忽略了其特有的藝術內涵，由古至今，詠物之「物」的概念已漸趨狹隘，範圍也有所聚焦。今人洪順隆在〈六朝詠物詩研究〉一文中釐清了詠物詩的界限：

　　　　我們以爲一篇之中，主旨在吟詠物的個體（包括自然界和人造的）的，也即作者因感於物，而力求工切地「體物」、「狀物」，以「窮物之情」、「盡物之態」，且出之以詩體的，才是詠物詩。〔註61〕

洪氏已點出吟詠的對象爲自然界和人造之物，其「作者因感於物，而力求工切地『體物』、『狀物』，以『窮物之情』、『盡物之態』」的說法，明顯是受到俞琰《歷代詠物詩選・序》的影響。

　　而顏崑陽的〈從傳統再踏出一步〉一文，說明了狹義的詠物義界：

　　　　若狹義的詠物詩，則全詩以物爲主體、爲命題，而融入詩人的情意，故通篇都不離其物。……今天所謂詠物詩，多從狹義，指以物命題的詩篇。〔註62〕

此番闡釋已經更清楚的指出詠物詩的範疇，也就是應通篇不離其物，並融入詩人的情志。

　　「詠物」二字，顧名思義，是以物爲吟詠對象的作品，這個「物」的含義究竟是什麼呢？從中國傳統詩論中的「物感說」來看，它可以說是除了人以外的客觀現實都是物。但專以表現山水、田園風光的詩作又不能稱爲「詠物詩」，而是「山水詩」、「田園詩」，作者親臨古蹟現場，由景物興發對古人古事的感慨懷想，稱之爲「懷古詩」，由作者在閱讀史書的知識基礎上，而歌詠議論古人古事，稱之爲「詠史詩」，專以描寫節令風情的詩，就稱爲「節令詩」，因爲那已是約定俗

〔註61〕洪順隆撰：《六朝詩論》（臺北市：文津出版社，1985年3月），頁7。
〔註62〕顏崑陽〈從傳統再踏出一步〉，收錄於陳啓佑著：《花落又關情》（臺北市：新自然主義股份有限公司，2000年5月），頁8～9。

成、自成詩中的一類了，所以，向來被認為詠物詩的作品，所吟詠的物，主要是指植物、動物、器具和某種自然風物，如風與雲等。

馬寶蓮在《兩宋詠物詞研究》中，融合了洪順隆、顏崑陽之說，為詠物詞作出明晰的義界：

> 以物為吟詠、命意之主體，通篇不離其物，作主觀或客觀之抒寫，出之以詞體者謂之。

> 析言之即：

> 1. 采物之狹義概念－即除人以外，凡人為或自然界中可見、可識之有體、無體物；不問其為固體、液體、氣體，能佔一定空間者謂之。

> 2. 詞之主體為個體之物，非由眾物組合之山水、景致者。即以物命題。

> 3. 通篇不離其物，側重點之刻劃、力求客觀之「體物」、「狀物」以盡物情、物性，或能於詞中融入詞家主觀情、志者。〔註63〕

從馬氏析言的第一點來看，所謂狹義的「物」是將人排除，取自然物象或人工器物言之。然而張炎《詞源》的詠物條中列舉了南宋詞人劉過的詠美人指甲、小腳之類的詠人身或人體器官詞，此類作品通常蘊含了作者的情思，因此若能將人體的某部位作為描摹、刻劃的主體，並能展現物趣與物情、物性的層面，亦可視為詠物詞。

而楊宿珍的〈觀物思想的具現——詠物詞〉一文，則從文學表現形態的角度來解釋「詠物」，更釐清了詠物的本質：

> 所謂詠物，不論是體物、狀物或藉物抒懷，都必須充分表達物性——物的內在、外在特質。〔註64〕

綜上所述，筆者認為所謂「詠物詞」，簡而言之可界定為：整首

〔註63〕馬寶蓮：《兩宋詠物詞研究》（師大國研所72碩論），《國立臺灣師範大學國文研究所集刊》，第28號，1984年6月，頁3。

〔註64〕蔡英俊編：《意象的流變》（臺北市：聯經出版事業公司，1983年4月），頁388。

詞以具體的「物」〔註65〕爲吟詠的主體，或單純描摹物的內在特質、外在形象與特徵，或藉物抒懷，寄託作者主觀的、深層的情志，無論是否以物爲命題，均可視爲詠物詞。

二、選材原則

　　本論文所引用的梅溪詞，乃依據王步高所著，天津人民出版社於1994年10月出版的《梅溪詞校注》一書，包括題目、文字，皆以此書爲主。賴茗惠曾將《梅溪詞》的詞作加以分類，分爲三大類型，第一種類型爲「兒女情懷」，共有五十七首，其中包含了四十一首的「情愛相思」之作、十六首的「悼亡傷逝」之作；第二種類型爲「詠物酬唱」，共有三十三首，其中包含了二十三首的「詠物」之作、十首的「酬唱」之作；第三種類型爲「述懷寄慨」之作，共有二十二首，其中包含了十首的「身世抒感」、九首的「節序詠懷」、三首的「時事寄慨」，由此分類可知，史氏的情愛相思之作數量最多，其次是詠物之作。〔註66〕然筆者所選的詠物詞與賴茗惠有些許出入，〔註67〕在一百一十二首的梅溪詞作中，本論文所要研究的詠物詞選材原則爲：

　　（一）依據本章第二節所定的詠物詞義界爲原則選材。

　　（二）依據詞調名下所附題目爲原則選材。亦即以物爲命題者，皆予選列。

〔註65〕本論文所採「物」的概念大致依循馬寶蓮的説法，惟放寬「除人以外」的限制，只要吟詠内涵、藝術手法符合馬氏所言第二、三點，詠人體器官、人身詞亦可視爲詠物詞。

〔註66〕參見賴茗惠：《史達祖梅溪詞研究》（彰化：國立彰化師範大學國文研究所國語文教學碩士班碩士論文，2006年7月），頁23～24。

〔註67〕筆者認爲賴茗惠所分類的詠物詞中，〈菩薩蠻〉（梨花不礙東城月）詞中寫的是夜景，〈浣溪沙〉（不見東山月露香）描寫的是史達祖的宮廷生活，賴氏將此兩首詞歸類於詠物詞較爲不妥。而原本歸類於情愛相思的〈換巢鸞鳳・梅意〉、悼亡傷逝的〈龍吟曲・問梅劉寺〉、酬唱的〈醉公子・詠梅南湖先生〉與〈蘭陵王・南湖以碧蓮見寄，次韻謝之〉、身世感的〈月當廳〉（白壁舊帶秦城夢），本論文將此五首詞歸爲詠物詞。

如〈綺羅香〉（做冷欺花）題目爲「春雨」，〈東風第一枝〉（巧沁蘭心）題目爲「春雪」，〈玉樓春〉（玉容寂寞誰爲主）題目爲「賦梨花」，〈祝英臺近〉（縮流蘇）題目爲「薔薇」，〈西江月〉（三十六宮月冷）題目爲「賦木犀香數珠」，〈桃源憶故人〉（明霞烘透春機杼）題目爲「賦桃花」，〈菩薩蠻〉（唐昌觀里東風軟）題目爲「賦玉蕊花」，〈菩薩蠻〉（廣寒夜搗玄霜細）題目爲「賦軟香」，〈夜合花〉（冷截龍腰）題目爲「賦笛」，〈留春令〉（秀肌豐靨）題目爲「金林檎詠」，〈留春令〉（故人溪上）題目爲「詠梅花」，〈瑞鶴仙〉（館娃春睡起）題目爲「紅梅」，〈風入松〉（素馨枏萼太寒生）題目爲「茉莉花」，〈隔浦蓮〉（洛神一醉未醒）題目爲「荷花」，〈齊天樂〉（秋風早入潘郎鬢）題目爲「白髮」，〈齊天樂〉（犀紋隱隱鴛黃嫩）題目爲「賦橙」，〈滿江紅〉（萬水歸陰）題目爲「中秋夜潮」，〈龍吟曲〉（夢回虛白初生）題目爲「雪」，〈醉公子〉（神仙無膏澤）題目爲「詠梅寄南湖先生」。又詞題上說明了創作動機，但作品主體仍是物象，亦即「以物爲吟詠的主體」，亦選入，如〈蘭陵王〉（漢江側）題目爲「南湖以碧蓮見寄，次韻謝之」。

（三）詞調下無題目可判斷，則依內容爲選材原則。即內容專注物象本身來吟詠者。如〈雙雙燕〉（過春社了）之詠燕、〈海棠春令〉（似紅如白含芳意）之詠海棠花。

（四）詞的內容寄寓作者主觀之情志，但主題不離所詠之物，則亦列入。如〈月當廳〉（白璧舊帶秦城夢）、〈惜奴嬌〉（香剝酥痕）。

根據以上四點的選材原則，茲將史達祖的二十六首詠物詞以表格整理如下：

	詠物詞詞調	題材
1	〈綺羅香〉（做冷欺花）	春雨
2	〈東風第一枝〉（巧沁蘭心）	春雪
3	〈玉樓春〉（玉容寂寞誰爲主）	梨花

	詠物詞詞調	題材
4	〈祝英臺近〉（綰流蘇）	薔薇
5	〈西江月〉（三十六宮月冷）	木犀香數珠
6	〈桃源憶故人〉（明霞烘透春機杼）	桃花
7	〈菩薩蠻〉（唐昌觀里東風軟）	玉蕊花
8	〈菩薩蠻〉（廣寒夜搗玄霜細）	軟香
9	〈夜合花〉（冷截龍腰）	笛
10	〈留春令〉（秀肌豐靨）	金林檎
11	〈留春令〉（故人溪上）	梅花
12	〈瑞鶴仙〉（館娃春睡起）	紅梅
13	〈風入松〉（素馨樹葶太寒生）	茉莉花
14	〈隔浦蓮〉（洛神一醉未醒）	荷花
15	〈齊天樂〉（秋風早入潘郎鬢）	白髮
16	〈齊天樂〉（犀紋隱隱鵞黃嫩）	橙
17	〈滿江紅〉（萬水歸陰）	中秋夜潮
18	〈龍吟曲〉（夢回虛白初生）	雪
19	〈龍吟曲〉（夜寒幽夢飛來）	梅花
20	〈醉公子〉（神仙無膏澤）	梅花
21	〈蘭陵王〉（漢江側）	碧蓮
22	〈雙雙燕〉（過春社了）	燕
23	〈海棠春令〉（似紅如白含芳意）	海棠花
24	〈月當廳〉（白璧舊帶秦城夢）	月
25	〈惜奴嬌〉（香剝酥痕）	梅花
26	〈換巢鸞鳳〉（人若梅嬌）	梅花

第二章　詠物詞溯源及其發展

第一節　詠物之作的淵源與流變

　　由於中國的詩歌重視感物言志的傳統，紛雜的自然物象因而入詩，詠物之作可說是淵源甚早。以下分別從先秦、漢魏六朝、齊梁、唐代、宋代不同時期的詠物作品，來探討詠物之作的淵源與流變。

一、先秦時期詠物之作──爲題材之先導、形式與內涵之初啓

　　先秦時期出現了以風爲歌詠題材的歌謠，如〈南風歌〉：「南風之薰兮，可以解吾民之慍兮；南風之時兮，可以阜吾民之財兮。」〔註1〕，詩中頌讚了溫暖的南風，認爲它會爲人民帶來快樂與財富，《史記》的〈樂書〉曰：「昔者舜作五弦之琴，以歌南風」〔註2〕，由此可見能

〔註 1〕三國魏・王肅編撰：《孔子家語》（北京：北京燕山出版社，1995 年 4 月），頁 211。

〔註 2〕南朝宋裴駰《史記集解》引鄭玄曰：「南風，長養之風也，言父母之長養己也。」，唐張守節的《史記正義》則注曰：「南風是孝子之詩也。南風養萬物而孝子歌之，言得父母生長，如萬物得南風也。舜有孝行，故以五弦之琴歌南風詩，以教理天下之孝也。」，鄭玄與張守節均將南風視爲是父母的恩澤。見漢・司馬遷著、楊家駱主編：《新校本史記三家注幷附編二種二》，（臺北市：鼎文書局，1979 年 2 月），卷 24，頁 1197～1198。

潤澤萬物的南風應是象徵賢明的君主，而此詩雖被認為是後人偽託，〔註 3〕但從內容來看，此種以讚美、歌頌所詠自然物象為其主旨的詩，為後世詠物之作的常見類型。

清人俞琰在闡述詠物詩的發展軌跡時認為「詠物一體，三百導其源」，《詩經》中涉及物類的詩篇，對物象的描寫多是以比興的手段，並非詩歌的主旨所在，從清人陳僅所言：「古人之詠物，興也；後人之詠物，賦也。興者借以抒其性情，詩非徒作，故不得謂之詠物也。」〔註 4〕觀之，《詩經》中的〈豳風‧鴟鴞〉、〈魯頌‧駉〉、〈檜風‧隰有萇楚〉等作品還不能算是真正的詠物詩，不過這些作品顯示了初民會從自然的物象中類比並與己身情感作連結，因此呈現詠物最初的樸實風貌。

而通篇以詠物形態出現，在文學史上拉開詠物詩創作的序幕，且奠定了託物言志的詠物傳統，當屬屈原的〈橘頌〉。屈原在此篇作品之中，細緻的描寫了橘樹、果實的外表與內在，展現出橘樹的美麗與堅強，並藉由讚美橘樹來表達自己堅貞不移、獨立不遷的高尚情操，體現了詠物抒懷的藝術境界，以擬人、比興的手法賦予其生命力與鮮明的性格，同時也是自己意志、理想人格的象徵。李元貞在〈論屈原「橘頌」〉一文中指出：「使屈原成為千古第一個揭出『個人色彩』的大詩人，是他那篇大離騷。而這篇小小的橘頌卻使他成為中國『詠物』詩人之祖。」〔註 5〕，這番話肯定了〈橘頌〉在文學史上的地位。趙紅菊在〈古代詠物詩探源〉文中則道出了屈原此篇作品帶來的影響：

〔註 3〕 劉大杰認為：「在中國古書中所記載的那些黃帝、堯、舜時代的思想複雜、形式整齊的歌謠，大都出於後人偽託。」見劉大杰著：《中國文學發展史》（臺北市：華正書局有限公司，1999 年 8 月），頁 3。

〔註 4〕 清‧陳僅撰：《竹林答問》，收於《四庫未收書輯刊（玖輯～參拾冊）》（北京：北京出版社，2000 年），頁 761。

〔註 5〕 柯慶明、林明德主編：《中國古典文學研究叢刊——詩歌之部（一）》（臺北市：巨流圖書公司，1986 年 10 月），頁 60。

　　　　〈橘頌〉中「寄情於物」，「託物以諷」的手法，既
　　是對《詩經》以來的「比興」傳統的繼承，也將其進一
　　步拓展和深入，使詩歌不再只是單純的比喻或觸物起
　　興，更不是一種局部的修辭手段，而更多的成為整體的
　　立意構思，從而對後來託物言志的詠物詩產生了深遠的
　　影響。〔註6〕

由此可見，屈原在通篇以一物作為獨立審美對象的〈橘頌〉中，本為
自然物的橘樹已連結上人的道德屬性，橘樹之美與作者的品格之美具
有「異質同構」的關係，因此屈原的創作目的不在於鋪陳狀物，而是
借物詠懷，這顯示了作者透過物可以適切的表現出自己的人格，如同
諸葛志所言：「用自然物的自然屬性來比喻、比擬或象徵人的道德人
格。人的道德人格抽象難明，借山水自然物的具體形象就可以把它們
形象地表現出來。」〔註7〕。屈原的〈橘頌〉可以說是中國文學史上
第一首成熟的詠物作品，也為後世的詠物作品開拓了一條寄託情志的
道路。

　　　　「賦者，鋪也。鋪采摛文，體物寫志也。」〔註8〕在此《文心
雕龍·詮賦》說明了「賦」的文體特質，由於「賦」特別重視鋪陳、
長於體察事物，正適合於詠物。最早的寫物之賦，就是荀子的〈禮〉、
〈知〉、〈雲〉、〈蠶〉、〈箴〉五賦，及宋玉的〈風賦〉、〈釣賦〉。《文
心雕龍·詮賦》又云：「賦也者，受命於詩人，拓宇於《楚辭》也。
於是荀況〈禮〉、〈知〉，宋玉〈風〉、〈釣〉，爰錫名號，與詩畫境。」
〔註9〕可見「賦」起源於《詩經》，兩者在經由外物引發主觀情志方

〔註6〕　參見趙紅菊：〈古代詠物詩探源〉，《語文學刊》，2008 年第 1 期，頁
　　　　65。
〔註7〕　諸葛志著：《中國原創性美學》（上海：上海古籍出版社，2000 年 5
　　　　月），頁 71。
〔註8〕　梁·劉勰著：《文心雕龍·詮賦》，參見周振甫注：《文心雕龍注釋》
　　　　（臺北市：里仁書局，1994 年 7 月），頁 115。
〔註9〕　梁·劉勰著：《文心雕龍·詮賦》，參見周振甫注：《文心雕龍注釋》
　　　　（臺北市：里仁書局，1994 年 7 月），頁 115。

面是相似的，然而「賦」更著重於對物象的鋪陳敘寫。荀子的五賦中，〈禮〉、〈知〉二賦詠的是抽象概念，純爲說理；〈雲〉、〈蠶〉、〈箴〉三賦則是以問答方式來表現，先歙藏謎面，極力狀物，再反詰其名，答語就以將信將疑的口吻來推演其意義，最後揭曉答案，「遯辭以隱意，譎譬以指事」〔註10〕，在描摹物的外部形態之外，並寓以深刻的思想內涵，詠物加上說理，發人深省。至於宋玉的〈風賦〉善用擬人、比喻，描寫細緻，刻畫雌雄二風的生起與消散，是一篇揭露社會問題的諷諫之作；〈釣賦〉則以釣魚之術來比喻治國之道，規勸楚襄王要「以賢聖爲竿，道德爲綸，仁義爲鉤，祿利爲餌，四海爲池，萬民爲魚」，展現了宋玉心中期盼社會能夠和諧的願望。

　　荀、宋二家賦的特質迥然有別，「荀結隱語，事數自環；宋發巧談，實始淫麗」〔註11〕，從荀、宋的寫物之賦中，就可看見後世詠物詩詞的特性，其一是荀賦中的隱語性質，其二是宋賦中的鋪陳性質。〔註12〕荀、宋二家賦影響了其後的作者在敘寫詠物之作時，常使用隱語及鋪陳的手法。

二、漢魏六朝詠物賦——從多種角度呈現物態的風采，已出現同題詠物的競采之作

　　朱光潛在《詩論》中說：「賦大半描寫事物，事物繁複多端，所以描寫起來要鋪張，才能曲盡情態。」〔註13〕，又說：「一般抒情詩較近於音樂，賦則較近於圖畫，用在時間上綿延的語言表現在空間上並存的物態。詩本是『時間藝術』，賦則有幾分是『空間藝

〔註10〕梁・劉勰著：《文心雕龍・諧隱》，參見周振甫注：《文心雕龍注釋》（臺北市：里仁書局，1994 年 7 月），頁 232。

〔註11〕梁・劉勰著：《文心雕龍・詮賦》，參見周振甫注：《文心雕龍注釋》（臺北市：里仁書局，1994 年 7 月），頁 116。

〔註12〕參見繆鉞、葉嘉瑩合著：《靈谿詞說》（臺北市：正中書局，1993 年 8 月），頁 532。

〔註13〕朱光潛著：《詩論》（臺北縣：漢京文化事業有限公司，1982 年 12 月），頁 207。

術』。」〔註14〕以賦詠物，就是爲了適應表現錯綜複雜的事物態勢，漢賦大都重視「鋪采摛文」，睹物興情的成分較少，以鋪陳爲總體特徵，尤其在詠物賦方面表現更爲明顯，描摹所詠之物的藝術手法已臻成熟。漢代詠物賦的興起，代表詠物文學進入繁榮的新階段。

　　漢初賈誼有〈鵩鳥賦〉似詠物實爲說理，賦中表現了黃老思想及不幸的人生遭遇，文字平淡，繼承了荀子《賦篇》，也受到《楚辭》的影響；〈旱雲賦〉則借助寫旱雲表達對人民受到自然災害的憂慮，並批評當政者。枚乘的〈七發〉反映了貴族的奢侈生活，不全是說理，以敘事寫物的成分居多，文字已趨誇張、鋪陳。漢賦全盛期的賦家如司馬相如、王褒亦有詠物賦：司馬相如的詠物賦如〈梨賦〉、〈梓桐山賦〉僅存篇名，而其苑囿之賦如〈子虛〉、〈上林〉，對於珍禽異獸、草木、宮殿之描摹，詞藻極爲豐麗；王褒的〈洞簫賦〉用長篇文字鋪寫其容貌、本質、聲音、功用，描寫精巧細微，駢偶句頗多，開啓了魏晉六朝駢麗之風。自王褒此作後，詠物賦作者漸多，如班固〈竹扇〉、馬融〈長笛〉、傅毅〈琴賦〉、禰衡〈鸚鵡賦〉等皆爲名篇。

　　從漢賦的表現對象來看，範圍很廣泛，包括了天文氣象、山川地理、建築物、園林苑囿、動植物、樂器、日用器具等，加上漢賦作家求新求異的創作思想，使得漢賦詠物題材空前的繁榮豐富。〔註15〕且由於漢賦作家重視排比鋪敘，對於所狀事物無不細膩刻畫，就形成了「寫物圖貌，蔚似雕畫」〔註16〕的藝術特色；又善於以誇張的筆調，豐富的奇想，縱橫於筆墨之間，突破了物體所在的有限空間，渲染烘托出博大壯美的奇境，或是從多種角度來展現出物態五彩紛呈的多姿風采。因此，從不同角度著墨，以排比渲染出事物的多項特徵，時而兼具諷喻，是漢賦詠物

〔註14〕朱光潛著：《詩論》（臺北縣：漢京文化事業有限公司，1982 年 12 月），頁 207。

〔註15〕參見章滄授：〈論漢代詠物賦〉，《安慶師院社會科學學報》，1998 年 10 月第 17 卷第 4 期，頁 97～98。

〔註16〕梁・劉勰著：《文心雕龍・詮賦》，參見周振甫注：《文心雕龍注釋》（臺北市：里仁書局，1994 年 7 月），頁 117。

最重要的創作技巧與特色。今人許伯卿就認爲「無論是從取材範圍還是藝術表現上看，詠物賦的發達都對詠物詩包括宋代詠物詞，特別是詠物慢詞的創作，有著垂範和誘導的作用」。〔註17〕

　　魏晉南北朝在政治、社會動盪之際，佛學與玄學影響了學術思想，文人已漸少創作騈辭大賦，詠物小賦漸漸的興盛起來，對於生命無常的憂患與嗟嘆成了詠物賦的重要內容。〔註18〕此外，此時期繼承了漢初君臣雅集，即席命題作賦的風氣，文人同題共作多以詠物爲題，建安文人群體在彼此切磋交流、相互酬唱之中，創作了一批詠物賦，如曹丕、曹植、王粲、傅巽均有〈槐樹賦〉，曹丕、陳琳、王粲均有〈瑪瑙勒賦〉，曹植、王粲、阮瑀、應瑒均有〈鸚鵡賦〉等。〔註19〕在貴族、君臣好賦的風氣之下，滄海、浮淮、迷迭、柳、白鶴、扇、酒、蟬、孔雀等都成爲同題詠物競采的題材，〔註20〕文人藉此馳騁文藻，新奇之事物也進入了賦家的視野，使其不斷開拓新的詠物題材，一方面可爲奉和應命、交流贈答之作，適於社交，一方面可以自抒情志，應用面是相當廣泛的。

三、齊梁詠物詩──詩歌詠物之風始盛，文學集團主導創作

　　魏晉以後，賦體「繁華損枝，膏腴害骨」〔註21〕的弊病使得文人降低了創作賦的熱度，漸漸開始轉向詩體創作。

〔註17〕　參見許伯卿：〈詠物詞的界定及宋代詠物詞的淵源〉，《南陽師範學院學報》，2003 年第 2 卷第 2 期，頁 60～64。

〔註18〕　參見路成文著：《宋代詠物詞史論》（北京：商務印書館，2005 年 12 月），頁 26～27。

〔註19〕　參見于浴賢：〈論六朝詠物賦之繁榮〉，《漳州師院學報》，1999 年第 3 期，頁 9～16。

〔註20〕　參見馬寶蓮：《兩宋詠物詞研究》（師大國研所 72 碩論），《國立臺灣師範大學國文研究所集刊》，第 28 號，1984 年 6 月，頁 17。

〔註21〕　梁·劉勰著：《文心雕龍·詮賦》，參見周振甫注：《文心雕龍注釋》（臺北市：里仁書局，1994 年 7 月），頁 116～117。

　　齊梁時代，詠物詩的創作開始多了起來，此時期宮廷詩歌的風尚興起，詩人將注意力放在詩歌表現技巧方面，表現對象由劉宋時代喜歡描寫的山水景物轉向精微之物，這就促使了詠物詩的興盛，根據路成文的統計，劉宋以前的詠物詩還不到五十首，齊梁兩朝的詠物詩則多達三百五十多首，〔註22〕可見詩歌詠物之風在齊梁開始盛行。沈文凡在〈南朝詠物詩發展演變及其動因初探〉一文中，從創作內涵、趨勢、文學氛圍方面指出齊梁詠物詩有四大特色：其一是山水景物詩、詠物詩和宮體詩三體相近且互相影響；其二是深入體物，所詠之物範圍極廣、描摹極細；其三是創作體現出鮮明的群體性特徵，詠物詩的作家集中在文學集團之中，存在大量同題共詠的現象；其四則是更為注重音律，使得詠物詩更加工巧。〔註23〕

　　齊代詠物詩的作者主要有謝朓、王融、沈約等人，題材主要從自然景物取材；梁代的作者主要有簡文帝蕭綱、簡元帝蕭繹、庾肩吾、庾信、朱超等人，題材廣泛而瑣細，平日習於所見的事物都能入詩，如蕭綱的詠物詩內容十分繁雜，包括自然天象、人工器物、動植物等，如日、月、風、雲、雪、倒影等十種自然天象，鶴、雁、蟬、馬、蜂、蝶等十一種動物，芙蓉、薔薇、柳、楓、香茅、桃等十三種植物，宮殿、扇子、鏡子、橋等六種人工器物，幾可說是無物不詠。〔註24〕茲舉數詩為例來看齊梁詠物詩的表現方式：

　　　　翻階沒細草，集水間疏萍。芳春照流雪，深夕映繁星。
　　（王融〈詠池上梨花〉）〔註25〕

　　　　洞庭風雨干，龍門生死枝。雕刻紛布護，沖響郁清危。

〔註22〕參見路成文著：《宋代詠物詞史論》（北京：商務印書館，2005年12月），頁32。

〔註23〕參見沈文凡、竇可陽：〈南朝詠物詩發展演變及其動因初探〉，《貴州大學學報》，2005年5月第23卷第3期，頁119～121。

〔註24〕參見林大志：〈論詠物詩在齊梁間的演進〉，《河北大學學報（哲學社會科學版）》，2003年第1期，頁42～45。

〔註25〕胡大雷選注：《齊梁體詩選》（保定：河北大學出版社，2004年5月），頁8。

　　春風搖蕙草，秋月滿華池。是時操別鶴，淫淫客淚垂。（謝
朓〈同詠樂器（琴）〉）〔註26〕

　　　風輕不動葉，雨細未沾衣。入樓如霧上，拂馬似塵飛。
（蕭繹〈詠細雨〉）〔註27〕

　　　　本將秋草并，今與夕風輕。騰空類星殞，拂樹若花生。
屏疑神火照，帘似夜珠明。逢君拾光彩，不吝此身傾。（蕭
綱〈詠螢〉）〔註28〕

可見齊梁詠物詩風格明快，體物細微，能關注到事物的細部特徵，在
描寫方面特別強調外部感官的感受，重視形貌與聲色；但因著重於物
象的刻畫，缺乏真實的情感，較無深刻的思想內涵。

　　而詠物詩在此時期數量漸多之因，除了受到齊梁社會風氣、文人
心態，以及梁代重視娛樂、追求寫實技巧的文學思潮影響之外，皇室
的積極參與、文學集團的出現以及文人集會也促進了詠物詩的成長。
永明時期，謝朓、沈約為代表的「竟陵八友」是齊代創作詠物詩的要
角；梁代時，蕭綱、蕭繹各自率領了宮體詩人群體。文學集團主導了
詠物詩的創作，因為文人集會時常會進行同題詠物或分題詠物的文學
活動，這樣的風氣始於永明時期，到了蕭綱、蕭繹之時，文人以「賦
得」為題創作詠物詩的情形更為普遍，其集會唱和時先有題目而後寫
詩，並非內心有感而發，而是可以藉命題賦詩、詠物來彼此較量，切
磋創作技巧，競為辭采靡麗的詠物詩。〔註29〕

　　齊梁時期的詩歌創作特別追求形式之美，講究刻畫之工，鍾嶸就
曾批評提倡聲病之說的王融、謝朓、沈約等人「使文多拘忌，傷其真

〔註26〕胡大雷選注：《齊梁體詩選》（保定：河北大學出版社，2004 年 5 月），
　　　　頁 27。
〔註27〕胡大雷選注：《齊梁體詩選》（保定：河北大學出版社，2004 年 5 月），
　　　　頁 182。
〔註28〕胡大雷選注：《齊梁體詩選》（保定：河北大學出版社，2004 年 5 月），
　　　　頁 171。
〔註29〕參見林大志：〈論詠物詩在齊梁間的演進〉，《河北大學學報（哲學社
　　　　會科學版）》，2003 年第 1 期，頁 42～45。

美」〔註30〕；且這些詠物詩多屬於應制唱和的作品，缺乏深刻的寓意。王夫之的《薑齋詩話》曾評論云：

> 詠物詩，齊梁始多有之。其標格高下，猶畫之有匠作，有士氣。徵故實，寫色澤，廣比譬，雖極鏤繪之工，皆匠氣也。又其卑者，餖湊成篇，謎也，非詩也。李嶠稱『大手筆』，詠物尤其屬意之作，裁剪整齊而生意索然，亦匠筆耳。至盛唐以後，始有即物達情之作。〔註31〕

這段批評道出了齊梁詠物詩的弊病在於著力於雕繪，缺乏意趣，乃至成為如謎語般的文字遊戲，創作者過度追求形似而無法將自己的思想情感融入詩中，就產生了王夫之所謂的匠氣，同時王夫之小認為，盛唐之後，才真正出現「即物達情」，也就是「詠物兼寄託」之作。俞琰在《歷代詠物詩選‧序》提及「六朝備其製，唐人擅其美」，這顯示了後世對於詠物詩歌審美的評價取決於對創作主體情志的要求，到了唐代詠物詩才受到如此審美標準的肯定。

四、唐代詠物詩──確立了詠物詩重意興、主寄託的審美範型

陳子昂出現之後，才轉變了初唐百年間靡麗的齊梁詠物詩風，他在〈與東方左史虬修竹篇〉詩前的序文云：

> 文章道弊，五百年矣。漢、魏風骨，晉、宋莫傳，然而文獻有可徵者。僕嘗暇時觀齊、梁間詩，彩麗競繁，而興寄都絕。每以永歎，思古人，常恐邅逶頹靡，風雅不作，以耿耿也。〔註32〕

從〈修竹篇〉的命題可知陳子昂「彩麗競繁，而興寄都絕」的批評是

〔註30〕 王叔岷撰：《鍾嶸詩品箋證稿》（臺北市：中央研究院中國文哲研究所，1992 年 3 月），頁 111。
〔註31〕 清‧王夫之《薑齋詩話》，丁仲祜編訂：《清詩話（上）》（臺北縣：藝文印書館，1977 年 5 月），頁 34。
〔註32〕 清‧聖祖御定：《全唐詩（二）》（臺北市：文史哲出版社，1978 年 12 月），卷 83，頁 895～896。

針對齊梁詠物詩而言，他強調詠物詩要重視風骨與思想內容之託意，
這是詩文的一大革新。而其著名的三十九首〈感遇〉詩之二，以意念
中草木的形象，在詠物中有寄託，寄慨深婉：

> 蘭若生春夏，芊蔚何青青。幽獨空林色，朱蕤冒紫
> 莖。遲遲白日晚，嫋嫋秋風生。歲華盡搖落，芳意竟何
> 成？〔註33〕

此詩善用比興手法，抒寫自己的懷抱，語言十分淳樸。

　　而後盛唐詩人寫下了中國詩歌史上最燦爛的一頁，而此時期的詠
物詩能真正將詩人本身與物融為一體，除了用字遣詞和結構形式超越
前代，能將深刻的思想寓意融入作品之中更是一大進步。其中杜甫的
詠物詩作，寄託的思想內容更為深婉，「確立詠物詩重意興、主寄託
的審美範型，是唐人詠物詩之集大成者」〔註34〕。對此清代評論家云：

> 詠物，小小體也，而老杜最為擅長。（清・冒春榮《葚
> 原詩說》）〔註35〕

> 詠物詩，齊、梁及唐初為一格，眾唐人為一格，老杜
> 自為一格，宋、元又各自一格。宋詩粗而大，元詩細而小，
> 當分別觀之以盡其變，而奉老杜為宗。大率老杜著題詩並
> 感物興懷，即小喻大，何嘗刻意肖題，卻自然移他處不得。
> （清・喬億《劍谿說詩》）〔註36〕

> 詠物詩惟精切乃佳，如少陵之詠馬詠鷹，雖寫生者不
> 能到。（清・賀裳《載酒園詩話》）〔註37〕

〔註33〕清・聖祖御定：《全唐詩（二）》（臺北市：文史哲出版社，1978 年
　　　　12 月），卷 83，頁 890。

〔註34〕參見路成文著：《宋代詠物詞史論》（北京：商務印書館，2005 年 12
　　　　月），頁 32～34。

〔註35〕清・冒春榮《葚原詩說》，郭紹虞編選：《清詩話續編（中）》（臺北
　　　　市：木鐸出版社，1983 年 12 月），頁 1595。

〔註36〕清・喬億《劍谿說詩》，郭紹虞編選：《清詩話續編（中）》（臺北市：
　　　　木鐸出版社，1983 年 12 月），頁 1102。

〔註37〕清・賀裳《載酒園詩話》，郭紹虞編選：《清詩話續編（上）》（臺北
　　　　市：木鐸出版社，1983 年 12 月），頁 225。

杜甫不寫物則已，寫則必然入木三分，所以杜甫的詠物詩受到後世極高的評價。在他一千四百多首的詩作當中，詠物詩有三百一十六首，〔註38〕他顛沛流離的人生經歷豐富了詠物詩作的思想意蘊，其所詠之物為眼前之實物，並直接投注感情於詩中。從題材來看日、月、雲、雷、雨、火、馬、鷹、猿、歸燕、鬥雞、孤雁、鸚鵡、杜鵑、草、松、苦竹、蒹葭、病柏、病橘、丁香、梔子、梅、李、桃、橘、石犀、石鏡、蕃劍、琴臺、促織、螢火、雞、魚……等，雖是平凡之題材也能遊刃有餘，藉物象闡發人生至理、議論，圓融自然，〔註39〕精深奇邃的詠物詩中能流露出真摯的性情，具有感人的力量，故杜甫之詠物詩，號為唐代第一。黃生《杜工部詩說》道出了杜甫詠物詩與眾不同之處：

> 前後詠物諸詩，合作一處讀，始見杜公本領之大，體物之精，命意之遠，說物理物情，即從人事世法勘入，故覺篇篇寓意，含蓄無限。〔註40〕

茲舉四首詩為例來看杜甫詠物詩的特色：

> 孤雁不飲啄，飛鳴聲念群。誰憐一片影，相失萬重雲？望盡似猶見，哀多如更聞。野鴉無意緒，鳴噪自紛紛。（〈孤雁〉）〔註41〕

> 胡馬大宛名，鋒稜瘦骨成。竹批雙耳峻，風入四蹄輕。所向無空闊，真堪託死生。驍騰有如此，萬里可橫行。（〈房兵曹胡馬詩〉）〔註42〕

〔註38〕參見胡大浚、蘭甲雲：〈唐代詠物詩發展之輪廓與軌跡〉，《煙台大學學報（哲學社會科學版）》，1995 年第 2 期，頁 23。

〔註39〕參見馬寶蓮：《兩宋詠物詞研究》（師大國研所 72 碩論），《國立臺灣師範大學國文研究所集刊》，第 28 號，1984 年 6 月，頁 44～47。

〔註40〕引自唐・杜甫撰、清・仇兆鰲注：《杜詩詳註（二）》（臺北縣：漢京文化事業有限公司，2004 年 3 月），卷 17，頁 1536。

〔註41〕清・聖祖御定：《全唐詩（四）》（臺北市：文史哲出版社，1978 年12 月），卷 231，頁 2551。

〔註42〕清・聖祖御定：《全唐詩（四）》（臺北市：文史哲出版社，1978 年12 月），卷 224，頁 2393。

裊裊啼虛壁，蕭蕭挂冷枝。艱難人不見，隱見爾如知。慣習元從眾，全生或用奇。前林騰每及，父子莫相離。（〈猿〉）〔註43〕

群橘少生意，雖多亦奚爲？惜哉結實小，酸澀如棠梨。剖之盡蠹蟲，采掇爽其宜。紛然不適口，豈只存其皮？蕭蕭半死葉，未忍別故枝。玄冬霜雪積，況乃回風吹。嘗聞蓬萊殿，羅列瀟湘姿。此物歲不稔，玉食失光輝。寇盜尚憑陵，當君減膳時。汝病是天意，吾諂罪有司。憶昔南海使，奔騰獻荔枝。百馬死山谷，到今耆舊悲。（〈病橘〉）〔註44〕

杜甫詠物詩之所以能達到體物曲盡其妙、物我一體的境界，關鍵就是在於「情」。〈孤雁〉詩中，詠物十分傳神，詩人能以己心去體會孤雁之心，詩人之情與孤雁之哀鳴在聲氣相感之際，物我交融，在那動盪的年代，詩人渴望與親友團聚，孤獨的雁寄寓了詩人的影子，念群之雁濃烈的情感使得此首詩激切高昂，情深意切。〈房兵曹胡馬詩〉是杜甫年輕時期的作品，詩中展現出體輕、耳峻、善於奔馳的胡馬，形象活躍，具有英姿煥發氣勢的馬，正是對未來充滿了自信，企圖爲國建功立業的杜甫之寫照。〈猿〉詩是作者仁厚之心的展現，尤其末兩句「前林騰每及，父子莫相離」是一種懇切的告誡，「莫」字道出了詩人眞心希望猿父子要能相互照應，因爲詩人之心與萬物相感相通，故能憐惜物類。〈病橘〉詩中前半部描寫病橘頗爲細膩，後因見病橘而思及寇盜縱橫，發出誠摯希望君王能夠行爲躬儉的議論。

杜甫透過詠物詩，抒發了個人豐富的情感，體物與抒情緊密且自然的結合，物中有我，不即不離。杜甫詠物善於突顯物的典型特徵，能眞正做到「形神兼備」，進而在物我交融中，寄寓自己的情感與思

〔註43〕 清・聖祖御定：《全唐詩（四）》（臺北市：文史哲出版社，1978 年12 月），卷 231，頁 2551。

〔註44〕 清・聖祖御定：《全唐詩（四）》（臺北市：文史哲出版社，1978 年12 月），卷 219，頁 2307。

想內涵，難能可貴的是有時還能與社會生活聯繫在一起，呈現圓融、和諧、自然之美，確立了詠物詩重意興、主寄託的審美範型。

　　到了中唐後期，由於政治上出現革新局面，詩人們燃起了參與政治、議論政治的熱情，因此此時期的詠物詩數量大幅度增加，〔註45〕除了在表現形式上力求創新之外，題材也有所拓展，並展現出豐富的內容，所詠事物包含了自然天象，如雨、露、雪、風、雲、雷、月等，植物如松樹、竹、弱柳、薔薇、葡萄、荔枝、牡丹、桃花、石榴、桑樹、荷花等，昆蟲如蠶、蚊子、蜘蛛、蛾、蛇、蝙蝠、蛾、蜂、蝶等，動物如馬、狐、牛、烏鴉、鷺鷥、雁、鸚鵡、鳩等，人工器物如琵琶、箏、鏡子、劍、屏風、筆等。〔註46〕從此時期詩人選取的題材來看，以動植物居多，尤其是喜歡選取如蜘蛛、蚊子、蠶、病馬、弱柳……等的柔弱微小、醜惡之物，來反映社會的黑暗面。韓愈、元稹、白居易、劉禹錫等人是中唐後期傑出的詩人，他們以詩來譏諷時政，寓託憐憫人民之情、自傷之悲。

　　韓愈的詠物詩約有一百多首，其對唐代詠物詩發展的貢獻在於藝術形式與風格的創新。韓愈作詩筆力放恣，喜歡在形式上翻奇出新，有時以作散文之法來作詩，且常使用冷僻的語詞與奇誕的比喻，展現出奇詭、汪洋恣肆的風格。如詠〈南山詩〉，長達兩百零四句，多採用鋪張排比的賦法與散文的句式刻畫南山的形貌，敘述詳瞻，並在形容南山之山石草木時，連用五十一個「或」字，氣勢一貫，比喻新穎。而其〈李花贈張十一署〉前半篇摹寫李花黑夜到清晨間的物色變化，燦爛綺麗，氣象雄渾，下半篇借花寫出個人的感慨：

〔註45〕根據胡大浚、蘭甲雲在〈唐代詠物詩發展之輪廓與軌跡〉一文中的統計，唐代詠物詩的創作在初唐時有五百零四首，盛唐時有七百四十六首，中唐時達到一千四百五十五首，晚唐時的數量更多，有三千三百五十六首。參見胡大浚、蘭甲雲：〈唐代詠物詩發展之輪廓與軌跡〉，《煙台大學學報（哲學社會科學版）》，1995 年第 2 期，頁 23。

〔註46〕參見彭小廬：〈中唐後期詠物詩的詠物意識及其態勢特徵〉，《宜春學院學報》，2009 年 6 月第 31 卷第 3 期，頁 134～135。

江陵城西二月尾，花不見桃惟見李。風揉雨練雪羞比，波濤翻空杳無涘。君知此處花何似？白花倒燭天夜明，群雞驚鳴官吏起。金烏海底初飛來，朱輝散射青霞開。迷魂亂眼看不得，照耀萬樹繁如堆。念昔少年著游燕，對花豈省曾辭杯？自從流落憂感集，欲去未到思先迴。只今四十已如此，欲日更老誰論哉？力攜一樽獨就醉，不忍虛擲委黃埃。〔註47〕

詩中先以桃花為陪襯，以黑夜為背景，並由光線與顏色反射，突出李花的鮮白與繁茂，營造出瑰麗、奇壯的景象，並以怪奇的想像之語「群雞驚鳴官吏起」來渲染出李花的縞夜之美；由夜晚寫到清晨，變化多姿，流暢自然，陽光、雲和樹交相輝映的意象，表現出綺麗變幻的特色。詩中的李花象徵的就是擁有出眾才華的詩人，惜李花也是惜自己胸懷大志卻無用武之地，借花寫人，感情真摯。

韓愈的〈入關詠馬〉則表達了自己的政治遭遇：

歲老豈能充上駟，力微當自慎前程。不知何故翻驤首，牽過關門妄一鳴。〔註48〕

在此首詩中，詩人記取自己在仕途上失意的教訓，告誡自己應當更為謹慎，而老馬的朝天嘶鳴，更是表現出詩人無法改變現實環境的無奈與不甘。此外，韓愈在〈詠雪贈張籍〉一詩中，則揭露出權奸們禍國殃民的罪行，並表現出自己對人民深切的同情與對國事日非的憂慮。

白居易創作詠物詩的數量是全唐詠物詩人之冠，〔註49〕其詠物詩多干預現實，針貶時弊，關懷民間疾苦，風骨寫實，具有強烈的批

〔註47〕清・聖祖御定：《全唐詩（五）》（臺北市：文史哲出版社，1978 年 12 月），卷 338，頁 3791。

〔註48〕清・聖祖御定：《全唐詩（五）》（臺北市：文史哲出版社，1978 年 12 月），卷 343，頁 3843。

〔註49〕根據胡大浚、蘭甲雲在〈唐代詠物詩發展之輪廓與軌跡〉一文中的統計，唐代創作百首以上的詠物大家有十二人，其中白居易有三百四十一首詠物詩，創作數量最多。參見胡大浚、蘭甲雲：〈唐代詠物詩發展之輪廓與軌跡〉，《煙台大學學報（哲學社會科學版）》，1995 年第 2 期，頁 23。

判性，發揮了杜甫感時諷世、即物抒懷的精神。此外，白居易還創作了一題多詩的組詩，如〈有木詩八首〉、〈池鶴八絕句〉、〈禽蟲十二章〉等，藉由草木蟲魚寓意人生哲理；其和詩、答詩則是與詩友之間的唱和酬答之作，富含人生理趣，如〈和大嘴烏〉、〈和松樹〉、〈和微之嘆槿花〉、〈答桐花〉等。白居易此類組詩與和答詩的創作對於晚唐詠物組詩及酬答唱和之作大量出現，具有開拓意義。

〈新樂府〉五十首是白居易諷諭詩的代表作品，其中的詠物詩諷刺了統治人民的皇帝、貪官污吏。如〈紅線毯〉先寫紅線毯製作之繁雜、質之精美，最後以嚴厲的口吻向產地的太守喝問：「宣州太守知不知？一丈毯，千兩絲！地不知寒人要暖，少奪人衣作地衣！」〔註50〕，白居易在詩題下小序云：「憂蠶桑之費也」，諷刺那些只知進奉、討好朝廷的官吏之意十分顯明。又如〈秦吉了〉，詩題下小序寫道：「哀冤民也」，可見這是一首有寓意的詠物詩：

> 秦吉了，出南中，彩毛青黑花頸紅。耳聰心慧舌端巧，鳥語人言無不通。昨日長爪鳶，今朝大觜烏。鳶捎乳燕一窠覆，烏啄母雞雙眼枯。雞號墮地燕驚去，然後拾卵攫其雛。豈無雕與鶚，嗉中肉飽不肯搏。亦有鸞鶴群，閒立高颺如不聞。秦吉了，人云爾是能言鳥，豈不見雞燕之冤苦。吾聞鳳凰百鳥主，爾竟不為鳳凰之前致一言，安用噪噪閒言語。〔註51〕

詩中以「雞、燕」比喻百姓，以「鳳凰」比喻皇帝，以「秦吉了」比喻諫官，諫官平時只知談些無關緊要的話題，對於權貴欺壓百姓之事卻噤若寒蟬、不敢直諫，詩人藉由此詩表達自己的憤慨。

〈有木詩八首〉則分別詠寫弱柳、櫻桃、枳橘、杜梨、野葛、水檉、凌霄、丹桂來寄情言理，並以丹桂來自喻，詩人在序中道出了自

〔註50〕清・聖祖御定：《全唐詩（七）》（臺北市：文史哲出版社，1978 年12 月），卷 427，頁 4703。

〔註51〕清・聖祖御定：《全唐詩（七）》（臺北市：文史哲出版社，1978 年12 月），卷 427，頁 4710。

己的創作意圖：

> 余嘗讀《漢書・列傳》，見佞順婼婗，圖身忘國，如張
> 禹輩者；見惑上蠹下，交亂君親，如江充輩者；見暴狠跋
> 扈，壅君樹黨，如梁冀輩者；見色仁行違，先德後賊，如
> 王莽輩者；又見外狀恢弘，中無實用者；又見附離權勢，
> 隨之覆亡者。其初皆有動人之才，足以惑眾媚主，莫不合
> 於始而敗於終也。因引風人騷人之興，賦〈有木〉八章，
> 不獨諷前人，欲儆後代爾。〔註52〕

由此可知詩人以自然界的物象來對應自己想表達的理念，寄遇著自己
的政治識見。第一首藉弱柳諷刺在位者毫無作為、無德無能；第二首
以櫻桃諷刺某些人因得勢而不可一世；第三首以洞庭橘比喻在位者蒙
受君恩，卻製造假象來矇蔽皇帝的視聽，使之不辨賢愚；第四首中的
杜梨就是朝中具有廣大勢力的權奸寫照，因為受到庇護，而無人敢彈
劾；第五首以野葛比喻勢力龐大的奸臣；第六首以水檉比喻朝中「外
狀恢弘，中無實用」的人；第七首以凌霄依附他樹的特性，來比喻只
知趨炎附勢之人；第八首則以芳香挺直的丹桂來表示自己的品格。詩
人善於捕捉不同植物的特性，從不同角度來折射自己眼前的世界，貼
切而又具體的表達了自己主觀的想法。白居易藉由詠物來廣泛的諷喻
現實，豐富了詠物詩的藝術表現形式，能展現其特有的藝術魅力。

　　劉禹錫的詠物詩與白居易有相同的特點，即是以詩來干預政治現
實，揭露社會上的弊端，並從不同的角度反映了作者的處境與政治思
想。如〈蒲桃歌〉前半篇描繪蒲桃生長極為茂盛的情狀來諷刺中唐宦
官得勢，後半篇則以美酒得官之事批判宦官。劉禹錫遭貶謫時期，在
詠物詩中尖銳的批判了守舊官僚、權臣、宦官、昏庸的皇帝，如〈聚
蚊謠〉詩云：

> 沉沉夏夜蘭堂開，飛蚊伺暗聲如雷。嘈然欻起初駭聽，
> 殷殷若自南山來。喧騰鼓舞喜昏黑，昧者不分聽者惑。露

〔註52〕清・聖祖御定：《全唐詩（七）》（臺北市：文史哲出版社，1978 年
12 月），卷 425，頁 4686～4687。

> 花滴瀝月上天，利觜迎人著不得。我軀七尺爾如芒，我孤
> 爾眾能我傷。天生有時不可遏，爲爾設幄潛匡床。清商一
> 來秋日曉，羞爾微形飼丹烏。〔註 53〕

黑夜暗示了當時的政治黑暗，因此小人就如同微小的蚊子一般，利用
昏黑的時勢來群起作惡，既然無法阻止，只好「爲爾設幄潛匡床」來
求自保，然而光明的時刻總會到來，蚊子總有被消滅的一天，顯示了
詩人不向惡勢力屈服的精神。劉禹錫此類諷刺政治的詠物詩，還有〈百
舌吟〉、〈飛鳶操〉、〈秋螢引〉等，深入事物的本質，並以嚴正的態度
勇於批判，抱著奮而不懈的決心去追求理想。

　　而在〈庭竹〉詩中，劉禹錫讚美了竹的正直形象與強韌的生命力，
藉以展現自己高貴的人格；〈詠庭梅寄人〉則是以梅花寄託了自己高
潔的品格。

　　詠物詩發展到了晚唐，無論是投入詠物詩創作的人數或是作品的
數量，都是唐代最爲可觀的時期，元人方回曾云：

> 　　晚唐人非風、花、雪、月、禽、鳥、蟲、魚、竹、樹，
> 則一字不能作。〔註 54〕。

晚唐詩人在取材上偏好自然風物，因此詠物詩的創作十分活躍。

　　晚唐的政治黑暗、混亂，宦官專權，藩鎮割據，再加上激烈的黨
爭，詩人眼前是一片慘澹的圖景，他們的心理特別纖細敏感，在苦悶
與壓抑籠罩之下，政治熱情不再，悽涼、感傷的情緒使詩人們在微小、
帶有悲劇性色彩的物象上找到了共鳴點，因此所吟詠的題材多爲柔弱
微小之物。

　　溫庭筠、李商隱一派的詩人，詠物詩的創作偏重追求形式之美，
穠麗的色彩與柔弱的物象爲審美趣向，詞采華麗，筆觸細膩，內容往
往融入家國身世之慨。以李商隱而言，其悲劇性的人生經歷與憂時傷

〔註 53〕　清・聖祖御定：《全唐詩（六）》（臺北市：文史哲出版社，1978 年
　　　　　　12 月），卷 356，頁 4000。
〔註 54〕　元・方回選評、李慶甲集評校點：《瀛奎律髓彙評（下）》（上海：上
　　　　　　海古籍出版社，2005 年 4 月），卷 42，頁 1500。

國之情發之於詠物詩，便多長於比興寄託、深情綿邈、風格悲美、象徵婉約之作，於穠麗中時帶沉鬱，自成一格。又其詠物詩著重抒發個人主觀的感受，且多用典故與紛紜的意象，含有幽微深刻的寄託，情感纏綿，感染力強。題材方面選取纖弱之物，如蟬、燕、鴛鴦、鶯、蜂、櫻桃、杏花、柳、細雨、微雨、淚等。〔註55〕有以寫物圖貌為主，筆觸精細之作，如〈落花〉、〈微雨〉等；有以諷刺醜惡之人為主，聲調激切之作，如〈亂石〉、〈賦得雞〉等；此外，更大量創作了淒苦、悲婉的託物寓懷詩，如〈流鶯〉：

> 流鶯漂蕩復參差，渡陌臨流不自持。巧囀豈能無本意，
> 良辰未必有佳期。風朝露夜陰晴裡，萬戶千門開閉時。曾
> 苦傷春不忍聽，鳳城何處有花枝？〔註56〕

流鶯的漂盪哀鳴，無枝可棲，寓託了詩人身世漂泊之恨，嘆流鶯亦傷自身遭遇；另一首〈回中牡丹為雨所敗二首〉其二主觀色彩很濃，暗喻自己將來的厄運更甚於今，蘊含了更深的哀痛。

　　李商隱的託物寓懷詩抒發了自己因挫折而生的悲切之感，對於所詠之物較少精細的描摹，而是著重寫出其物的心理活動與內在精神本質，因此使作品能傳達出詩人豐富的意緒與情感。

　　李商隱之後，能夠變化盛唐者，當推杜牧。杜牧為詩務求高絕，不求奇麗，其詠物詩情懷豪邁俊爽、意境清新，體物形容能得物神理，旨意玄遠，情感寄託深微，因此有言盡而意無窮之致。著名的詠物詩如〈早雁〉：

> 金河秋半虜弦開，雲外驚飛四散哀。仙掌月明孤影過，
> 長門燈暗數聲來。須知胡騎紛紛在，豈逐春風一一回。莫
> 厭瀟湘少人處，水多菰米岸莓苔。〔註57〕

〔註55〕 參見胡大浚、蘭甲雲：〈唐代詠物詩發展之輪廓與軌跡〉，《煙台大學學報（哲學社會科學版）》，1995 年第 2 期，頁 27～28。

〔註56〕 清・聖祖御定：《全唐詩（八）》（臺北市：文史哲出版社，1978 年12 月），卷 540，頁 6196。

〔註57〕 清・聖祖御定：《全唐詩（八）》（臺北市：文史哲出版社，1978 年12 月），卷 522，頁 5972。

杜牧於八月大雁開始南飛的季節，觸景感懷，對於受到北方少數民族軍事騷擾而流離失所的邊地人民寄予深厚的同情，孤雁縹緲的身影與悲切的哀鳴，越過燈光黯淡的長門宮，烘托出清冷孤寂的氣氛。詩中寓含著詩人的感慨，住在深宮的皇帝似乎無法拯救那些痛苦的人民，詩人哀憐今日征雁的驚飛四散，又預先思及來日的無家可歸，最後的勸慰是對邊地人民的體貼繫念。表面每句都在寫雁，實句句寫人，處處流露詩人真摯的情感與關懷，風格深婉細膩、清麗含蓄，為別開生面之作。

　　除了李商隱、杜牧之外，還有一類是憤世嫉俗、感時傷世的詠物詩，部分詩人面對著急遽動盪的社會，著力揭露社會的矛盾與黑暗面，創作方面重視興寄，又因位居末世，對於前途已不抱希望，便以冷嘲熱諷的文字來切中時弊，皮日休的〈喜鵲〉、〈蚊子〉，陸龜蒙的〈孤雁詩〉，曹鄴的〈官倉鼠〉都是屬於這類的作品。在這類憤世嫉俗的詩人之中，羅隱是一位重要的作家，所創作託物諷世的詠物詩，尖銳潑辣，於平易、輕鬆幽默的筆觸間可見憤慨。

　　風雨飄搖的晚唐，充斥貪得無厭的官吏，也有外表清高其實內心卑劣的偽君子，羅隱的〈鷺鷥〉對偽君子作了辛辣的諷刺：

　　　　斜陽澹澹柳陰陰，風裊寒絲映水深。不要向人誇素白，

　　也知常有羨魚心。〔註58〕

鷺鷥羽毛潔白，姿態悠閒，但生性喜歡以長喙捕食魚兒，就如同一些只知誇耀自己人品高潔，內心卻貪慕榮華富貴的人，令詩人感到憎惡。

　　又如〈雪〉詩一方面批評了貪婪殘酷的統治者，一方面憐惜貧困的百姓：

　　　　盡道豐年瑞，豐年事若何？長安有貧者，為瑞不宜多！

　　〔註59〕

〔註58〕清・聖祖御定：《全唐詩（十）》（臺北市：文史哲出版社，1978 年
　　　　12 月），卷 664，頁 7609。

〔註59〕清・聖祖御定：《全唐詩（十）》（臺北市：文史哲出版社，1978 年
　　　　12 月），卷 659，頁 7570。

此詩不著力描繪雪景，雖然瑞雪是豐年的預兆，但詩人請求上天憐憫
貧民，少下些雪，表面寫雪，實是直指剝削人民的統治者。至於〈春
風〉一詩，則以迂曲之筆嘲諷朝廷的科舉制度，良莠不分，讓平庸無
用的小人盤據高位，而真正有才華的人卻沒沒無聞，那些在政治上得
意的小人令詩人蔑視。

　　值得注意的是，晚唐的詠物詩壇也瀰漫著逃避現實的漁樵隱逸之
風。不少詩人對於時局已感到灰心，希望藉漁樵隱逸來擺脫汙濁的現
實，忘卻俗世的煩惱，方干、陸龜蒙、司空圖、許渾等都是隱居山林
終老的詩人。〔註60〕漁樵隱逸之作常流露出對社會環境的消極感嘆，
皮日休和陸龜蒙為此類詩作的代表人物，皮日休的〈奉和魯望漁具十
五詠〉、〈茶中雜詠〉以及陸龜蒙的〈漁具詩〉都是兩人互相酬唱的作
品，追求的是閑淡、幽謐的審美情趣，可見其藉詠物以排遣閒愁的無
奈心情。皮日休的〈奉和魯望漁具十五詠・釣車〉云：

> 得樂湖海志，不厭華軺小。月中抛一聲，驚起灘上
> 鳥。心將潭底測，手把波文裊。何處覓奔車，平波今渺渺。
> 〔註61〕

詩人將隱逸山林、回歸自然的生活體驗融入詩中，藉由詠漁具來表示
欲超脫塵世的心情，混亂的現實環境使詩人渴望一片寧靜的天地，能
夠悠遊其中，自得其樂，然而這畢竟是時代動盪之下所迫不得已的自
適方式。

　　清代的葉燮曾對晚唐詩歌做過如下的評論：

> 論者謂「晚唐之詩，其音衰颯」。然衰颯之論，晚唐不
> 辭；若以衰颯為貶，晚唐不受也。夫天有四時，四時有春
> 秋，春氣滋生，秋氣肅殺，滋生則敷榮，肅殺則衰颯。氣
> 之候不同，非氣有優劣也。使氣有優劣，春與秋亦有優劣

〔註60〕參見蘭甲雲：〈簡論唐代詠物詩發展軌跡〉，《中國文學研究》，1995
　　　年第2期，頁71～72。
〔註61〕清・聖祖御定：《全唐詩（九）》（臺北市：文史哲出版社，1978年
　　　12月），卷611，頁7044。

乎？故衰颯以爲氣，秋氣也；衰颯以爲聲，商聲也。俱天
地之出於自然者，不可以爲貶也。又盛唐之詩，春花也：
桃李之濃華，牡丹芍藥之妍豔，其品華美貴重，略無寒瘦
儉薄之態，固足美也。晚唐之詩，秋花也：江上之芙蓉，
籬邊之叢菊，極幽豔晚香之韻，可不爲美乎？〔註62〕

葉燮認爲盛唐、晚唐的詩歌各有其特色，無法評斷孰優孰劣。晚唐的
詩風雖爲衰颯之音，但能展現在當時的時代氣候之下所特有的淒涼之
美。以此來看晚唐的詠物詩，詩人們在經歷了風雨之後，對於人世的
苦難體驗更爲深刻，以文字散發「幽豔晚香之韻」，鮮明的反映時代
背景，呈現出不同於盛唐與中唐的個性特徵。

五、宋代詠物詩——開啓了詠物詩由抒情到言理的新風貌

　　在唐人創造出詠物詩的高峰之後，宋人寫作詠物詩開始另闢蹊
徑，別出心裁，以挽救晚唐以來詩體逐漸衰敝的現象，「惟變以救正
之衰」〔註63〕，只有開拓疆土，樹立自己的特色，宋詩才能再現生命
力，因此在文學思潮與社會文化的影響下，宋人嘗試轉向哲理思索，
以筋骨思理見長，展現了詠物寓理趣，思想深刻，意境幽遠的特色。
唐代詩人如深切關注社會、思考人生、詩作富於哲思與理趣的杜甫與
靈活多變、創造出奇特意境的韓愈，其創作啓發了尋求新變的宋人，
鄒巔認爲：

　　　　杜甫、韓愈詩歌往往以深遠的哲學之思觀照自然宇宙
　　與社會人生，感悟到其中蘊含的某種亙古不變的永恆和具

〔註62〕清・葉燮著、霍松林校注：《原詩》，收於《中國古典文學理論批評
　　　　專著選輯》（北京：人民文學出版社，1979 年 9 月），頁 66～67。
〔註63〕清・葉燮認爲：「吾言後代之詩，有正有變，其正變係乎詩，謂體
　　　　格、聲調、命意、措辭、新故升降之不同。此以詩言時；詩遞變
　　　　而時隨之。故有漢、魏、六朝、唐、宋、元、明之互爲盛衰，惟
　　　　變以救正之衰，故遞衰遞盛，詩之流也。」見清・葉燮著、霍松
　　　　林校注：《原詩》，收於《中國古典文學理論批評專著選輯》（北京：
　　　　人民文學出版社，1979 年 9 月），頁 7。

> 有普遍概括性的真諦，並輔以形象化的議論來表現他們那
> 種彼岸性的哲思，將自然現象昇華爲哲理，將人生感受轉
> 化爲理性的反思。〔註64〕

可見杜甫、韓愈詠物詩中能洞澈事物的哲思與多變的筆法，能爲宋人
的詠物詩創作提供極佳的借鑑。

　　宋人在積極求取事功之時，也注意內在的人格修養，他們的生活
態度是平和冷靜的，因此表現出理性的思考，使得宋代詠物詩呈現典
雅從容、內斂的平淡美，取材更趨世俗化、日常化，內容也更爲廣闊，
且注重語言與技巧的工整、精細。

　　宋初詠物詩繼承了晚唐詠物詩的餘緒，西崑體詩人如楊億、劉
筠等人，生活優越，視野狹窄，以花鳥蟲魚爲與他人互相唱和的題
材，所作詠物詩大都爲詠物而詠物，雖以李商隱爲宗，但只是形似
李氏之作，並無李氏的深婉，格調不高，但對宋代詠物詩已產生了
推波助瀾的作用。歐陽修、梅堯臣等人提倡詩文的革新，受到杜甫、
韓愈的詩歌影響，已初步實現了詠物詩的哲理傾向。而歐陽修作詩
爲了有所創新，不蹈襲前人，還發明了「禁體詩」，認爲在作詠物詩
時應禁止援用直線慣性思維的詞彙，不直接正面寫物，而從旁面側
寫，如寫環境和氣氛、人物的活動、感受等等，成功運用「以賦爲
詩」的方式，務求能跳脫窠臼、致力於創意造語，因難見巧，這對
於詩人是一種挑戰，因此提供了詠物詩極佳的發展機會。〔註65〕王
安石詠物詩的題材廣泛，能深度的挖掘，反映出宋人的視角由宏觀
轉向微觀，心態由開張外揚轉向知性內省的變化，同時造語推陳出

〔註64〕鄔巔著：《詠物詞流變文化論》（長沙：湖南人民出版社，2009 年 8
　　　　月），頁 172～173。

〔註65〕歐陽修〈雪〉詩自注：「玉、月、梨、梅、練、絮、白、舞、鵝、鶴、
　　　　銀等事，皆請勿用。」，見北京大學古文獻研究所編：《全宋詩（六）》
　　　　（北京：北京大學出版社，1992 年 8 月），卷 299，頁 3759。蘇軾
　　　　在〈聚星堂雪〉詩序中認爲歐陽修此種「禁體物語」的作法「於艱
　　　　難中特出奇麗」，見北京大學古文獻研究所編：《全宋詩（十四）》（北
　　　　京：北京大學出版社，1993 年 9 月），卷 817，頁 9452。

新，辭采清新，於平淡、巧麗中可見氣勢。〔註66〕蘇軾的詠物詩以
具體的意象寓含抽象的哲理，理趣與情致兼俱，意蘊無窮、深刻。
到了南宋，陸游的詠物詩多融入作者的愛國之情，不著墨於物色而
是偏重物的精神與特徵，並且能夠融入豐富的情感內涵。

　　王安石的詠物詩在整個詠物詩發展史上，重要的意義在於為宋代
詠物詩敲響了序曲，開啓了宋代詠物詩的獨特風貌。王安石主張詩要
有思想，其詠物詩作多藉物來闡發主觀的理念，從側面取勢，遺貌取
神，內容亦能反映社會現實。在他一千六百多首詩中，詠物詩佔了一
百三十首左右，所詠題材廣泛，包含了風、雲、雪、月、松、柏、梅
花、菊花、杏花、雞、雁、驢、棋、農具、硯、紙等。〔註67〕其借物
喻理之作能將抽象的思維與人生哲理形象化，以感性觀照的形式透過
所詠客觀之物呈現出來，因此能體現理趣之美。如〈棋〉詩：

　　　　莫將戲事擾真情，且可隨緣道我贏。戰罷兩奩分白黑，
　　一枰何處有虧成。〔註68〕

詩人認為奕棋是一種遊戲，而遊戲的意義就在於雙方能以人們所訂的
規則在過程中獲得樂趣，但如果一味沉溺、執著於這種因人為規則所
造成的勝負，而損傷性情，如此一來就違反奕棋的初衷了。人生宛如
一場棋局，詩人藉由奕棋來表達隨緣自在的人生哲理。

　　又如〈嘲白髮〉、〈代白髮答〉：

　　　　久應飄轉作蓬飛，春惜冠巾未忍違。種種春風吹不長，
　　星星明月照還稀。〔註69〕

　　　　從衰得白自天機，未怪長青與願違。看取春條隨日長，

〔註66〕參見鄒巔著：《詠物詞流變文化論》（長沙：湖南人民出版社，2009
　　　　年8月），頁31。

〔註67〕參見劉成國：〈論王安石的詠物詩〉，《中國海洋大學學報（社會科學
　　　　版）》，2004年第4期，頁45。

〔註68〕北京大學古文獻研究所編：《全宋詩（十）》（北京：北京大學出版
　　　　社，1992年6月），卷564，頁6684。

〔註69〕北京大學古文獻研究所編：《全宋詩（十）》（北京：北京大學出版社，
　　　　1992年6月），卷564，頁6688。

會須秋葉向人稀。〔註70〕

詩中闡發了大自然有其循環的規律，人生在世當順應天機，不刻意
強求。詩人藉詠物來追求澹泊的心境，以消除在政治路途所留下的
遺憾。

此外，〈梅花〉一詩含蓄蘊藉：

牆角數枝梅，凌寒獨自開。遙知不是雪，爲有暗香來。

〔註71〕

此詩物我交融，表面寫物，實爲寫人。梅花是詩人堅貞高潔的品格象
徵，梅花孤獨的境遇正是詩人的寫照，詩人在「凌寒」二字中融入了
自己的情思，更暗示了自己的處境，縱使無人賞識，也要如梅花清高、
堅強、充滿自信，意在言外，因此超越了對物的客觀描寫而達到有我
之境。

蘇軾崇尚理趣，喜好議論，其詠物詩富含妙趣，詩中所蘊含的哲
理都是緣於所詠之物，將從物中觀察得來的想法化爲文字，並以哲思
來勸慰詩人自身感傷的情緒，因此使風格趨於曠達；且體物敏銳，意
境開闊，雖外表平淡，但情意深邃、思致細密。此外，蘇軾常將所詠
之物擬人化，賦予物生命與思想，能突顯出物的精神與特質，更容易
喚起讀者的共鳴。

蘇軾的詠物詩情理並存，以具體的形象來融合自然之理與人生
哲理，見解獨特，理趣盎然，如〈題沈君琴〉：

若言琴上有琴聲，放在匣中何不鳴？若言聲在指頭

上，何不於君指上聽？〔註72〕

此首詩以常見的樂器爲題材，指出只有琴或是只有指頭都是無法彈奏
出樂曲，說明人們應注重事物的內因與外因相互依存的關係，琴是內

〔註70〕北京大學古文獻研究所編：《全宋詩（十）》（北京：北京大學出版社，
1992 年 6 月），卷 564，頁 6688。

〔註71〕北京大學古文獻研究所編：《全宋詩（十）》（北京：北京大學出版社，
1992 年 6 月），卷 563，頁 6682。

〔註72〕北京大學古文獻研究所編：《全宋詩（十四）》（北京：北京大學出版
社，1993 年 9 月），卷 830，頁 9598。

因，手指是外因，內因與外因相互配合才能發揮作用，好琴必須要通過擁有好琴藝的手指才能奏出悅耳的聲音，手指也只有在琴上彈奏，才能發出動聽的樂曲。言外之意在於一個人即使有出眾的才華，但沒有好的機遇與環境，也無法大鳴大放、一展長才；而上位者要懂得發掘人才、善用人才，自己的理想才會發揮出來。蘇軾將對於人生的感受與體驗所悟出的真理，從平常習見的事物闡述，文字有限，而哲理無窮，因此耐人回味、思索。

　　著名的〈荔枝嘆〉表現了蘇軾抨擊時弊的精神，並可見其敢怒直言的率直性格：

　　　　十里一置飛塵灰，五里一堠兵火催。顛阮仆谷相枕藉，知是荔枝龍眼來。飛車跨山鶻橫海，風枝露葉如新采。宮中美人一破顏，驚塵濺血流千載。永元荔枝來交州，天寶歲貢取之涪。至今欲食林甫肉，無人舉觴酹伯游。我願天公憐赤子，莫生尤物為瘡痏。雨順風調百穀登，民不飢寒為上瑞。君不見武夷溪邊粟粒芽，前丁後蔡相寵加。爭新買寵各出意，今年鬥品充官茶。吾君所乏豈此物，致養口體何陋耶！洛陽相君忠孝家，可憐亦進姚黃花！〔註73〕

蘇軾在貶謫時期見到了荔枝，聯想到歷代統治者的自私、殘忍，以及人們為了運送新鮮荔枝而傷亡的驚心動魄景象，詩人以同情的心理，誠懇的希望上天不要讓嶺海生產荔枝，使人民免於受到飢餓寒冷的痛苦才是最重要的；後半部更直指丁晉公、蔡君謨、錢惟演漠視民間疾苦而爭新賣寵，也暗諷當時的皇帝哲宗。詩人指責上位者不知體恤人民，以慈悲的胸懷憐憫無辜的人民，詩中反映了社會現實，詩人從平凡的食物引發深刻的思考，以敏銳的觸角挖掘了不為人知的另一面，可以看出詩人想以此詩來促使時人反應弊政的企圖。

　　此外，〈塔前古檜〉則是增添了物的靈性，並賦予物生命力：

　　　　當年雙檜是雙童，相對無言老更恭。庭雪到腰埋不死，

〔註73〕北京大學古文獻研究所編：《全宋詩（十四）》（北京：北京大學出版社，1993 年 9 月），卷 822，頁 9516～9517。

如今化作兩蒼龍。〔註74〕

詩人運用靈活的比喻與擬人增添了此詩的趣味，將小雙檜比喻為幼童，在成為老樹之後又比喻為蒼龍，古檜在不同時期的姿態各異，其稚嫩與蒼勁的形象躍然紙上，在歷經無數的風雪之後，古檜更展現出旺盛的生命力，同時散發出沉穩的氣質。

陸游的詠物詩數量多，題材廣泛，能展現出對於大自然中生命律動的感悟，並且寄託了人生際遇之感與家國之憂，其清高自持的品格、欲恢復中原的急切盼望、對統治者態度消極的憤怒、因仕途挫折而生的孤獨以及對人生哲理的反思都體現在詠物詩中；並且以細微的觀察與高超的文字技巧，表現物的姿態與精神，常託物言志，具有豐富的情感內涵。

陸游是著名的愛梅詩人，其詠梅詩中可看出他對梅花的熱愛，如〈梅花絕句〉六首之三：

> 聞道梅花坼曉風，雪堆遍滿四山中。何方可化身千億？
> 一樹梅花一放翁。〔註75〕

詩人對梅花真摯的情感溢於字裡行間，為了可以賞遍天下所有的梅花，詩人產生了奇特的幻想，希望自己能夠有無數的分身能夠站在每一棵梅花樹下玩賞梅花，這是一種寧靜平和的境界。

花朵凋零枯萎的畫面總是會令人產生了韶光遠逝的嘆息，然而具有開闊視界的陸游並不因此悲傷，〈落梅〉兩首之一寫道：

> 雪虐風饕愈凜然，花中氣節最高堅。過時自合飄零去，
> 恥向東君更乞憐！〔註76〕

梅花在嚴寒季節、惡劣氣候的威脅之下，面臨凋落也無所畏懼，甚至瀟灑離枝而去，以不苟顏求活為傲，是何等勇敢壯烈的情操，堅強的

〔註74〕北京大學古文獻研究所編：《全宋詩（十四）》（北京：北京大學出版社，1993 年 9 月），卷 791，頁 9165。

〔註75〕宋・陸游撰：《劍南詩稿》，收於《景印摛藻堂四庫全書薈要集部別集類・第 42 冊》（臺北市：世界書局，1987 年），卷 50，頁 127。

〔註76〕宋・陸游撰：《劍南詩稿》，收於《景印摛藻堂四庫全書薈要集部別集類・第 42 冊》（臺北市：世界書局，1987 年），卷 26，頁 456。

梅花就如同是詩人不戀棧官場的寫照。又如〈遊彌牟菩提院，庭下有凌霄，藤附古楠，其高樹丈，花已零落滿地〉：

> 絳英翠蔓亦佳哉，零亂空庭瑪瑙盃。遍雨新花天有意，定知閒客欲閒來。〔註77〕

陸游在詩後注「佛經云：天風吹萎花，更雨新好者。」，滿地的落花是上天安排新花出現的好意，詩人用閒適的心情、曠達的胸懷接納這份好意，因此花朵萎落也不以爲悲，可知詩人對於大自然的規律與運作有透澈的領會，且能深切體物，展現了能揚棄悲哀的人生觀。〈荷花〉一詩更可見詩人的豪爽磊落：

> 南浦清秋露冷時，凋紅片片已堪悲。若教具眼高人看，風折霜枯似更奇！〔註78〕

清冷的秋天使曾經紅艷的荷花凋零，更添傷感之情，但詩人轉變了這種傷感，將此種畫面呈現在慧眼獨具的高人面前，反而只見荷花奇特的風韻，「風折霜枯」造就了荷花另一種美，而「具眼高人」指的就是詩人自己，他自信自己與庸俗之人不同，因此能有獨到的見解。

陸游見到牡丹，就會觸動愛國之情，〈夢至洛中觀牡丹繁麗溢目覺而有賦〉詩云：

> 兩京初駕小羊車，憔悴江湖歲月賒。老去已忘天下事，夢中猶看洛陽花。妖魂艷骨千年在，朱彈金鞭一笑譁。寄語氈裘莫癡絕，祈連還汝舊風沙！〔註79〕

詩人憧憬洛陽牡丹，由此而生收復失土的願望，雖已年邁憔悴，但仍希望親眼見到兩京收復的一天，盼望如此殷切以至夢中也賞牡丹、遊故都，詩人認爲牡丹的妖魂艷骨千年長在，而敵人不可能永遠佔據中原，總有一天要將他們趕回塞外，在此詩人展現了自己濃烈熱情的愛

〔註77〕宋・陸游撰：《劍南詩稿》，收於《景印摛藻堂四庫全書薈要集部別集類・第42冊》（臺北市：世界書局，1987年），卷6，頁112。

〔註78〕宋・陸游撰：《劍南詩稿》，收於《景印摛藻堂四庫全書薈要集部別集類・第42冊》（臺北市：世界書局，1987年），卷25，頁435。

〔註79〕宋・陸游撰：《劍南詩稿》，收於《景印摛藻堂四庫全書薈要集部別集類・第42冊》（臺北市：世界書局，1987年），卷27，頁470。

國思想與想救國家的膽量、決心。

　　宋代詩人詠物是有意識的從言理上開始創造，進而能呈現時代的烙印與作家本身獨特的風格，並且開啟了詠物詩由抒情到言理的新風貌，當詩與理融合爲一，更能增添作品的情致與理趣，如鄒巔所云：

　　　　詩解構了哲理的邏輯外殼，賦予它有意味的形式，使
　　它具有詩趣詩味，而哲理開掘了詩的深度，提升了詩的境
　　界，賦予詩巨大的心靈震撼力。〔註80〕

詩言理是詩人人生智慧的展現，當詠物詩中具體的物象與詩人抽象的思考結合，物的存在價值提高了，詩人對於生命的本質能有更清楚的認識，形諸詩句便能產生無比的心靈震撼。而由於宋人對於人生有新的看法，因此能揚棄悲傷的情緒甚至昇華，正如日本學者吉川幸次郎所云：

　　　　遍覽宋詩，就會發覺到悲哀的作品並不算太多。或者，
　　即使是吟詠悲哀的詩，也多半還暗示著某些希望，而很少
　　悲哀到絕望的程度。宋人廣闊的世界，終於洞察了悲哀絕
　　不代表人生的全部。〔註81〕

宋人的冷靜與從容使其具有廣闊的視界，他們看清了人生，以不同的角度重新審視人生的悲哀，再以超然的態度去面對，創作詠物詩時能密切的貼近日常生活，沒有激烈的情感噴發，只留下寧靜的喜悅與自省。

第二節　史達祖以前詠物詞之發展

　　晚唐五代詞體初興，本與音樂聯繫極爲密切，到了宋朝，詞既有獨立的文學藝術性，又有音樂的實用功能，因此能普遍流行於民間，然卻不爲士大夫所崇尚。北宋中後期，詞逐漸與音樂分離，伶工之詞

〔註80〕鄒巔著：《詠物詞流變文化論》（長沙：湖南人民出版社，2009年8月），頁178。
〔註81〕吉川幸次郎著、鄭清茂譯：《宋詩概說》（臺北市：聯經出版事業公司，1983年5月），頁33。

變爲士大夫之詞，體製日繁，內容愈廣，然而多屬直抒胸臆之作，詞人尚未著力於詠物；直至南宋，越來越多的詞人大量創作詠物詞，努力開拓詞境，提升寫作技巧，並繼承詠物傳統，將語言的藝術性發揮到極致。以下分從唐五代、北宋前期、北宋後期、南渡時期、南宋前期五個時期來概述詠物詞發展的情形，以了解史達祖之前詠物詞的風貌，及其承繼的詠物趨勢與特色。

一、唐五代詠物詞

要觀察唐五代詠物詞之發展演進，可從敦煌詠物詞與唐五代文人詠物詞兩方面來探討之。

（一）敦煌詠物詞

在敦煌曲子詞中，詠物詞有十餘首，所詠題材，於植物方面詠及木蘭花、楊柳、松、海棠，動物方面詠及燕、喜鵲、馬，器物方面詠及樂器、劍，天象方面則均爲詠月。敦煌詠物詞多爲緣事而發之作，作者即物興感，便以樸素自然、通俗的語言來表達內在的情意，如：

> 天上月，遙望似一團銀。夜久更闌風漸緊，爲奴吹散月邊雲。照見負心人。（〈望江南〉）〔註82〕

> 失群孤雁獨連翩，半夜高飛在月邊，霜多雨濕飛難進，暫借荒田一宿眠。（〈樂世詞〉）〔註83〕

〈望江南〉爲詠月之作，抒情成分較濃，因看見天上的月亮而思及負心人，情感眞切，是「即物達情」之作，文字樸實、通俗易懂，具有白描的特性。〈樂世詞〉描繪出失群之孤雁，在歷經艱險的飛行旅程之後，所暫時休息之處一片荒涼，襯托出孤寂的氣息，藉由詠孤雁而寫世俗的險惡及暫居異鄉的孤獨與無奈。

又如四首「託物言志」之作：

〔註82〕曾昭岷等編撰：《全唐五代詞（下）》（北京：中華書局，1999年12月），頁934。

〔註83〕曾昭岷等編撰：《全唐五代詞（下）》（北京：中華書局，1999年12月），頁1144。

　　　　紅耳薄寒。搖頭弄耳擺金彎。曾經數陣戰場寬。用勢
卻還邊。　　　入陣之時，汗流似血。齊喊一聲而呼歇，但
則收陣卷旗旛，汗散卸金鞍。(〈酒泉子〉)〔註84〕

　　　　三尺青蛇，嶄新鑄就鋒刃快。沙魚裏櫚用銀裝。寶見
七星光。　　　曾經長蛇偃月陣，一遍離匣神鬼遁。鴻門會
上佑明王。勝用一條槍。(〈酒泉子〉)〔註85〕

　　　　海燕喧呼別淥波。雙飛迢遞歷山河。堅志一心思舊主，
壘新窠。　　　出入豈曾忘故室，往來未有不經過。辭主南
歸聲尚切，感恩多。(〈浣溪沙〉)〔註86〕

　　　　一樹澗生松，迥長誰林起。勁枝接青霄，逸氣遮天地。
　　　　鬱鬱覆雲霞，且擁高峰頂。金殿選忠良，合赴君王意。
　(〈生查子〉)〔註87〕

〈酒泉子〉一首詠戰馬，一首詠寶劍，傳達出敢於為國衝鋒陷陣的精
神。〈酒泉子〉詠馬以未經雕琢的文字，描摹出在戰場馳騁的戰馬形
象，生動、自然、有氣勢；〈酒泉子〉詠劍寫出了寶劍的銳利與光芒，
並顯示戰鬥的威力。〈浣溪沙〉表面詠燕，其實以海燕來寄寓臣子忠
貞事主之心，作者在海燕身上投射了自己的情感，屬於通篇託物言志
之作。〈生查子〉則藉由寫生長在高處，挺拔的松樹，來比喻有才能
的人等待被君王發掘、重用。這些作品均能藉詠物及比興寄託的表現
手法來表達作者的心靈意志，雖然文字不如文人詞細膩，但能使情感
直接流露，具有寫實的特性。

　　敦煌詠物詞題材的選取則以開闊的空間、意境為主，視野不侷限在

〔註84〕曾昭岷等編撰：《全唐五代詞（下）》（北京：中華書局，1999 年 12
　　　　月），頁 891。

〔註85〕曾昭岷等編撰：《全唐五代詞（下）》（北京：中華書局，1999 年 12
　　　　月），頁 892。

〔註86〕曾昭岷等編撰：《全唐五代詞（下）》（北京：中華書局，1999 年 12
　　　　月），頁 919。

〔註87〕曾昭岷等編撰：《全唐五代詞（下）》（北京：中華書局，1999 年 12
　　　　月），頁 920。

屋內，大多具有陽剛的氣息，如詠山澗之松樹、戰場的馬，高飛的海燕等，且多爲作者有感而發、即物達情之作，富有比興寄託，樸拙而率眞。

（二）唐五代文人詠物詞

唐五代文人詞多產生於歌筵酒席之間，爲奉制應和、酬唱之作，而此時期的詠物詞數量很少，題材也較爲狹隘，多取材於室內或庭院，且喜歡以女性爲描寫的主題，富有陰柔的特性，氣格則較爲卑弱。

唐五代時詞人善於詠男女之情，柳向來適於詮釋多情與無情、別離與情意，因此創作詠柳詞的作家頗多，白居易、劉禹錫、溫庭筠、毛文錫、徐鉉、牛嶠、和凝、孫光憲等人都曾用〈楊柳枝〉、〈柳枝〉、〈柳含煙〉等詞調來詠柳，如：

> 一樹春風萬萬枝，嫩於金色軟於絲。永豐南角荒園裡，
> 盡日無人屬阿誰？（〈楊柳枝〉白居易）〔註88〕

> 城外春風吹酒旗，行人揮袂日西時。長安陌上無窮樹，
> 唯有垂楊管別離。（〈楊柳枝〉劉禹錫）〔註89〕

白居易、劉禹錫詠柳起興寫別離哀情，在形式上未脫離近體詩的範圍，是七言絕句，內容簡單，叮視爲詞體未備的詠物先聲。至晚唐溫庭筠出現之後，全力作詞，其精鍊的用字遣詞，精美的刻畫方式，創作了許多情辭並茂的作品，使詩與詞的不同處才逐漸顯著。然而溫庭筠或是花間派詞人的詞作常寫春愁秋怨、離情別緒、艷情閨思，風格綺麗，詠物詞則相當少見，內容也無特別突出之處。

進入五代之後，詞的形式有了明顯的變化，句式由整齊演變爲長短不齊，最早以長短句形式出現的詠物詞，應爲牛嶠的〈夢江南〉兩首：

〔註88〕張璋、黃畬編：《全唐五代詞》（上海：上海古籍出版社，1986 年 2月），卷 1，頁 128。

〔註89〕張璋、黃畬編：《全唐五代詞》（上海：上海古籍出版社，1986 年 2月），卷 1，頁 104。

含泥燕，飛到畫堂前。占得杏梁安穩處，體輕唯有主
人憐。堪羨好姻緣。

紅繡被，兩兩間鴛鴦。不是鳥中偏愛爾，爲緣交頸睡
南塘。全勝薄情郎。〔註90〕

一首詠燕，以春天時成對的燕子來對比出閨中人的孤單寂寞；一首
詠被上繡的鴛鴦，藉由恩愛的鴛鴦，來諷刺薄情之人。兩首詞都是
以女性爲詞中抒情的主角，描寫女性的心理，爲有感而發，詠物寄
情之作。

李珣的詠物詞作是五代奇艷詞中少數的「清勝」者，其作品如：
秋雨聯綿，聲散敗荷叢裡，那堪深夜枕前聽，酒初醒。

牽愁惹思更無停，燭暗香凝天欲曙，細和煙，冷和雨，
透廉旌。（〈酒泉子〉）〔註91〕

秋月嬋娟，皎潔碧紗窗外，照花穿竹冷沉沉，印池心。

凝露滴，砌蛩吟，驚覺謝娘殘夢。夜深斜傍枕前來，
影徘徊。（〈酒泉子〉）〔註92〕

此兩首詞一首詠秋雨，一首詠秋燕，皆能善用動詞以視覺及聽覺營造
出不同的感受。前首由自深夜下到天明、綿綿不斷的秋雨來牽引出詞
人無限的愁思，房間內呈現出一種清冷黯然的氣氛；後首由秋月陪襯
深夜的寂靜，境界空靈，月光能穿透思婦視線所及之物，顧影自憐，
幽思難禁。兩首詠物詞融情入景，可說是渾然天成。

唐五代的文人詞喜歡吟詠兒女之情，以側艷爲主要風格，並常以
女性生活空間中的物象爲主要吟詠對象，作者雖是男性詞人卻善於描
繪女性幽微的心理變化，文字細膩精巧，擅於營造氣氛，主題則喜以
閨情、離別的愁思爲主，無論是因物移情或以情託物的詠物詞，均難

〔註90〕黃進德選注：《唐五代詞選集》（上海：上海古籍出版社，1993 年 2
月），頁 217。
〔註91〕黃進德選注：《唐五代詞選集》（上海：上海古籍出版社，1993 年 2
月），頁 337。
〔註92〕黃進德選注：《唐五代詞選集》（上海：上海古籍出版社，1993 年 2
月），頁 338。

見作者自身明顯的特性，金永哲就認爲此時期的詞人「多從客觀態度保持距離描寫景物，且以之觀察女性美，雖在所詠諸物象中能獲得藝術的精美，卻易喪失作家個人生命力與特性」〔註93〕。唐五代文人詠物詞的視角較爲狹窄，意境不夠深遠，也缺乏詞人眞摯的心靈展現及時代正面的反映，從另一方面來看，尚能充分展現出詞的抒情作用，而其含蓄委婉的表達方式，奠定了後來的詠物詞表現寄託之基礎。

二、北宋前期詠物詞

　　北宋初期，詞壇繼承晚唐五代餘緒，由於詞仍屬於新興的文體尚待開拓，因此詠物詞的創作不多。宋初的詠物詞當以錢惟演、陳堯佐、林逋、李遵勗爲代表，其所作詠物詞各爲：

　　　　錦幨參差朱檻曲。露濯文犀和粉綠。未容濃翠伴桃紅，已許纖枝留鳳宿。嫩似春蕪明似玉。一寸芳心誰管束。勸君速吃莫踟躕，看被南風吹作竹。（錢惟演〈玉樓春〉）〔註94〕

　　　　二社良辰，千家庭院。翩翩又見新來燕。鳳凰巢穩許爲鄰，瀟湘煙暝來何晚。　　亂入紅樓，低飛綠岸。畫梁時拂歌塵散。爲誰歸去爲誰來，主人恩重珠簾捲。（陳堯佐〈踏莎行〉）〔註95〕

　　　　金谷年年，亂生春色誰爲主。餘花落處。滿地和煙雨。　　又是離歌，一闋長亭暮。王孫去。萋萋無數。南北東西路。（林逋〈點絳唇〉）〔註96〕

　　　　黃菊一叢臨砌。顆顆露珠裝綴。獨教冷落向秋天，恨東君不曾留意。　　雕闌新雨霽。綠蘚上，亂鋪金蕊。此

〔註93〕參見金永哲：《宋末三家詠物詞研究》（臺北：臺灣大學中文所博士論文，2001年），頁44～45。

〔註94〕唐圭璋編纂：《全宋詞（一）》（北京：中華書局，2005年1月），頁5～6。

〔註95〕唐圭璋編纂：《全宋詞（一）》（北京：中華書局，2005年1月），頁6。

〔註96〕唐圭璋編纂：《全宋詞（一）》（北京：中華書局，2005年1月），頁9。

花開後更無花，願愛惜、莫同桃李。（望漢月〈李遵勗〉）
〔註97〕

以上四首詞分別詠竹筍、燕、草、菊花，都是以小令的形式寫成，是清新秀美之作。錢氏之作明顯受到五代詞的影響，色彩鮮豔，文字穠麗；陳氏之作以燕子來比喻自己，有比興也有寄託，以燕子翩然來歸進一步歌頌宋王朝，並表示自己的感恩之情；林氏詠草含蓄、委婉，蘊含對滄桑人世、富貴如浮雲之感嘆，以及惆悵傷春之情，此詞被稱為「詠草之美」者，引起歐陽修與梅堯臣與其相互爭勝，各自填了同樣是詠草的〈少年游〉、〈蘇幕遮〉，可見此詞的影響；李氏詠菊，將花比擬為人，情感直率。自四家之後，大家輩出，詠物詞也越來越興盛了。

北宋前期的詞壇領袖為晏殊、歐陽修、張先、柳永，其中晏殊創作較多的詠物詞，而柳永已漸漸嘗試用長調來詠物。

晏殊之身世富貴顯達，詞作閑雅蘊藉，辭句清新，不同於其他以抒情為主的詞作，晏殊詞的特色在於「能將理性之思致融入抒情之敘寫中，在傷春怨別之情緒內，表現出一種理性之反省及操持，在柔情銳感之中，透露出一種圓融曠達之理性的觀照」〔註98〕，對於物色的描摹能寫其精神而不留滯於形跡。詠物詞作如：

重陽過後，西風漸緊，庭樹葉紛紛。朱闌向曉，芙蓉妖豔，特地鬥芳新。　　霜前月下，斜紅淡蕊，明媚欲回春。莫將瓊萼等閒分，留贈意中人。（〈少年游〉）〔註99〕

此首詞詠木芙蓉，用詞雍容婉麗，詠物間可見詞人之感情，在清秋一片蕭瑟的氣氛當中，凌霜耐冷的木芙蓉開得格外美艷，挑動了詞人的情懷，惜花也惜人，詞人贈花之深意，留給讀者想像的空間。

〔註97〕唐圭璋編纂：《全宋詞（一）》（北京：中華書局，2005 年 1 月），頁13。

〔註98〕參見繆鉞、葉嘉瑩合著：《靈谿詞說》（臺北市：正中書局，1993 年8 月），頁 93～101。

〔註99〕唐圭璋編纂：《全宋詞（一）》（北京：中華書局，2005 年 1 月），頁120。

　　歐陽修在北宋的文壇及政壇都是要角，倡導北宋古文運動，且改變北宋初期西崑體雕飾繁縟之詩風，然而在詞方面的成就雖不如散文及詩，但在吟詠風月的詞中可見歐陽修的敏感多情，對美好事物的賞愛與對生命的感性，交織成時而豪放時而沉著的特殊風格，具有抑揚唱嘆之美。歐陽修詠物之作不多，多為令詞，輕柔嫵媚，尚未脫離五代側艷之格，其詠琵琶之〈薰香囊〉更是引人遐思。詠物詞作如：

　　　　江南蝶，斜日一雙雙。身似何郎全傅粉，心如韓壽
　　愛偷香，天賦與輕狂。　　微雨後，薄翅膩烟光。才伴游
　　蜂來小院，又隨飛絮過冬牆，長是為花忙。(〈望江南〉)
　　　〔註100〕

這首詞詠蝴蝶，以人擬蝶，何郎傅粉與韓壽偷香的典故巧妙寫出了蝴蝶外表之美與內在特性，體物入微，而不滯留在蝶本身，此時的蝴蝶是輕狂男子的化身，歐陽修含蓄的借蝶詠人，諷刺了尋歡作樂的風流浪子，詠物又詠懷。

　　張先間於小令、慢詞轉型之際，為開長調詠物詞的先聲，其詞沒有華豔的辭藻，善於用通俗平易的語言，敘寫婉曲的情思，顯得別緻雋永，詠物詞很少，僅有數首。其詠物詞如：

　　　　移得綠楊栽後院。學舞宮腰，二月青猶短。不比灞陵
　　多送遠。殘絲亂絮東西岸。　　幾葉小眉寒不展。莫唱陽
　　關，真個腸先斷。分付與春休細看。條條盡是離人怨。(〈蝶
　　戀花〉)〔註101〕

此首為運用擬人化手法寫成的詠柳詞，先寫伊人在風塵中被攀折之苦，移入人家後雖有所改變，但仍有不圓滿者，即是要面對與主人的離別，詞人將曠怨之情結合柳寄離情的比興呈現出來，含蓄有韻味。

　　柳永漸漸創作長調慢詞，為鋪陳之敘寫，擴充了詞體，開展了新

〔註100〕　唐圭璋編纂：《全宋詞（一）》（北京：中華書局，2005年1月），頁
　　　　157。
〔註101〕　唐圭璋編纂：《全宋詞（一）》（北京：中華書局，2005年1月），頁
　　　　85。

局面，無論是眼前之景或內心之情，都有個人鮮明真摯的感受。其詞淺近卑俗，語言坦率，多寫羈旅之情，傳誦很廣；詠物之作很少，多鋪敘婉轉之功，聯想與興寄仍顯不足。詠物詞如：

> 雅致裝庭宇。黃花開淡泞。細香明豔盡天與。助秀色堪餐，向曉自有真珠露。剛被金錢妒。擬買斷秋天，容易獨步。　　粉蝶無情蜂已去。要上金尊，惟有詩人曾許。待宴賞重陽，恁時盡把芳心吐。陶令輕回顧。免憔悴東籬，冷煙寒雨。（〈受恩深〉）〔註102〕

此首詞詠秋菊，透過鋪敘描寫秋菊，來寄寓己身的心志與遭遇，詠物兼詠人心。菊的雅致與明豔的風采象徵詞人不凡的氣質及出眾的才性，然歲月荏苒、年華老去，喻自己也須等待時機再展鴻才。此詞鋪敘委婉，看似句句寫菊，其實句句喻己，充滿了自信卻又懷著無奈的淒涼，雖言志卻沒有從詞面中顯露出來，讀之自能有會心之處。

　　因為柳永的創作，使詞由小令擴張到長調，而為了適應字數的增加，在內容方面會更加細膩的描摩、鋪陳事件或物象，物的成分增加之後，物的特徵與人物的情感、精神能更加契合，也較能展現出詠物詞寫物為主的特性，對於後人創作詠物詞具有深遠的影響。

三、北宋後期詠物詞

　　北宋後期，先後出現了兩位對詠物詞的發展極具影響力的作者：一位是蘇軾，以清新的字句與縱橫的氣象，倡導「詞的詩化」，使創作詞的活動提升至士大夫階層，並提高了詞體的文學地位；另一位則是周邦彥，集北宋詞之大成，使詞走向思索安排的途徑。

　　蘇軾之詞能展現高潔的人品與曠達的人生哲學，內容題材相當廣闊，詞境亦廣為拓展，宋王灼《碧雞漫志》肯定蘇軾開拓題材的成就，云：「東坡先生非心醉於音律者，偶爾作歌，指出向上一路，新

〔註102〕唐圭璋編纂：《全宋詞（一）》（北京：中華書局，2005 年 1 月），頁23。

天下耳目，弄筆者始知自振」〔註 103〕，清劉熙載《詞概》也道出了
東坡詞的過人之處，云：「東坡詞頗似老杜詩，以其無意不可入，無
事不可言也」〔註 104〕，凡是抒懷、弔古傷時、贈別、悼亡、山水、
田園、詠物等題材，蘇軾都能以詞體來創作之，這擴大了詞人的視
野。由於蘇軾將詞「詩化」及其身邊形成了文學集團，因此蘇軾創
作了較多的詠物詞，且常有具社交性的和韻、次韻之作。

　　蘇軾詠物詞名作如：

　　　　缺月挂疏桐，漏斷人初靜。時見幽人獨往來，縹緲孤
　　鴻影。　　　驚起卻回頭，有恨無人省，揀盡寒枝不肯棲，
　　楓落吳江冷。（〈卜算子・黃州定慧院寓居作〉）〔註 105〕

此詞是蘇軾被貶為黃州團練副使，寫於元豐五年（1082 年），為抒懷
之作，也曲折的反映了當時朝廷因文字羅織罪名，是一種對人才的迫
害與摧殘。詞中本詠夜景，至下半闋專寫孤鴻，寓意高遠；且以比興
之法，藉孤鴻襯托，抒發自己幽憤寂苦之情，「揀盡寒枝不肯棲，楓
落吳江冷」正是蘇軾被貶謫處境的寫照，是心境的投射。蘇軾將自我
的精神投射在物上，物便有了自我的色彩，這使得詠物詞能兼具體物
以及言志抒懷。

　　而蘇軾最有名的詠物典範之作為〈水龍吟〉，可見清麗韶秀的風
格：

　　　　似花還似非花，也無人惜從教墜。拋家傍路，思量卻
　　是，無情有思。縈損柔腸，困酣嬌眼，欲開還閉。夢隨風
　　萬里，尋郎去處，又還被、鶯呼起。　　　不恨此花飛盡，
　　恨西園、落紅難綴。曉來雨過，遺蹤何在，一池萍碎。春
　　色三分，二分塵土，一分流水。細看來，不是楊花點點，

〔註 103〕　宋・王灼《碧雞漫志》，唐圭璋編：《詞話叢編（一）》（北京：中華
　　　　　書局，2005 年 10 月），頁 85。

〔註 104〕　清・劉熙載《詞概》，唐圭璋編：《詞話叢編（四）》（北京：中華書
　　　　　局，2005 年 10 月），頁 3690。

〔註 105〕　唐圭璋編纂：《全宋詞（一）》（北京：中華書局，2005 年 1 月），頁
　　　　　381。

是離人淚。（〈水龍吟・次韻章質夫楊花詞〉）〔註106〕

此首詞受到歷來的評價甚高，王國維《人間詞話》云：「東坡水龍吟詠楊花，和韻而似原唱。章質夫詞，原唱而似和韻。才之不可強也如是。」又云：「詠物之詞，自以東坡水龍吟為最工，邦卿雙雙燕次之。」〔註107〕，蘇軾此詞令闢新境，自出新意，不同於章質夫的詞實寫楊花，而是從虛處下筆，將「無情」之花化為「有思」之人，「似花還似非花」既詠物又寫人言情，詠物而又不滯於物，蘇軾經由大膽的想像將抽象的楊花化作具體的思婦，花人合一，可見物已經被人格化，具有人的情感、生命、心理。惜花與惜春之情互相交融，「細看來，不是楊花點點，是離人淚」之句，可說是餘味無窮，是紛紛似淚的楊花，還是楊花般的思婦淚水？虛實相間，情物交融已至渾化無跡之境。

周邦彥是繼蘇軾之後對後世詠物詞的發展最具影響力的詞人，他妙解音律，好創新調，工於雕琢，並且善用典故，能巧妙的融入前人的詩句於詞作之中，使得辭采富豔典麗。由於他極為注重藝術技巧，善於以思索安排表達深厚的情感，呈現出渾厚和雅的氣象，使得宋詞因而雅化，宋沈義父《樂府指迷》就提到了周邦彥在詞的形式、格律方面下了很大的工夫：

凡作詞，當以清真為主。蓋清真最為知音，且無一點市井氣。下字運意，皆有法度，往往自唐宋諸賢詩句中來，而不用經史中生硬字面，此所以為冠絕也。〔註108〕

其詠物詞的特色是寫物時，物與情往往有緊密的關聯性，最常以無情之物來寄寓自己的深情，也就是將物賦予人格特徵，物與詞人是情感

〔註106〕 唐圭璋編纂：《全宋詞（一）》（北京：中華書局，2005 年 1 月），頁358。

〔註107〕 清・王國維《人間詞話》，唐圭璋編：《詞話叢編（五）》（北京：中華書局，2005 年 10 月），頁 4247～4248。

〔註108〕 宋・沈義父《樂府指迷》，唐圭璋編：《詞話叢編（一）》（北京：中華書局，2005 年 10 月），頁 277～278。

相通的，但並沒有融合爲一，可見詞人「在審美觀照中始終沒有忘記自己的存在」〔註109〕；此外，在形式及格律上，著力於細微的刻畫、鍛鍊、渲染，力求典麗精工，在藝術形式的表現方面，具有繼往開來之功。

周邦彥的詠物詞名作如：

> 粉牆低，梅花照眼，依然舊風味。露痕輕綴。疑淨洗鉛華，無限佳麗。去年勝賞曾孤倚。冰盤同宴喜。更可惜，雪中高樹，香篝熏素被。　今年對花最匆匆，相逢似有恨，依依愁悴。吟望久，青苔上、旋看飛墜。相將見、脆丸薦酒，人正在、空江烟浪裡。但夢想、一枝瀟灑，黃昏斜照水。(〈花犯‧梅花〉) 〔註110〕

此首詞穿越了時空，在今日、過去、未來之間轉移，界限清楚，上片「粉牆低，梅花照眼」的景色勾起了往昔的回憶以及對未來的想像，由梅花的姿態與風韻寫至梅花的深仇苦恨，「相逢似有恨，依依愁悴」爲以我觀物，詞人將自己的愁恨化爲梅花的愁恨，「悴」字是暗示花將落的預言，更加深了詞人對花時將過的惆悵。此首詞的深曲之處在於詞思的跳躍，時間上由花開之時跳到梅子成熟之時，空間上則由賞花之地跳至空江烟浪裡，最後再跳回花開之時、賞花之地。顯見此詞不是單純詠梅，在描寫景物的同時也融入了詞人的身世之感。

周邦彥另一首詠物詞作如：

> 正單衣試酒，恨客裡、光陰虛擲。願春暫留，春歸如過翼，一去無跡。爲問花何在，夜來風雨，葬楚宮傾國。釵細墮處遺香澤。亂點桃蹊，輕翻柳陌。多情爲誰追惜。但蜂媒蝶使，時叩窗槅。東園岑寂，漸蒙籠暗碧。靜繞珍叢底，成嘆息。長條故惹行客。似牽衣待話，別情無極。殘英小，強簪巾幘。終不似一朵，釵頭顫裊，向人敧側。

〔註109〕　參見黃雅莉：〈論宋代詠物詞之發展〉，《國立新竹師範學院語文學報》，第 11 期，2004 年 12 月，頁 136～143。

〔註110〕　唐圭璋編纂：《全宋詞（二）》（北京：中華書局，2005 年 1 月），頁 785。

> 漂流處、莫趁潮汐。恐斷紅、尚有相思字，何由見得。(〈六
> 醜・薔薇謝後作〉)〔註111〕

此首詞在詠薔薇之時，同樣寄寓了詞人深刻的身世之感。傷春與傷別
為組成此詞的基本元素，「願春暫留，春歸如過翼，一去無跡」之句，
以凝鍊的文字曲折婉轉的表達出詞人豐富的情感，一層一層的反映出
詞人對春將逝去的留戀及悵惜之情，並有遠滯他鄉之感嘆，「為問花
何在」表達的是漂泊無依的焦灼與尋找歸屬感的渺茫。下片寫花謝之
後，且為薔薇塑造了鮮明生動的形象，「牽衣待話」是寫花戀人，楚
楚可憐的薔薇似欲傾訴無限的離情，「強簪巾幘」是寫人惜花，是對
於薔薇落盡的心靈慰藉。春去花落，無可奈何，但人與花分離之後，
仍然難分難解，給讀者無限的想像空間，真是餘音不絕。

四、南渡詞人詠物詞

　　南渡時期是一個極為動盪的歷史時期，「可以徽宗宣和七年（1125
年）金兵首次南侵為起始，以孝宗隆興二年（1164 年）宋、金對峙
局面穩定下來為結束，總共有四十年」〔註 112〕，這段時期發生了金
人入侵、北宋迅速滅亡、高宗即位後倉卒南遷、金人不斷欺壓南宋等
重大事件，一批在北宋已有詞名的詞人，如朱敦儒、葉夢得、張元幹、
向子諲、李清照等，隨著宋室的南渡，飽受戰亂、顛沛流離之苦，轉
變了北宋承平時期的平和柔婉詞風，而為慷慨悲壯之音，情感的深度
較南渡前有所提升，奠定了南宋詞新風格之基礎。南渡時期重要的詠
物詞人，可以朱敦儒、李清照為代表。

　　朱敦儒的詠物詞深刻的呈現了自己在現實中所遭遇的苦難，並寄
寓了瀟灑獨立、高潔的品格，具有鮮明的時代特點；且風格高朗、語
言清新自然，把士大夫之詞導向通俗化，一掃北宋末年綺麗雕琢的習

〔註111〕　唐圭璋編纂：《全宋詞（二）》（北京：中華書局，2005 年 1 月），頁
　　　　　786。
〔註112〕　劉揚忠：《唐宋詞流派史》（北京：中國社會科學出版社，2007 年 1
　　　　　月），頁 265。

氣，可說是南渡時期最為傑出的詠物詞人。

　　朱敦儒早年過著疏狂放浪的生活，在靖康之難戰火燒及洛陽後，他倉皇南徙，在離鄉背井、長途跋涉的過程中，寫下了一首〈卜算子〉：

> 旅雁向南飛，風雨群初失。飢渴辛勤兩翅垂，獨下寒汀立。鷗鷺苦難親，矰繳猶相逼。雲海茫茫無處歸，誰聽哀鳴急？〔註113〕

此首詠物詞中向南飛的失群孤雁，離群失所、無家可歸、以及對未來感到茫然的苦難遭遇都是朱敦儒真實的人生際遇寫照。「風雨群初失」的風雨暗指人世的風雨，代表了突如其來的戰禍。孤雁的飢渴辛勞與孤宿寒汀的情景是詞人在逃難途中萬分疲憊、無依無靠的慘狀，孤雁有擔心被人弋射的性命之憂也象徵了詞人當時的心情。藉由寫孤雁的困厄來寫人世間的憂患，處處寫雁，處處是自己的心緒，言在此而意在彼，雖是個人逃難的遭遇與感受，但作品內容反映了很強的時代色彩。

　　再如詠梅詞：

> 古澗一枝梅，免被園林鎖。路遠山深不怕寒，似共春相躲。　　幽思有誰知，托契都難可。獨自風流獨自香，明月來尋我。（〈卜算子〉）〔註114〕

在這首詞之中，朱敦儒並沒有著重於描繪梅花外在美麗的姿態，而是刻畫其遠離塵俗，「獨自風流獨自香」的高潔品性就如同詞人自身獨立不倚的性格，可看作詞人剖析自我的一番表白。

　　宋代最著名的女詞人李清照，在南渡的詞壇中可說是異峰突起，她堅持詞「別是一家」，認為詞應專主情致，保留詞體的本色，並深化、開拓詞情與詞境；其詠物詞作約占全部詞作的四分之一，她與朱

〔註113〕　唐圭璋編纂：《全宋詞（二）》（北京：中華書局，2005 年 1 月），頁1116。

〔註114〕　唐圭璋編纂：《全宋詞（二）》（北京：中華書局，2005 年 1 月），頁1116。

敦儒一樣都經歷了靖康之難的不幸遭遇，但其詠物詞對於吟詠物象的
描寫與體察更為細膩而敏銳，更注重表現遭受苦難的過程及心境變
化，且呈現出濃烈沉重的愁緒與苦痛。

　　李清照詠物詞作如：

> 藤床紙帳朝眠起。說不盡、無佳思。沉香斷續玉爐寒，
> 伴我情懷如水。笛裡三弄，梅心驚破，多少春情意。　　小
> 風疏雨蕭蕭地。又催下、千行淚。吹簫人去玉樓空，腸斷
> 與誰同倚。一枝折得，人間天上，沒個人堪寄。(〈孤雁兒〉)
> 〔註115〕

李清照的丈夫趙明誠病逝之後，她的心情十分的淒苦，睹物思人而寫
下了這首詞。開頭「藤床紙帳朝眠起。說不盡、無佳思」之句就傾訴
了悽涼寂寞的寡居之苦，「梅心驚破」顯示出笛聲激起了詞人對丈夫
的思念之情，泛起了含蓄的情感漣漪，門外細雨瀟瀟，而詞人也淚下
千行，至此感情變化愈趨深刻。丈夫已逝，無人與她倚闌共賞好景，
此詞可說是深刻的傳達了悵然若失的哀音，並以通俗的語言來寫出淒
婉的音調，在詠梅之外又寄託了哀思，環境的描寫與心理的刻畫亦能
和諧的交融。

　　另一首詠芭蕉詞如：

> 窗前誰種芭蕉樹，陰滿中庭。陰滿中庭。葉葉心心，
> 舒卷有餘情。　　傷心枕上三更雨，點滴淋霪。點滴淋霪。
> 愁損北人，不慣起來聽。(〈添字醜奴兒〉)　〔註116〕

李清照善於使用疊字、疊句，可達到情感連綿的效果，頗富曲折回蕩
之味。首先寫芭蕉之形，詞人看見未開的芭蕉葉，感覺芭蕉似乎有無
限的愁思，夜晚時雨水打著芭蕉，也點點滴滴打在詞人的心頭，而湧
起了離鄉背井、逃難千里的酸楚。

〔註115〕　唐圭璋編纂：《全宋詞（二）》（北京：中華書局，2005年1月），頁
　　　　　1200。
〔註116〕　唐圭璋編纂：《全宋詞（二）》（北京：中華書局，2005年1月），頁
　　　　　1207。

　　李清照的詠物詞展現了眞實的女性情操，並以抒發個人生命中的悲痛愁苦，間接反映所處的時代，南渡之後的作品中滲透的是憂國懷鄉之悲與喪夫之痛，情感眞摯自然，毫不矯揉造作。

五、南宋前期詠物詞

　　南宋初期距離靖康之變未遠，因此文學作品中常蘊含熱忱的愛國之情，表現立志恢復的浩氣，南宋前期的詞壇可以辛棄疾爲代表。

　　辛棄疾志在抗金北伐，以恢復宋室江山爲己志，可惜並沒有受到朝廷的重用，屢遭罷廢，無法施展抱負，在理想不斷受到挫折之下，便將強烈的失落感與不平之氣寄之於詞，如清周濟所言：「稼軒不平之鳴，隨處輒發，有英雄語」〔註 117〕；宋范開〈稼軒詞序〉論辛詞則言：

　　　　器大者聲必閎，志高者意必遠。……公一世之豪，以氣節自負，以功業自許，……果何意於歌詞哉？直陶寫之具耳。〔註 118〕

詞成了辛棄疾內心世界的延伸與補償，是陶寫其性情的載體，是主觀情志的抒發，除了宣洩愛國情懷，也抒寫無法實現報國之志的遺憾。蘇軾以詩爲詞，到了辛棄疾進一步的以文爲詞，豐富了詞的藝術表現力量，其創作主張即是在詞的思想內容方面承繼古代詩歌「言志」的傳統，不作閨音，濃厚的民族憂患意識與使命感使辛棄疾的詞風豪放慷慨，多撫時感事之作，展現出一種宏深博大的格局，因此提高了詞的氣格與功能。

　　詠物詞作約有七十多首，數量多，質量也頗高，其題材相當廣泛，對於社會以及人生的感慨藉詞句發之，主體情志極爲明顯。辛棄疾長於使用典故，將經史子集融於詞，加上各種修辭手法，使其詠物詞能

〔註 117〕　清・周濟著：《介存齋論詞雜著》，收於《中國古典文學理論批評專　　　著選輯》（北京：人民文學出版社，1984 年 5 月），頁 8。
〔註 118〕　宋・范開〈稼軒詞序〉，金啓華等編：《唐宋詞集序跋匯編》（臺北　　　市：臺灣商務印書館，1993 年 2 月），頁 172。

貼切表現出物象的典型特徵，想像豐富且技藝圓熟，風格獨特，爲代表宋代豪放詞人詠物詞創作的最高成就。

詠琵琶之作如：

> 鳳尾龍香撥。自開元、霓裳曲罷。幾番風月。最苦潯陽江頭客，畫舸亭亭待發。記出塞、黃雲堆雪。馬上離愁三萬里，望昭陽、宮殿孤鴻沒，弦解語，恨難說。　　遼陽驛使音塵絕。瑣窗寒、輕攏慢撚，淚珠盈睫。推手含情還卻手，一抹梁州哀徹。千古事、雲飛烟滅。賀老定場無消息，想沉香亭北繁華歇。彈到此，爲鳴咽。（〈賀新郎·賦琵琶〉）〔註119〕

「鳳尾龍香撥，自開元霓裳曲罷」，詞人在此借唐代楊貴妃懷中抱過的琵琶發端，暗指北宋初期的繁華盛世，而至國運開始衰微與動亂之始，接著用白居易〈琵琶行〉之情事，「最苦」二字可見詞人也同感「天涯淪落」。「望昭陽宮殿」表面寫昭君的去國懷鄉之痛，實是暗喻靖康之變，由個人的遭遇寫到國家之恨事。詞人心中思念北方的故土，聯想閨中少婦藉琵琶以解懷念征人的相思之苦，然越彈越傷心，「淚珠盈睫」渲染了哀怨悲傷的氣氛，烘托出主題，盛世不再，國難家愁的悲慨一一湧上心頭。此首詠物詞抒情氣氛濃厚，用典雖多，但用典之情事緊扣著詞人的生活經歷與情感，同時也側面反映了當時的時代特點，令人不覺板滯。

另一首詠木樨的詞作：

> 少年痛飲，憶向吳江醒。明月團圓高樹影，十里薔薇水冷。　　大都一點宮黃。人間直恁芬芳。怕是九天風露，染教世界都香。（〈清平樂·謝叔良會木樨〉）〔註120〕

此首詠物詞雖無寄託之意，但仍能表現出情韻，不專寫桂花，而能脫離桂花並且結合了自己的經歷，因此開拓了意境。詞人詠桂花而想起

〔註119〕　唐圭璋編纂：《全宋詞（三）》（北京：中華書局，2005 年 1 月），頁2439。

〔註120〕　唐圭璋編纂：《全宋詞（三）》（北京：中華書局，2005 年 1 月），頁2487。

了吳江之遊，寫出看桂影的優美景象。下片點出了桂花的特徵，而著重於寫它的香味，寫物十分貼切，雖不是寄託之作，但最後一句「染教世界都香」，可以看成是作者濟世之心的自然流露。

辛棄疾的詠物詞兼具了陰柔與陽剛之美，同時能體現出詞人完整的人格與人生經歷，將緣情綺靡的詞一變為言志抒懷，挖掘出詞在書寫方面的潛力，為南宋後起的詞人提供了新的創作範式。

宋孝宗、張浚北伐失敗之後，簽訂了隆興和議，抗戰的愛國精神逐漸退潮，和平的論調與行樂苟安之風日益得勢，加上韓侂胄貿然發動開禧北伐失敗，南宋偏安東南半壁的局面便凝定下來，時事與環境的變化，使南宋人的民風重新歸於柔靡，至乾道、淳熙年間，歌舞昇平的頹風更是大盛，在如此偏安享樂、文恬武嬉的土壤之中，慷慨豪壯的風格基調已不為時俗所喜，淺斟低唱重新成為風行的時尚，講求音律之協與風格柔婉之詞為時人所需，「復雅」之風在南宋詞壇占主導地位，南宋中後期詞壇學清真的人日益增加，其中史達祖發展、變化清真的詠物技巧，保留清真的典麗柔婉，將詠物詞更加精雕細琢，刻意研煉，其工巧清新的詠物詞使梅溪在詞史上頗富盛名，後人遂常以白石、梅溪並稱。

小　結

本章第一節探討了詠物之作的淵源與流變。可知詠物之作起源很早，先秦時期出現了以風為歌詠題材的歌謠。清人俞琰認為《詩經》為詠物一體的源頭，但《詩經》中涉及物類的詩篇，還不能視為嚴格的詠物詩，這些作品顯示了初民會將自然的物象與己身情感作連結，因此呈現詠物最初的樸實風貌。

通篇以詠物形態出現，在文學史上拉開詠物詩創作的序幕，且奠定了託物言志的詠物傳統，當屬屈原的〈橘頌〉。最早的寫物之賦，就是荀子的〈禮〉、〈知〉、〈雲〉、〈蠶〉、〈箴〉五賦，及宋玉的〈風賦〉、

〈釣賦〉，荀、宋二家賦影響了其後的作者在敘寫詠物之作時，常使用隱語及鋪陳的手法。

漢代詠物賦的興起，描摹所詠之物的藝術手法已臻成熟，代表詠物文學進入繁榮的新階段。從不同角度著墨，以排比渲染出事物的多項特徵，時而兼具諷喻，是漢賦詠物最重要的創作技巧與特色。魏晉南北朝時詠物小賦漸漸的興盛起來，對於生命無常的憂患與嗟嘆成了詠物賦的重要內容。建安文人群體在相互酬唱之中，創作了一批詠物賦，同時在貴族、君臣好賦的風氣之下，文人不斷開拓新的詠物題材，適於社交，亦可自抒情志。

齊梁時代，宮廷詩歌的風尚興起，詩人將注意力放在詩歌表現技巧方面，表現對象轉向精微之物，促使了詠物詩的興盛。除了受到社會風氣、文人心態，以及梁代重視娛樂、追求寫實技巧的文學思潮影響之外，皇室的積極參與、文學集團的出現以及文人集會也促進了詠物詩的成長，而這些辭采靡麗的詠物詩，因著力於雕繪，缺乏意趣，乃至成為如謎語般的文字遊戲。

陳子昂出現之後，才轉變了初唐百年間靡麗的齊梁詠物詩風，他強調詠物詩要重視風骨與思想內容之託意，這是詩文的一大革新。而後盛唐詩人寫下了中國詩歌史上最燦爛的一頁，此時期的詠物詩能真正將詩人本身與物融為一體，除了用字遣詞和結構形式超越前代，能將深刻的思想寓意融入作品之中更是一大進步，其中杜甫的詠物詩作，寄託的思想內容更為深婉，藉物象闡發人生至理、議論，能流露出真摯的性情，具有感人的力量，且杜甫詠物善於突顯物的典型特徵，能真正做到「形神兼備」，確立了詠物詩重意興、主寄託的審美範型。中唐後期詠物詩除了在表現形式上力求創新之外，題材也有所拓展，並展現出豐富的內容，此時期詩人喜歡選取柔弱微小、醜惡之物，來反映社會的黑暗面。韓愈的詠物詩對唐代詠物詩發展的貢獻在於藝術形式與風格的創新。白居易創作詠物詩的數量是全唐詠物詩人之冠，其詠物詩多關懷民間疾苦，具有強烈的批判性，發揮了杜甫感

時諷世、即物抒懷的精神，而其組詩與和答詩的創作對於晚唐詠物組詩及酬答唱和之作的大量出現，具有開拓意義。劉禹錫的詠物詩與白居易有相同的特點，即是以詩來揭露社會上的弊端，並從不同的角度反映了作者的處境與政治思想。詠物詩發展到了晚唐，無論是投入詠物詩創作的人數或是作品的數量，都是唐代最爲可觀的時期，晚唐的政治黑暗，在苦悶與壓抑籠罩之下，詩人們所吟詠的題材多爲柔弱微小之物。李商隱詠物詩的創作偏重追求形式之美，穠麗的色彩與柔弱的物象爲審美趣向，內容往往融入家國身世之慨，穠麗中時帶沉鬱，自成一格。李商隱之後，能夠變化盛唐者，當推杜牧，杜牧爲詩務求高絕，不求奇麗，其詠物詩意境清新，體物形容能得物神理，情感寄託深微。除了李杜之外，還有一類是憤世嫉俗、感時傷世的詠物詩，著力揭露社會的矛盾與黑暗面，羅隱是一位重要的作家。此時期的詠物詩壇也瀰漫著逃避現實的漁樵隱逸之風，常流露出對社會環境的消極感嘆，皮日休和陸龜蒙爲此類詩作的代表人物。晚唐的詠物詩，詩人們在經歷了風雨之後，對於人世的苦難體驗更爲深刻，以文字散發「幽豔晚香之韻」，呈現出不同於盛唐與中唐的個性特徵。

　　在唐人創造出詠物詩的高峰之後，宋人寫作詠物詩開始另闢蹊徑，轉向哲理思索，展現了詠物寓理趣，思想深刻，意境幽遠的特色。歐陽修、梅堯臣等人提倡詩文的革新，已初步實現了詠物詩的哲理傾向。王安石詠物詩的題材廣泛，能深度的挖掘，反映出宋人的視角由宏觀轉向微觀，心態由開張外揚轉向知性內省的變化。蘇軾的詠物詩以具體的意象寓含抽象的哲理，情理兼俱，意蘊無窮。到了南宋，陸游的詠物詩多融入作者的愛國之情，不著墨於物色而是偏重物的精神與特徵。宋代詩人開啓了詠物詩由抒情到言理的新風貌，當詩與理融合爲一，更能增添作品的情致與理趣。

　　本章第二節分從唐五代、北宋前期、北宋後期、南渡時期、南宋前期五個時期來概述詠物詞發展的情形，以了解史達祖之前詠物詞的風貌，及其承繼的詠物趨勢與特色。

　　要觀察唐五代詠物詞之發展演進，可從敦煌詠物詞與唐五代文人詠物詞兩方面來探討：敦煌詠物詞多爲緣事而發之作，作者即物興感，便以樸素自然、通俗的語言來表達內在的情意，具有寫實的特性，選取題材則以開闊的空間、意境爲主，大多具有陽剛的氣息；唐五代文人詞多產生於歌筵酒席之間，爲奉制應和、酬唱之作，題材較爲狹隘，多取材於室內或庭院，且喜歡以女性爲描寫的主題，富有陰柔的特性，氣格則較爲卑弱，而其含蓄委婉的表達方式，奠定了後來的詠物詞表現寄託之基礎。

　　北宋初期，詞壇繼承晚唐五代餘緒，由於詞仍屬於新興的文體尚待開拓，因此詠物詞的創作不多。北宋前期，晏殊創作較多的詠物詞，能將理性之思致融入抒情之敘寫中，而柳永已漸漸嘗試用長調來詠物，較能展現出詠物詞寫物爲主的特性，對於後人創作詠物詞具有深遠的影響。

　　北宋後期，蘇軾倡導「詞的詩化」，使創作詞的活動提升至士大夫階層，並提高了詞體的文學地位，蘇軾詠物常將自我的精神投射在物上，使得詠物詞能兼具體物以及言志抒懷；周邦彥則是集北宋詞之大成，工於雕琢，善用典故，使詞走向思索安排的途徑，呈現出渾厚和雅的氣象，宋詞因而雅化。

　　隨著宋室的南渡，詞人轉變了北宋承平時期的平和柔婉詞風，而爲慷慨悲壯之音，情感的深度較南渡前有所提升，奠定了南宋詞新風格之基礎。南渡時期，朱敦儒的詠物詞具有鮮明的時代特點，把士大夫之詞導向通俗化，一掃北宋末年綺麗雕琢的習氣；李清照保留詞體的本色，並深化、開拓詞情與詞境，其詠物詞對於吟詠物象的描寫與體察細膩而敏銳，注重表現遭受苦難的過程及心境變化，呈現出濃烈沉重的愁緒與苦痛。

　　南宋前期距離靖康之變未遠，因此文學作品中常蘊含熱忱的愛國之情，表現立志恢復的浩氣，詞壇可以辛棄疾爲代表。辛棄疾以文爲詞，豐富了詞的藝術表現力量，其創作主張即是在詞的思想內容方面

承繼古代詩歌「言志」的傳統，濃厚的民族憂患意識與使命感使辛棄疾的詞風豪放慷慨，多撫時感事之作，展現出一種宏深博大的格局，因此提高了詞的氣格與功能，將緣情綺靡的詞一變爲言志抒懷，挖掘出詞在書寫方面的潛力，爲南宋後起的詞人提供了新的創作範式。

宋孝宗、張浚北伐失敗之後，和平的論調與行樂苟安之風日益得勢，慷慨豪壯的風格基調已不爲時俗所喜，講求音律之協與風格柔婉之詞爲時人所需，「復雅」之風在南宋詞壇占主導地位，南宋中後期詞壇學清眞的人日益增加，其中史達祖發展、變化清眞的詠物技巧，所作工巧清新的詠物詞使梅溪在詞史上頗富盛名。

觀察詠物之作的流變，可以發現詠物詩與詠物詞之間的不同特點。在傳統的儒家觀念之中，詩爲言志之物，因此詩人在詠物詩中常莊重的抒懷，少言兒女情長，著重表現以男性爲主的思想；而詞由於被認爲是「詩之餘」，得以在民間吸取養分，從而能大膽言情，情感顯得熱烈、奔放，因此詠物詞可以展現男女之情，亦能關注女性細膩的心理。

詠物詩與詠物詞雖然同樣都注重寄託，但詠物詞比詠物詩具有更強烈的主觀性，更注意表現作家內在心靈的外化，詞人在詠物詞中爲了表現己身細密微妙的心靈變化，常以細膩的文字來緩慢鋪陳敘寫，構築出符合心理狀態的氛圍，並選取能寄託己身心志的物象，同時增加了物象描摹的成分，著重表現出物在詞人心中所泛起的陣陣漣漪，使得物與人的情感、精神能夠契合，展現出詠物詞以寫物爲主的特性；而詠物詩則多直接以物的特性來表達詩人的理念，突顯出物的典型特徵，詩人之心與物是相通的，因此詩中所呈現的物理物情是詩人意念的展現，然所呈現的心靈變化就不似詠物詞如此曲折明顯。
在表達的內涵方面，詠物詩多反映政治、社會現實、人生經歷，較少表現詩人己身的心靈情緒，而詩人亦會藉由詠物詩來針貶時弊，表達對人民的同情，使得詠物詩具有外向性、客觀性的特點；詠物詞則是著重表現詞人的內心世界，關注一己的喜怒哀樂，寫出對外在世界的

詠歎與感傷，具有內向性、主觀性的特點，因此詠物詩較詠物詞具有嚴肅、強烈的批判性，亦有較爲濃厚的寫實色彩，能鮮明的反映社會與人生。

在藝術表現方面，詠物詞與詠物詩雖然都受到格律的束縛，但由於詞是字數不等的長短句，句式變化較多，因此能加入通俗的口語，使得詠物詞較詠物詩更貼近生活。詠物詩不刻意追求用典使事，但詠物詞較爲講究，因此「以典詠物」、「借典傳情」是詠物詞的特點；詠物詩以排比、對偶的句式及緊湊的文字可呈現出氣勢，詠物詞則以和緩的文字，一層層曲折的呈現出含蓄韻藉的美感。從描寫方式來看，詠物詩以大筆勾勒，境界開闊；詠物詞則精細的描繪、刻畫，或是從不同角度細膩描摹所吟詠的物象，對於時空的轉換更能游刃有餘，境界深婉綿密。

從詠物詞發展的過程可見北宋、南宋的詠物詞展現出明顯的差異。北宋詠物詞爲應歌之作，文人常創作詠物詞於歌筵酒席之間，吟詠眼前所見的景物，因景抒情，多屬直抒胸臆之作，在描寫上多使用白描的方式，不注重用典與寄託，展現出清新明快、自然的風格，因此北宋詠物詞讀來明白如話、易於領會。南宋詠物詞爲應社之作，由於南宋文人結社聯吟風氣很盛，在集會活動之時，常以詠物爲競爭文采、一較高下的題材，因此特別注意字句的雕琢，使用工麗精巧的語言，並且極爲講究藝術技巧，展現出雕飾的風格，加上注重用典與寄託，來豐富詞作內涵，以含蓄委婉的方式表達出言外之意，使得詞境更爲深邃，意義更爲深刻，因此南宋的詠物詞讀來令人較感晦澀、深奧，隱喻複雜，也不易瞭解詞人的命意。

北宋詠物詞以抒情爲主，因物起興，因景抒情，人與物之間的情感交流是雙向的，詞人雖賦予物生命與感情，但與物保持一定的距離，物可以說只是詞人精神、情感的投射，然物是物，本身並不具有個性。而南宋詠物詞言志、抒情並重，專意寄託，物是詞人所擇表現抽象情感的具體形象，爲了使物能夠充分的展現詞人主觀的心靈，又

能具有無窮的想像空間，詞人賦予物人格與生命，並且融入人生體驗、情思感受，物便具有獨特的個性，詞人與物之間的距離拉近，甚至可說人與物已合而為一，物的精神就是詞人的精神。

　　北宋詞人並沒有經歷過離亂生涯的痛苦，所作詠物詞輕柔嫵媚，以通俗的語言敘寫婉曲的情思，並以表現己身的心緒為主。而南宋由於家國變動，權相干政，詞人因政治的壓迫而必須以含蓄的寄託來寫詠物詞，或感懷家園、或力志恢復、或暗刺朝廷、或是抒發顛沛流離生涯之苦，這種因時代動盪而引發的慨嘆與內容，與北宋詠物詞有本質上的不同，因此南宋詠物詞在情感的深度上較北宋詠物詞有所提升。

第三章 史達祖詠物詞之創作背景

　　史達祖的詠物詞作約佔其全部詞作的四分之一，除了承繼詠物詞的文學趨勢之外，亦受到時代氛圍的影響，以下茲從精神氣候與文化土壤的影響、審美觀念與意趣趨向的改變、作家生平三方面來看史達祖詠物詞的創作背景。在精神氣候與文化土壤方面又分為結社聯吟之風氣、社會經濟、達官顯貴廣置園亭三面向，而精神審美觀念與意趣趨向的改變方面則分為復雅之風、理學思想、創作技巧臻於極致的要求等三面向來敘述。作家生平又從外緣的政治環境及內緣的生平遭遇與交遊兩方面敘述之。

第一節　精神氣候與文化土壤的影響

　　時代的精神氣候與文化土壤孕育了文學作品，而文學作品能否有極佳的發展條件與機會，端賴社會經濟、風氣以及許多具有影響力的人物推波助瀾，以下就從結社聯吟之風氣，繁榮的社會經濟以及達官顯貴廣置園亭、資助文人詞客三個面向來探討精神氣候與文化土壤對史達祖創作詠物詞的影響。

一、結社聯吟之風盛行

　　宋詞以應歌的本質，受到帝王的喜愛，故有奉命應制、阿諛之作，

以討好帝王，得到賞識或厚祿，因此當時達官顯貴附庸風雅，因湖山美景而廣造亭園別墅，好養清客及聲伎，范成大之石湖及張鎡之南湖，名噪一時。詞人盤桓於名園之中，以詠物爲爭新競巧的題材；且彼此間常互相唱和，如史達祖〈賀新郎〉湖上與高賓王、趙子野同賦，〈蘭陵王〉南湖以碧蓮見寄，次韻謝之，〈戀繡衾〉席上夢錫、漢章同賦，〈齊天樂〉湖上即席分韻得羽字，吳文英〈永遇樂〉探梅次韻……等，分韻、分題、賦得、次韻聯吟之作時常可見，詠物詞的創作因此而興盛。

　　南宋的大都城杭州，因爲人口相當稠密，城市中各種不同階層人物雜處，在社交聚會場所之中，彼此接觸的機會增加，因此各種娛樂、文藝活動得以發展，出現了如具有文學、競技或宗教性質的會社。文人結社的風氣從魏晉開始萌芽，至南宋更爲盛行，直接促成了詠物詞的發展。宋吳自牧的《夢梁錄》就記載道：「文士有西湖詩社，此乃行都縉紳之士及四方流寓儒人，寄興適情賦詠，膾炙人口，流傳四方，非其他社集之比。」〔註1〕，宋耐得翁《都城紀勝》也提及：「文士則有西湖詩社，此社非其他社集之比。乃行都士夫及寓居詩人，舊多出名士。」〔註2〕，可見當時臨安的文人結社頗多，其中名聞遐邇、最具影響力、作品流傳最廣的是「西湖詩社」，網羅了杭州名士與四方流寓儒人等文藝同好，競相賦詠，聚會交誼之時，各逞詩詞。

　　龍楡生在〈兩宋詞風轉變論〉文中從地理環境、政治、社會風氣的角度來評論：

　　　　南宋遷都臨安，夙擅湖山之勝。偏安局定，士習苟安，激昂蹈厲之風，恆觸時忌。於是名門世冑權相遺賢，異軌同奔，極意聲樂。池臺亭榭之盛，聲色歌舞之娛，燕衎湖山，聊以永日。文人才士既各有所依歸，杯酒交歡，

〔註1〕宋・吳自牧撰：《夢梁錄》，收於《中國近代小說史料續編（三十五）》（臺北市：廣文書局，1987年10月），卷19，頁8。

〔註2〕宋・灌圃耐得翁撰：《都城紀勝》，（清山暉草堂鈔本，1644年），頁10。

聯吟結社。於是對於音律之研索、文字之推敲，乃各竭精
殫思，以相角勝。其影響於詞風者至鉅，而關係於世運者
尤深。〔註3〕

又言：「社作以詠物爲多。聲律之商量，字面之鍛鍊，張炎所謂『字
字敲打得響，歌誦妥溜，方爲本色語』者，可見一時風尚之所在矣」
〔註4〕。龍榆生指出了結社使詠物詞增多，並造成一股專注於文字雕
琢及聲律的創作風氣。

　　從史達祖的〈點絳唇・六月十四日夜，與社友泛湖過西陵橋，已
子夜矣〉、〈龍吟曲・陪節欲行留別社友〉，及〈賀新郎・六月十日夜
西湖月下〉中的詞句「同住西山下。是天地中間，愛酒能詩之社。」
來看，可知其亦有參與結社活動。在詞社集會之時，文人常有同題聯
吟或分題賦詠之作，詞人聯吟之間以詠物爲題更能一較高下，彼此觀
摩欣賞、切磋交流，能提高創作的雅趣，對於提升本身詠物詞創作的
藝術技巧也有助益。且南宋承平安樂之日已久，詞人沒有明確創作目
的，題材也無所拘束，常不見黍離之悲的寄託之作，而是極力講究鍛
字鍊句，尋典趁韻，對文字的琢磨正迎合詠物詞講求摹狀刻畫的審美
傾向。在結社聯吟的風氣之下，詞人逞才鬥智，時有遊戲筆墨、尖新
纖巧之作，如清周濟所言：「南宋有無謂之詞以應社」。〔註5〕

　　此外，結社的集體活動常會安排在春季、秋季中較重要的節日，
如元宵、中秋、七夕、重陽等，春暖花開遊賞之時，植物花草常成爲
詞人詠物取材的對象，節日中可見的物品也擴大了詠物詞取材的範
圍；而在政治上失意的文人，以文學創作爲其生活的主要內容與寄
託，透過結社活動，作品可以受到矚目，甚至刻印刊行，得以保存流

〔註3〕龍榆生著：《龍榆生詞學論文集》，（上海：上海古籍出版社，1997
　　　年7月），頁249。

〔註4〕龍榆生著：《龍榆生詞學論文集》，（上海：上海古籍出版社，1997
　　　年7月），頁251。

〔註5〕清・周濟著：《介存齋論詞雜著》，收於《中國古典文學理論批評專
　　　著選輯》（北京：人民文學出版社，1984年5月），頁3。

傳，如《樂府補題》即是如此。除了結社之外，應制、酬唱、和詠，亦提供詠物詞極佳的發展機會。

二、繁榮的社會經濟

宋朝的工商業極爲發達，促成了社會經濟的繁榮，人民生活富庶，社會風氣趨於奢華。北宋承平一時，宋室南渡後經過十多年不安定的局面，紹興十一年（1141 年），南宋稱臣納貢與金人和議，朝廷暫時取得安穩的局勢。江南原本就是屬於富庶之區，加上國際港口的發展，以及中原貴族、富商的南下，行都所在更是人文薈萃之地，苟安的心理造成上下過著逸樂的生活，加上豐足的物質環境，使人們開始重視娛樂藝術，詞人便大量的創作。由宋耐得翁《都城紀勝》序云：「自高宗皇帝駐蹕於杭，而杭山水明秀，民物康阜，視京師其過十倍矣」〔註6〕，可知當時杭州一片繁華的景象，遠超過北宋時的汴京，根據周密《武林舊事》的記載：

> 都城自舊歲冬孟駕回，則已有乘肩小女鼓吹舞綰者數十隊，以供貴邸豪家幕次之翫，而天街茶肆，漸已羅列燈毬等求售，謂之燈市。自此以後，每夕皆然。三橋等處，客邸最盛，舞者往來最多。每夕樓燈初上，則簫鼓已紛然自獻於下。酒邊一笑，所費殊不多。往往至四鼓乃還，自此日盛一日。〔註7〕

> 淳熙間，壽皇以天下養，每奉德壽三殿，遊幸湖山，御大龍舟。宰執從官，以至大璫應奉諸司，及京府彈壓等，各乘大舫，無慮數百。時承平日久，樂與民同，凡遊觀買賣，皆無所禁。畫楫輕舫，旁午如織。至於果蔬、羹酒、關撲、宜男、戲具、鬧竿、花籃、畫扇、彩旗、糖魚、粉餌、時花、泥嬰等，謂之「湖中土宜」。又有珠翠冠梳、銷

〔註6〕 宋·灌圃耐得翁撰：《都城紀勝》，（清山暉草堂鈔本，1644 年），頁1。

〔註7〕 宋·周密撰：《武林舊事（一）》，收於《知不足齋叢書第十六函》（臺北市：藝文印書館，1966 年），卷2，頁14。

　　　金絲段、犀鈿、髹漆、織藤、窰器、玩具等物，無不羅列。
〔註8〕

歌舞昇平的氣象與安樂奢靡的生活環境可見一斑，君王盡情享樂，各行各業的百姓也陶醉於繁華的生活，靖康之難及賠款稱侄之恥早已拋卻腦後。

　　又南宋重視節日，許多的習俗節慶都有其象徵的意義，節慶中的遊樂表演正好符合人們喜歡逸樂的習性。從《夢梁錄》的記載來看，上元燈節時，各類花燈競出新意，四處燈火通明，以慶祝新春；二月八日爲許多行會守護神的生辰，每一行會皆組遊行隊伍，西湖岸邊遊人如織，裝潢華麗的龍舟排列成行競戲，此日貧窮之人爲了飲酒嬉游、不醉不歸而典質借兌；二月望日爲杭州特有的花朝節，都人前往西郊玩賞奇花異木，道觀爲民祈福，而佛寺會展出名賢書畫、珍奇的寶物以慶祝佛祖成佛吉日；寒食節首日，家家戶戶以柳條插於門上，以取更新純淨、避邪之意，全城頓時成了一片碧綠；清明節時，全城的官員、商人、士庶都出郊上墳、供祭，車馬往來繁盛，或聚宴於西郊湖濱花園，亦有買舟遊湖，直至夜深；端午節時，都人皆前往湖邊觀看龍舟競渡，入夜仍然觀者如織；七夕織女節時，傾城兒童女子不論貧富，皆穿上新衣，富貴之家會在園圃芳菲之處安排筵會，備米酒、鮮果以供賓客；中秋節，富家登高樓，賞月品酒，聽琴瑟之音，一般士庶，解衣市酒，不願虛度，賞月之遊人，穿梭於市，御街買賣，直至近天明；八月時，許多人會聚集觀看錢塘江口的潮汐，月圓十六、十七、十八三日都人更是傾城而出，車馬紛紛；重九賞菊之日，客棧房舍皆裝點成菊花園亭，都人會赴郊外野宴……等，〔註9〕節序中的種種盛況，都爲詞人提供了許多詠物詞的吟詠題材，詠物詞便是在如此繁榮的社會經濟與昇平的氣象中，得以興盛。

〔註8〕宋・周密撰：《武林舊事（一）》，收於《知不足齋叢書第十六函》（臺北市：藝文印書館，1966年），卷3，頁1。

〔註9〕參見宋・吳自牧撰：《夢梁錄》，收於《中國近代小說史料續編（三十五）》（臺北市：廣文書局，1987年10月），卷1～卷5。

　　此外，宋人也流行賞花，帝王貴族有賞花之宴，民間也喜種植花卉，習妓玩賞，笙歌相聞，故宋代詠物詞中吟詠花卉的作品極多，史達祖二十六首詠物詞中就有十五首爲吟詠花卉的作品，可見其愛花、賞花之雅趣。

三、達官顯貴廣置園亭，資助文人詞客

　　達官顯貴掌握權勢與財富，日日盡情享樂，於是興建園林亭臺，爲文人詞客、朋輩聚會之所，除了僱用大批侍從來張羅生活的食衣住行，也養懂得「講古論今、吟詩曲、圍棊撫琴、投壺打馬、撇竹寫蘭」的食客供其娛樂；爲了娛樂賓客，提高雅興，達官顯貴都蓄歌妓、侍兒，爲其歌舞、彈奏。茲舉與史達祖有關的權相韓侂冑與貴族文人張鎡爲例，以見此風尚。

　　周密《武林舊事》卷五南山路記載：

　　　　南園，中興後所創，光宗朝賜平原郡王韓侂冑，陸放翁爲記。後復歸御前，改名慶樂，賜嗣榮王與芮，又改勝景。有許閒堂、和客射廳、寒碧臺、藏春門、凌風閣、西湖洞天、歸耕莊、清芬堂、歲寒堂、夾芳、豁望、矜春、鮮霞、忘機、照香、堆錦、遠塵、幽翠、紅香、多稼、晚節香等亭。秀石爲上，內作十樣錦亭，並射圃流盃等處。〔註10〕

廳、堂、臺、閣、莊……等名目極多，韓侂冑所擁有的南園自建造以來，即成爲文人詞客時常遊歷之所，如陸游、葉夢錫、曹冠等人均有作品歌詠之。而許多詞人是《宋史》無傳的小人物，爲了求生存不得不長期依附權貴，如史達祖即是依附韓侂冑而擔任堂吏一職，迎合權貴的文化品味會成爲影響詞人創作的重要因素。

　　張鎡的南湖園在建築方面與聚會方式更是獨樹一格，因此其園池、聲妓、服玩，聲名遠播，周密《齊東野語》記載：

〔註10〕宋・周密撰：《武林舊事（二）》，收於《知不足齋叢書第十六函》（臺北市：藝文印書館，1966年），卷5，頁12。

張鎡功甫，號約齋，循忠烈王諸孫，能詩，一時名士
大夫，莫不交游，其園池聲妓服玩之麗甲天下。嘗於南湖
園作駕霄亭於四古松間，以巨鐵絚懸之空半而羈之松身。
當風月清夜，與客梯登之，飄搖雲表，真有挾飛仙、遡紫
清之意。王簡卿侍郎嘗赴其牡丹會云：「眾賓既集，坐一虛
堂，寂無所有。俄問左右云：『香已發未？』答云：『已發。』
命捲簾，則異香自內出，郁然滿坐。群妓以酒肴絲竹，次
第而至。別有名姬十輩皆衣白，凡首飾衣領皆牡丹，首帶
照殿紅一枝，執板奏歌侑觴，歌罷樂作乃退。復垂簾談論
自如，良久，香起，捲簾如前。別十姬，易服與花而出。
大抵簪白花則衣紫，紫花則衣鵝黃，黃花則衣紅，如是十
杯，衣與花凡十易。所謳者皆前輩牡丹名詞。酒竟，歌者、
樂者，無慮數百十人，列行送客。燭光香霧，歌吹雜作，
客皆恍然如仙遊也。」〔註11〕

由此可見，南宋貴族文人張鎡的牡丹會可說是一場別緻的文藝饗宴，
異香、燭光、名妓、雅詞及極為講究的服飾與表演形式，都傳達出富
貴的文化情趣，給予賓客「恍然如仙遊」的精神享受，同時也顯示權
貴喜歡追求高品味的物質與精神享受，詞在其中扮演著為貴族文人妝
點高雅、烘托情趣的角色。這樣的文化背景之下，有些流落江湖的詞
客文人以文為貨，藉此獲取獎賞，或是向達官顯貴毛遂自薦，藉以獲
得廣泛的注意。史達祖曾帶著詞作拜訪張鎡，張鎡為其《梅溪詞》作
序，且有極高的評價，史達祖因此受到文人注意以及讚賞。

張鎡所興建的園池可說是當時高雅文化的中心，類似這樣的貴族
以雄厚的財富，資助文人詞客，結社吟詩、作詞，其對於高雅藝術品
味的需求，亦強化了詞人們對於清雅之美的嗜好，甚至影響詞作的發
展方向。南宋雅詞的代表人物姜夔就長時間靠著張鎡兄弟的資助維
生，這樣的文學清客身分，使姜夔的創作「不僅是他個人情感的外化，

〔註11〕 宋・周密撰、張茂鵬點校：《齊東野語》（北京市：中華書局，2004
年5月），卷20，頁374。

也是他所服務的士大夫階層的文化點綴」〔註12〕。長歌當哭、直接發洩憤懣的作品並不符合身處富貴、攀慕風雅之達官顯貴的審美情趣，因此詞人會以和緩、淒婉的方式來表達，這便是當時以文學作品謀生的清客文人普遍的創作心態。他們的詞作風格展現，固然是自我心靈的釋放與對於美學的追求，但也無法避免被他人左右的事實。

第二節　審美觀念與意趣趨向的改變

南宋時代環境發生劇烈的變化,使得整個社會改變了審美觀念與意趣趨向,也主導了詞人創作的方向,因此詞人的創作能呼應詞壇風氣,體現哲學思想並且展現出詞必有寄託的騷雅精神。以下從復雅之風、理學思想、創作技巧的要求三方面來看審美觀念與意趣趨向的改變對史達祖創作詠物詞的影響。

一、復雅之風主導詞壇

南宋偏安享樂的環境氛圍之中,社會對於詞的審美傾向已漸漸轉移,南渡時期豪放派詞作的慷慨激昂已與人們熱衷「密擁歌姬」、「脆管清吭」的風流頹靡生活格格不入,文人開始在宴席歌酒間自我排遣,逞風流才性,創作供娛樂之詞,丟棄了南渡之豪雄,重返宣和之婉媚。苟安宴樂刺激了朝廷上下的聲妓之好,也使得唱詞之風又趨於極盛,並且帶動了音律化、柔婉化的應歌和樂之詞大量產生。在南宋文人的詞學觀念中,創作詞最理想的狀態是突顯文人的高雅情趣,並且能拉開與俗詞之間的距離,雖然文人藉由詞來嘲弄風月,追求一般的、通俗的感官刺激,但又要求詞可以符合文人的審美趣味,去除市井青樓的俗氣,並且希望透過創作者本身的文學修養,引導詞不斷的雅化,使詞能成為娛情悅志的文學工具。

自桐陽居士、曾慥、王灼之後,詞的雅化理論慢慢的發展起來,

〔註12〕王曉驪著：《唐宋詞與商業文化關係研究》（北京市：中國社會科學出版社，2004 年 8 月），頁 166。

南宋詞壇吹起了一股「復雅」之風。鮦陽居士於南渡之後編選了一部《復雅歌詞》，他提出政教之雅，認為詞作應該要回歸《詩經》的風雅精神，且必須要「韞騷雅之趣」，並且重視詞的內容意旨及政教功能，將詞歸入言志系統中，要求詞與時代現實緊密結合，其理論主張對南宋詞壇有深遠的影響。復雅運動在當時蔚為風行，不僅有理論的倡導以及在創作方面的實踐，甚而有不少詞集以「雅」命名。《復雅歌詞》之後，王灼的《碧雞漫志》藉由闡發尊蘇軾、抑柳永的見解，以表示崇雅黜俗之旨，他注重詞的情性，也就是以人心為詞的起源，認為作品要能體現出士大夫的人格，重視詞抒發真情的特質，並且從音樂的角度來分析，認為詞要改變「俗」曲特質，就要從改變音律開始；曾慥編選《樂府雅詞》，提出了自己對「雅詞」的定義及標準，排斥「涉諧謔」之俗詞與「豔曲」。而後曾慥〈東坡詞拾遺跋〉、胡寅〈酒邊詞序〉、湯衡〈張紫微雅詞序〉等詞論都是提倡「雅正」，貶斥淫俗。在這樣的環境之中創作雅詞、貶斥諧謔俗豔之詞蔚為風向。自雅詞總集《復雅歌詞》、《樂府雅詞》問世之後，南宋文人紛紛以「雅詞」來命名自己的別集，如張孝祥《紫微雅詞》、程垓《書舟雅詞》、林正大《風雅遺音》……等，可見南渡以來詞風轉變的趨向。〔註13〕

　　由於時代的變化、審美傾向的轉移，柔婉諧律的應歌之作重新盛行於時，豪壯的稼軒派詞作便退出淺斟低唱的系統，國家面臨的巨變使得文人詞作的兒女之情漸漸淡化，以詞言志抒懷的觀念已深植人心，人們判斷雅俗的標準不僅從詞的內容切入，也開始注意到藝術手法、語言等詞的形式層面。而南宋中後期出現了襲蘇、辛之貌卻未得其神的詞人，產生了過於僨張的「粗豪」詞風。詞壇在鬥爭與批評這些弊端之時，復雅的主張便不斷被提出來加以強調，也影響了當時詞人創作的走向。張炎在《詞源》中，一方面批評周邦彥「一為情所役，則失其雅正之音」、「惜意趣卻不高遠」，又批評「辛稼軒、劉改之作豪氣詞，非雅詞也」，

〔註13〕參見劉揚忠：《唐宋詞流派史》（北京：中國社會科學出版社，2007年1月），頁381～382。

認為姜夔「不惟清空，又且騷雅」，才是「雅正」詞的模範，由此可知張炎是以打擊北宋詞的「軟媚」之弊以及稼軒派的「粗豪」詞風，來表達自己的「雅正」理論，而張炎所謂的雅正，是注重詞之「體」，「即詞本身語言、音律之『典雅純正』的藝術性」〔註14〕。

　　南宋中後期，這種反對俗豔軟媚與豪壯，傾向騷雅俊逸的復雅之風，對於詞壇產生了不少的影響。就詞的內容而言，「雅」包含了兩種含義，一是指「雅正」，文人認為詞要符合「發乎情，止乎禮義」且「溫柔敦厚」的道德標準，二是指能顯現出「超然塵垢之外」的文人情懷。〔註15〕蘇軾詞所表現的雅趣就受到南宋文人的讚賞，如胡寅的〈酒邊詞序〉就認為蘇軾的詞成就遠超過柳詞、《花間》，是因蘇詞的題材脫離了歌舞風月生活及市井男女情愛的描寫，展現了曠達的襟懷，流露出真摯的性情：「及眉山蘇軾，一洗綺羅香澤之態，擺脫綢繆宛轉之度，使人登高望遠，舉首高歌，而逸懷浩氣，超然乎塵垢之外。」〔註16〕，胡寅是就思想與襟懷而言，並沒有提及蘇軾在文學上的表現技巧與藝術手法，可知南宋人對於蘇詞的喜好是從精神層面來看。而由於南宋文人的生活風氣清雅，對於詞的創作與欣賞走向崇雅輕俗的極致，但卻有無法再有開拓新題材的瓶頸，只能專意在創作技巧方面精益求精，因此雅化的焦點就放在文辭上，如此一來，或多或少對於創作的真實情感抒發有所影響。

二、理學思想的薰染

　　理學思想體系形成於北宋中後期，南渡之初，理學尚未產生廣泛的影響。至南宋中後期，在朱熹、呂祖謙、陸九淵等人自立門戶派別

〔註14〕參見顏崑陽：〈論宋代「以詩為詞」現象及其在中國文學史論上的意義〉，《東華人文學報》，2000年第2期，頁33～68。
〔註15〕王曉驪著：《唐宋詞與商業文化關係研究》（北京市：中國社會科學出版社，2004年8月），頁190。
〔註16〕宋‧胡寅〈酒邊詞序〉，金啟華等編：《唐宋詞集序跋匯編》（臺北市：臺灣商務印書館，1993年2月），頁117。

之後，加上朝廷大力提倡，使得理學成爲開始興盛起來，走入南宋人生活的各個方面，成爲宋代的「國學」。宋代的士大夫在理學的影響下，喜歡說理沉思，觀物細微，因此詠物詞在南宋大盛與理學的盛行有密切的關係，理學可以說是宋代詠物詞的哲學基礎。

　　理學在發展的過程之中，吸收了儒家仁民愛物的理念，而有靜觀萬物、民胞物與的襟懷，加上即物窮理、格物致知的精神，展現在詩歌創作方面，宋人對於所凝視的物象除了注入感性的直覺外，又多了一份理性的自覺與反省，反映出較爲含蓄內斂的風貌；他們推崇欣賞萬物的熱情，更喜歡透過事物外表的美來揭示自己的生活態度與人格理想，可說是「以自然萬物爲鏡折射出自己理性的綺麗」〔註17〕。理學主張禁欲，但不否定人欲，主張人們要使情「發而中節」，影響了文學作品抒發情感時要以「理」節「情」，才會合乎禮義道德，才會趨於「善」。在如此的哲學觀念薰染之下，南宋文人溫文爾雅，且都嚮往、追求高雅瀟灑的生活情趣，品竹賞梅、山水園林等成爲好尙，其「對理想人格的追求，已貫注在對生活各事物的評價之中」〔註18〕，即便在描寫風花雪月時，也要「好色而不淫」。詞人與詞評家也呼應理學家的詞學觀念，主張寫愛情要發乎情，止乎禮義，合於雅正，如張鎡爲史達祖作序時，便大讚《梅溪詞》「有瑰奇警邁，清新閑婉之長，而無訑蕩汙淫之失」〔註19〕，雅詞在表現閨情時必須符合倫理規範，不能毫無掩飾的表現濫情；張炎的《詞源》更清楚的指出好詞必須要「屛去浮豔，樂而不淫」〔註20〕。

〔註17〕　參見許伯卿：〈論宋代詠物詞興盛的原因〉，《學術論壇》，2002 年第 1 期，頁 25。

〔註18〕　參見黃雅莉著：《宋代詞學批評專題探究》（臺北市：文津出版社有限公司，2008 年 4 月），頁 686。

〔註19〕　宋・張鎡〈梅溪詞序〉，金啓華等編：《唐宋詞集序跋匯編》（臺北市：臺灣商務印書館，1993 年 2 月），頁 238。

〔註20〕　宋・張炎《詞源》，唐圭璋編：《詞話叢編（一）》（北京：中華書局，2005 年 10 月），頁 264。

理學對於詞的情性節制能造成影響的原因，如黃雅莉所云：

> 理學揚棄了前代儒學強調外在事功行爲的思維特徵，
> 形成了「內省」之學，重視內心感悟力的絕對昇華，與詞
> 體文學著重在寫詞人內在情緒的「心曲」，具有異質同構的
> 效用。〔註21〕

是故南宋詞在理學思想的薰染下，與北宋詞有顯著的不同。北宋詞多
寫男女之情，直率而俗豔；南宋詞寫男女之情較爲含蓄，語言雅潔，
融入詞人本身身世之感的詞作也增加不少。南宋人於欣賞自然景象、
觀照萬物之際，往往融入了人生體悟，展現出多姿多采的生命情調及
自己本身的哲學思考，對於萬事萬物都投以深切關注的眼光，詠物詞
篇由此而生。日人吉川幸次郎曾云：

> 宋人的眼光在注視外在世界時，……並不侷限於能給
> 特別印象的事物。事實上，他們對極不特殊的事物也發生
> 了莫大的興趣。一言以蔽之，就是對日常生活的注意觀察。
> 譬如說，從前詩人加以忽略或視而不見的日常瑣務，或者，
> 雖非故意忽略，只因爲司空見慣，被認爲過於普通平常而
> 不能入詩的身邊雜事，宋人卻大量地積極地用作詩的題
> 材。〔註22〕

這番話雖是談宋詩的言論，但也十分符合南宋詞人創作詠物詞時的心
理，可作爲解讀詠物詞在南宋大盛之因。

三、創作技巧臻於極致的要求

講究創作形式與技巧的江西、四靈、江湖等詩派相繼活躍於南宋
詩壇，〔註23〕其中江西詩派主張模擬杜甫，以學問爲作詩的基礎，強

〔註21〕 參見黃雅莉著：《宋代詞學批評專題探究》（臺北市：文津出版社有
限公司，2008 年 4 月），頁 662。

〔註22〕 吉川幸次郎著、鄭清茂譯：《宋詩概說》（臺北市：聯經出版事業公
司，1983 年 5 月），頁 18。

〔註23〕 徐照、徐璣、翁卷、趙師秀四人的名字都有一個「靈」字，詩的習
尚又大略一致，故時人稱之爲「四靈」，四靈詩風以晚唐的賈島、姚
合爲宗，注重律體，尤重五言，以較量平仄、鍛鍊字句爲作詩之能

調用典使事與去陳反俗，影響作詩者頗深，然此講究技巧之風亦吹入詞壇，南宋詞人創作豪放或婉約詞時，均染用典使事之習，喜歡鎔鑄前人的詩句於詞中，而當時政治局勢動盪，正好可以借古喻今，以用典來掩飾感慨。如姜夔、史達祖等人，創作時傾力於形式技巧，在遣詞鍊字、格律、用典使事方面，無不力求工麗貼切，詠物之作描摹越趨精細。

　　除了喜歡用典使事之外，南宋詞人詠物亦好有所寄託，清蔣敦復《芬陀利室詞話》說：

　　　　詞源於詩，即小小詠物，亦貴得風人比興之旨。唐、
　　五代、北宋人詞，不甚詠物，南渡諸公有之，皆有寄託。
　　〔註24〕

　　晚唐五代的詞人還沒有明確的寄託的觀念，所創作的詞多屬於直抒胸臆之作，也未大量創作詠物詞，到了南宋，時代環境產生了劇烈的變化，宋寧宗開禧北伐失敗之後，打擊了許多人收復故土的信心，而君王昏庸，權奸當道，詞人只能投入淺吟低唱的自我世界中，內心的沉重與壓抑，以及對於家國的黍離之悲、身世的觸懷之怨，使得詞人只能掩抑其辭，以隱喻、用典、鍊字曲折寫出心中的思想情感，託物寓意，所以詠物詞到了南宋最多深婉的寄託，而詠物寄託提升了詠物詞的審美層次，同時也主導詞人取材的方向。

　　北宋黃庭堅所寫的〈小山詞序〉，論述了極為明確的寄託觀念：

　　　　晏叔原……乃獨嬉弄於樂府之餘，而寓以詩人之句
　　法，清壯頓挫，能動搖人心，士大夫傳之，以為有臨淄之

　　　　事：半商人半名士的陳起與許多江湖詩人交遊，於是出錢刊售江湖集、前集、後集、續集等書，風行一時，後人以集中諸人的風氣習尚相似，故稱為「江湖派」，此派詩人對於詩沒有確定的主張，每以詩文干謁公卿，作為求利祿、獲名位的手段，如無所得，便繼以毀謗要挾，產生了不良的習氣。參見劉大杰著：《中國文學發展史》（臺北市：華正書局有限公司，1999年8月），頁729～731。
〔註24〕清‧蔣敦復《芬陀利室詞話》，唐圭璋編：《詞話叢編（四）》（北京：中華書局，2005年10月），頁3675。

風耳。……至其樂府，可謂狎邪之大雅，豪士之鼓吹。其
合者，〈高唐〉、〈洛神〉之流；其下者，豈減〈桃葉〉、〈團
扇〉哉！〔註25〕

首先，黃庭堅認為詞的寄託產生之因在於作者有無法直言的憤懣，但
又必須一吐為快，故運用寄託的方式來表現；其次，詞的寄託方式，
採用詩騷以來具比興傳統的香草美人題材，判斷詞是否有寄託，在於
是否有深刻的社會與政治內容，是否為有關愛國與愛君之情；其三，
寄託之詞依照性質可以分成兩類，「其合者」是有特定含義的寄託，
表達的是一種忠君愛國之情；「其下者」是一般意義的託物言情，只
是藉由詠物來寄寓閨情，並無任何社會、政治內容。由此可知，詠物
詞寄託的深淺與作者的性格及所處時代環境息息相關。

　　詞為要眇宜修之體，文小質輕，迴環宕折，適合抒發幽微難言之
情思，南宋的政治環境使得詞人在講究藝術技巧之餘，更會藉由比興
的手法，託物寓意，寄託身世之感與家國之憂，以曲筆達意，讓詞有
含蓄蘊藉的美感，而有咀嚼不盡的言外之意，因此助長了寄託之作的
產生。

　　南宋中後期，以姜夔、吳文英、史達祖等騷雅詞人，秉持著詞必
有寄託的騷雅精神，也同樣重視詞本有的婉約言情特色，其創作「一
方面具有『詩化』的傾向，一方面又保留了長於委婉抒情的特徵，反
映了宋代文人的心靈世界」〔註26〕。史達祖的詞被張鎡讚美「辭情俱
到」、「妥帖輕圓」、「瑰奇警邁，清新閑婉」，顯示當時詞人已不過度
強調詞的政教美刺功能，詞的綺麗柔婉之美是應該要展現出來的。言
情雖是詞的主要內容，但張炎認為詞仍須符合「雅正」的原則，並且
排斥萎靡艷情與粗豪之詞，主張創作要往「騷雅」的方向走，也就是
透過比興寄託的方式，承繼〈離騷〉芳草美人的傳統，含蓄曲折的將

〔註25〕宋・黃庭堅〈小山詞序〉，金啓華等編：《唐宋詞集序跋匯編》（臺北
　　　　市：臺灣商務印書館，1993 年 2 月），頁 26。
〔註26〕黃雅莉著：《宋代詞學批評專題探究》（臺北市：文津出版社有限公
　　　　司，2008 年 4 月），頁 607。

情感表現出來。〔註 27〕因此南宋詞人取材偏於閨情、詠物，於詞中寄託而有令人深思的言外之意，正符合張炎所謂「騷雅」。南宋詠物詞中具體物象的呈現是為了曲折的表現主體情思，無論是寄寓政治內容或個人的思想，都能使人領會深遠的意蘊，展現了詞言情也能言志的獨特性。

第三節　史達祖所處的時代背景與生平遭遇

一、政治環境

靖康之難後，宋朝大半的江山已落在金人手中；宋高宗奠都臨安之後，南宋遂成偏安之局，舉國安於現狀，對於金則採和議政策。南宋長期處於女真與蒙古的陰影之中，「和戰」問題一直是朝廷內外爭議的焦點，如清王夫之所言：「宋自南渡以後，所爭者和與戰耳。」〔註 28〕。

紹興三十二年（1162 年），宋孝宗受禪而即帝位，孝宗恭儉勤政，整頓吏治，裁減冗官，並加強士兵之訓練，故乾道、淳熙年間國用饒足，社會經濟得以迅速發展。而孝宗向來有恢復中原之志，隆興元年（1163 年）任命抗戰派老臣張浚為樞密使，負責前線的軍事指揮，北伐之初，李顯忠、邵宏淵二將領率宋軍收復了靈壁、虹縣等淮河以北的土地。金紇石烈志寧引兵反擊，邵宏淵過於輕敵，所言：「當此盛夏，搖扇清涼且不堪，況烈日被甲苦戰乎！」〔註 29〕更動搖軍心，雖經李顯忠竭力奮戰後仍失利，宋軍至符離為金兵所敗，隆興二年（1164 年）南宋被迫簽訂了「隆興和議」，走向妥協求和之路。

〔註 27〕參見黃雅莉著：《宋代詞學批評專題探究》（臺北市：文津出版社有限公司，2008 年 4 月），頁 606～611。

〔註 28〕清・王夫之著：《宋論》（北京：中華書局，2003 年 11 月），卷 13，頁 234。

〔註 29〕明・馮琦、沈越、陳邦瞻等撰、楊家駱主編：《新校本宋史記事本末》（臺北市：鼎文書局，1978 年 3 月），卷 77，頁 812。

　　淳熙十四年（1187 年）高宗去世後，孝宗已無心聽政。淳熙十六年（1189 年），宋光宗受禪即位，光宗政治昏聵且懼內，李后生性悍妒，使光宗驚憂致疾，因此政事多由李后決定。紹熙五年（1194年）孝宗病逝後，光宗以有疾拒絕主喪，造成了人心浮動、政局動盪的局面，當時樞密院事趙汝愚、知閤門事韓侂胄請太皇太后吳氏以旨禪位嘉王，太皇太后許之，嘉王即位是為寧宗。

　　韓侂胄是魏忠獻王韓琦的曾孫，其母是太皇太后吳氏的妹妹，其妻是吳氏的姪女，外戚身分為韓侂胄創造了接近天子、干預政事的條件。宋寧宗慶元元年（1195 年）時，韓侂胄用計使宰相趙汝愚遭到貶謫，朱熹、陳傅良等也被貶黜。趙汝愚死於貶所後，韓侂胄盡攬朝中大權，欲根絕異己，認為道學即偽學，因此提倡禁偽學，只要不歸附己者皆被指為偽學並遭到貶逐降罪，此乃慶元黨禁。直至嘉泰二年（1202 年）才解偽學之禁，此時韓侂胄受封平原郡王，位置在宰相之上，因此氣焰很盛，《宋史紀事本末》卷八十二云：

　　　　侂胄欲以勢利蠱士大夫之心，薛叔似、辛棄疾、陳謙
　　　　等皆啓廢顯用，當時困於久斥者，往往損晚節以規榮進。
　　　　政府、樞密、臺諫、侍從，皆出侂胄之門，而蘇師旦、周
　　　　筠，又侂胄廝役，亦得預聞國政，群小滿朝，勢焰薰灼。
　　〔註30〕
許多長期不受重用之人，包含了主張用兵征戰的薛叔似、辛棄疾、陳謙、陸游都由韓侂胄拔擢入朝，這一切可見韓侂胄已為主戰作鋪陳，而出自韓門的奸小更壯大了韓侂胄之勢力。嘉泰三年（1203 年）韓侂胄以昏老庸謬、一無所長的陳自強為右丞相，陳十分貪鄙，為所欲為，「每稱韓侂胄為恩王、恩父，蘇師旦為叔，堂吏史達祖為兄」〔註31〕。嘉泰四年（1204 年），鄧友龍剛使金回朝，對韓侂胄說

〔註30〕 明‧馮琦、沈越、陳邦瞻等撰、楊家駱主編：《新校本宋史記事本末》
　　　　（臺北市：鼎文書局，1978 年 3 月），卷 82，頁 922。
〔註31〕 明‧馮琦、沈越、陳邦瞻等撰、楊家駱主編：《新校本宋史記事本末》
　　　　（臺北市：鼎文書局，1978 年 3 月），卷 82，頁 923。

出自己的臆斷之言：「金有賂驛使夜半求見者，具言金國困若，王師若來，勢如拉朽。」〔註32〕，這番話更堅定了韓侂胄北伐之決心。

　　開禧元年（1205 年），韓侂胄為平章軍國事，處事專決，假作御筆晉升、罷黜將帥，許多機要之事亦未嘗稟奏寧宗，知情之人均不敢言，而寧宗毫無主見，對韓總是言聽計從；韓獨攬朝政之後，為了號召人心，以立下蓋世之功名並且鞏固自己的權位，而有伐金之謀。禮部侍郎李璧於此年出使金國，目的在於察看金國實際情形，史達祖亦奉命隨之同行。當時的宋朝政事腐敗，軍隊缺乏訓練，並不適合發動戰爭，武學生華岳便上書寧宗，乞斬韓侂胄、蘇師旦、周筠以謝天下，並勸諫朝廷不宜用兵開啟邊釁：

　　　　將帥庸愚，軍民怨懟，馬政不講，騎士不熟，豪傑不
　　出，英雄不收，餽糧不豐，形便不固，山寨不修，堡壘不
　　設：吾雖帶甲百萬，運糧千里，而師出無功，不戰自敗矣，
　　此人事之不利於先舉也。〔註33〕

旁觀者清，這些意見頗具先見之明，顯示宋朝沒有具備任何開戰的能力，但韓侂胄盛怒下削去華岳的學籍並押送建寧監禁，其後，幾乎無人敢再非議北伐。開禧二年（1206 年）韓侂胄一意孤行，決議北伐，因缺乏妥善規劃，貿然出兵，加上用人不當，宋軍師出無功而大敗。而後韓侂胄遣使欲與金議和，金要求宋除了割讓兩淮，增加歲幣銀、絹之外，還要函送韓侂胄之首級，韓侂胄聞之大怒，因此決定再整兵出戰。此時與韓素有間隙的楊皇后密謀誅殺，趁機派皇子入奏寧宗韓侂胄不利社稷，但寧宗並沒有明確的表示，楊皇后便使兄楊次山擇可信任的臣子圖謀誅韓。開禧三年（1207 年），楊皇后終於得到密旨：

　　　　韓侂胄久任國柄，輕啟兵端，使南北生靈枉罹凶害，
　　可罷平章軍國事，與在外宮觀。陳自強阿附充位，不恤國

〔註32〕明・馮琦、沈越、陳邦瞻等撰、楊家駱主編：《新校本宋史記事本末》
　　　　（臺北市：鼎文書局，1978 年 3 月），卷 83，頁 925。
〔註33〕宋・華岳撰《翠微南征錄》，收於《四部叢刊廣編》第四十二冊，（臺
　　　　北市：臺灣商務印書館股份有限公司，1981 年 2 月），卷 1，頁 3。

事，可罷右丞相。日下出國門。〔註34〕

而後朝中主和派史彌遠便密遣禁軍統帥夏震領兵三百人埋伏在韓侂胄上早朝必經之地，將韓侂胄擁至玉津園殛殺之，韓侂胄死後，黨附韓之人皆遭到貶逐，史達祖則被黥面流放、誅殺。嘉定元年（1208 年），南宋使臣便函送韓侂胄、蘇師旦之首，與金簽訂「嘉定和議」。

韓侂胄征戰動機是爲了一己之私，又誤判形勢，經由此次輕率的開禧北伐，已大損孝宗所蓄養的國力，南宋最終失去了抗金的實力，也失去了恢復祖業的機會。而身爲堂吏的史達祖，隨著開禧北伐的失敗及韓侂胄之死，政治生涯也畫下了句點。

二、生平交遊

史達祖是南宋中葉著名詞人，字邦卿，號梅溪，原籍汴（今河南開封），寓居杭州，曾在揚州和荊楚一帶漂流，身後留有《梅溪詞》一卷，存詞一百一十二首。關於梅溪的生卒年代、生平事蹟沉晦不彰，不僅正史無傳，南宋後期的筆記野史亦少提及，宋陳振孫《直齋書錄解題》云：「梅溪詞一卷，汴人史達祖邦卿撰，張約齋鎡爲作序，不詳何人。」〔註35〕，梅溪個人身世背景的相關史料有限，且眾說紛紜未有定論，以下根據有限的史料及前人的研究結果概述史達祖之生平事蹟。

（一）生卒年代未有定論，身世沉晦不彰

清末王鵬運曾在梅溪詞跋中對史達祖的眞實身分提出質疑：

右史邦卿梅溪詞一卷，陳氏書錄解題云：「汴人史達祖邦卿撰，張約齋鎡爲作序，不詳何人」。葉紹翁四朝聞見錄云：「韓侂胄爲平章，專倚省吏史達祖，韓敗，黥焉。」或

〔註34〕元・脫脫等撰、楊家駱主編：《新校本宋史並附編三種十七》（臺北縣：鼎文書局，1978 年 11 月），卷 474，頁 13776。

〔註35〕宋・陳振孫撰：《直齋書錄解題（下）》，（臺北市：廣文書局，1979年 5 月），卷 21，頁 1297。

遂謂邦卿即佗胄吏，並引詞中陪節北行「一錢不值」等語
實之。按陳氏去佗胄未遠，邦卿果為其省吏，何必曲為之
諱，猥云不詳？即以詞論，如滿江紅之「好領青衫」，齊天
樂之「郎潛白髮」，皆非胥吏所能假託。且約齋為手刃佗胄
之人，何至與其吏唱酬，復作序傾倒如此，殆不然矣。堂
吏非輿臺，佗胄之奸，視秦、賈有間。邦卿即真為省椽，
原不必深論，特古今同時同姓名者，正自不乏，強為牽合，
亦知人論世者所宜辨也。〔註36〕

　　從王鵬運有疑的三個理由來看，首先，史達祖創作梅溪詞時尚未
見聞於世，所以陳振孫可能確實不瞭解史達祖確實的背景；再者，〈滿
江紅・書懷〉與〈齊天樂・白髮〉為史達祖遭貶之後的作品，加上他
一直未能考取進士，只能委身堂吏一職，也因此會說「好領青衫」，
且從詠白髮來抒發自己身世的不幸，王鵬運沒有細究史達祖寫作的背
景、動機，就斷然認定此兩首詞不是身為堂吏的史達祖所作，此說法
較為牽強；王鵬運又說張鎡與韓佗胄之吏酬唱，但當時張鎡出於愛才
為梅溪詞作序之時，史達祖尚未成為韓佗胄的堂吏，因此，此說法在
時間點上並不正確。由此可知，王鵬運提出的這些質疑，與實際的情
形有相當大的出入，並不能以此否定史達祖為《梅溪詞》的作者，王
氏此論只能說是揣測之言。

　　《梅溪詞》的作者與韓佗胄的堂吏均確為史達祖，這點在《欽定
四庫全書》集部十提要中已有論證：

　　　　梅溪詞一卷，宋史達祖撰。達祖字邦卿，號梅溪，汴
人。田汝成西湖志餘稱韓佗胄堂吏史達祖擅權用事，與之
名姓皆同。今考集中齊天樂第五首註：「中秋宿真定驛」，
滿江紅第三首註：「九月二十一日出京懷古」，水龍吟第三
首註：「陪節欲行，留別社友」，鷓鴣天第四首註：「衛縣道
中」，惜黃花一首註：「九月七日定興道中」，核其詞意，必

<hr />

〔註36〕清・王鵬運輯：《四印齋所刻詞》，（上海：上海古籍出版社，1989
　　　年8月），頁392。

李璧使金之時，侂胄遣之隨行覘國，故有諸詞，知撰此集者即侂胄所用之史達祖。又考周密《齊東野語》玉津園事，張鎡雖預其謀，而鎡實侂胄之狎客，故於侂胄嬖妾滿頭花生辰得移廚張樂於其邸。此編前有鎡序，足證其爲侂胄黨。序末稱「數路得人，恐不特尋美於漢」，亦足證其實爲掾吏，確非兩人。〔註37〕

此論結合了史實與史達祖詞的文本，如此一來，身爲韓侂胄堂吏的史達祖寫出「中秋宿眞定驛」、「出京懷古」、「陪節欲行」等詞作也就十分合理；且此論再將作詞集序的張鎡與史達祖的關係作連結，與事實相符，可確定史達祖爲《梅溪詞》之作者。

史達祖的生平事蹟最早見於葉紹翁的《四朝聞見錄》及周密的《浩然齋雅談》，但均無明確的生卒年代記載，因此後世學者各有不同的說法。張鎡〈梅溪詞序〉之記載，爲後人推知史達祖生年之重要資料：

> 一日聞剝啄聲，園丁持謁入，視之，汴人史生邦卿也。迎坐竹陰下，鬱然而秀整。俄起謂余曰：「某自冠時，聞約齋之號，今亦既有年矣，君自益湮晦違，某以是來見，無他求。」袖出詞一編，余驚，笑而不答。生去，始取讀之，……余老矣，生鬢髮未白，數路得人……生名達祖，邦卿其字云。嘉泰歲辛酉五月八日，張鎡功甫序。〔註38〕

此段話說明了史達祖於宋寧宗嘉泰元年（1201 年）拜訪張鎡，「某自冠時聞約齋之號，今亦既有年矣」、「余老矣，生鬢髮未白」表示當時史達祖的年齡必定大於二十歲，應已過而立之年；而張鎡生於 1153年，作此序時已四十八歲，他稱史達祖爲「生」，即是以長者自居，可見張鎡至少大史達祖十歲以上，由此可推估史達祖的生年當在 1163

〔註37〕清・紀昀等撰：《欽定四庫全書集部：梅溪詞、散花菴詞》，收於《景印文淵閣四庫全書集部四二七詞曲類・第 1488 冊》（臺北市：臺灣商務印書館，1983 年），頁 581～582。

〔註38〕宋・張鎡〈梅溪詞序〉，金啓華等編：《唐宋詞集序跋匯編》（臺北市：臺灣商務印書館，1993 年 2 月），頁 238。

至 1170 年左右。

　　目前學術界對於史達祖的生卒年有以下幾種說法：胡適《詞選》認為生於 1155 年上下，卒於 1220 年左右；〔註39〕陸侃如、馮沅君《中國詩史》認為生於 1160 年，卒於 1210 年；〔註40〕胡雲翼《宋詞研究》認為生於宋紹興末年，卒於開禧三年（1207 年）；〔註41〕繆鉞《靈谿詞說》認為生於孝宗乾道六年左右（1170 年）；〔註42〕劉揚忠《唐宋詞流派史》認為生於孝宗乾道年間（1165～1173 年）；〔註43〕黃賢俊〈史梅溪遺事考〉認為生於 1162 年，卒於 1210 年；〔註44〕王步高《梅溪詞校注》認為生於 1163 年，卒於 1220 年。〔註45〕

　　周密《浩然齋雅談》言及：「韓敗，達祖小貶死」〔註46〕，而《宋史》卷三十八記載韓侂冑於寧宗開禧三年（1207 年）十一月伏誅，其黨陳自強、蘇師旦等相繼治罪，〔註47〕而梅溪先貶，之後遭到黥刑，由此看來卒年必定是在 1207 年之後數年，胡適與王步高所推估的 1220 年，似乎太晚。綜以觀之，可推斷史達祖生於孝宗時期，主要活動在宋光宗、宋寧宗時期的詞壇。

〔註39〕胡適：《胡適選註的詞選》（臺北市：遠流出版事業股份有限公司，1986 年 5 月），頁 224。

〔註40〕陸侃如、馮沅君合著：《中國詩史》（天津市：百花文藝出版社，1999 年 2 月），頁 573。

〔註41〕胡雲翼：《宋詞研究》（臺南市：大行出版社，1990 年 6 月），頁 171。

〔註42〕繆鉞、葉嘉瑩合著：《靈谿詞說》（臺北市：正中書局，1993 年 8 月），頁 474。

〔註43〕劉揚忠：《唐宋詞流派史》（北京：中國社會科學出版社，2007 年 4 月），頁 407。

〔註44〕黃賢俊：〈史梅溪遺事考〉，《中州學刊》，第 1 期，1985 年 3 月，頁 94。

〔註45〕王步高：《梅溪詞校注》（天津：天津人民出版社，1994 年 10 月），頁 419。

〔註46〕宋・周密撰：《浩然齋雅談》，收於《百部叢書集成之二十七》（板橋市：藝文書局，1966 年），卷上，頁 20。

〔註47〕元・脫脫等撰、楊家駱主編：《新校本宋史並附編三種二》（臺北縣：鼎文書局，1978 年 11 月），卷 38，頁 746。

（二）生平事蹟

1. 懷才不遇，仕途坎坷

封建時代的讀書人將中進士進入仕途視爲光耀門楣之事，然而史達祖在受到韓侂胄的任用之前，出身低微，雖有極佳的才華卻仕途不順，未能考取進士，如清樓敬思所云：「史達祖南渡名士，不得進士出身」〔註48〕。在史達祖回顧一生境遇所寫的〈滿江紅・書懷〉作品中，他抒發了內心的憤悶與感嘆，亦表達出矛盾複雜的心境，從詞中更可得知他許多身世資訊：

> 好領青衫，全不向、詩書中得。還也費、區區造物，
> 許多心力。未暇買田清潁尾，尚須索米長安陌。有當時、
> 黃卷滿前頭，多慚德。　　思往事，嗟兒劇。憐牛後，懷
> 雞肋。奈棱棱虎豹，九重天隔。三徑就荒秋自好，一錢不
> 直貧相逼。對黃花、常待不吟詩，詩成癖。〔註49〕

「青衫」爲唐宋九品文官的服色，表示史達祖官小職微，〔註50〕他對於科舉制度埋沒人才而感到憤慨，雖然飽讀詩書卻僅能投靠韓侂胄，屈居中書省的「堂吏」〔註51〕一職，在現實環境中，因生計所逼，他即便不滿非科舉而得的堂吏微職，卻也無法放下一切去實現「買田清潁」的願望，因此必須視權貴的臉色行事而如履薄冰的做好「奉行文字」的工作，「奈棱棱虎豹，九重天隔」更流露出自己寄人籬下的無奈。

〔註48〕清・張宗橚輯、楊家駱主編：《詞林紀事》（臺北縣：鼎文書局，1971年3月），卷13，頁379。

〔註49〕王步高：《梅溪詞校注》（天津：天津人民出版社，1994年10月），頁279。

〔註50〕參見唐圭璋等撰寫：《唐宋詞鑑賞下冊》（臺北市：五南圖書出版有限公司，1991年6月），頁2140。

〔註51〕根據《辭源》所載：堂吏，唐至五代中書省給事之吏人也，初從京百司中抽補，宋太祖以其擅中書事權，多爲奸賊，故令吏部選授，堂吏用士人始此。太平興國以後，堂吏並用京朝官。見增修《辭源》上冊（臺北市：臺灣商務印書館，1991年6月），頁丑132。

2. 投靠韓門，依勢弄權，終致黥面流放之不幸

關於史達祖何時投靠韓門，何時成爲堂吏，並沒有確切的史料記載。龍建國在〈史達祖詞的創作分期與藝術風貌〉一文中從兩方面推論，首先他引《續資治通鑑》記載韓侂冑於嘉泰二年（1202 年）廣納名士，史達祖可能是在張鎡爲其寫序、獎掖之後，入府爲吏；其次，他認爲高觀國於此年與史達祖酬唱的〈春風第一枝〉題爲「爲梅溪壽」之詞作，對初入韓門的史達祖寄予厚望，由此推知史達祖應爲嘉泰二年成爲韓侂冑之堂吏。〔註52〕

龍建國所言可供參考，史達祖可能是在嘉泰二年投靠韓門，但從葉紹翁與周密的記載來看，史達祖眞正擔任堂吏並受到重用，應是在開禧年間。宋史卷三十八記載韓侂冑開禧元年（1205 年）七月，拜平章軍國事，隔年七月蘇師旦獲罪。〔註53〕史達祖成爲韓侂冑的堂吏之後，受到韓氏之器重，曾隨李璧使金。史達祖是支持出兵收復失地的，因此在《梅溪詞》中也出現了具有愛國情懷的作品，如開禧元年隨行使金前所寫的〈龍吟曲‧陪節欲行留別社友〉：

> 道人越布單衣，興高愛學蘇門嘯。有時也伴，四佳公子，五陵年少。歌裏眠香，酒酣喝月，壯懷無撓。楚江南、每爲神州未復，闌干靜、慵登眺。　　今日征夫在道。敢辭勞、風沙短帽。休吟稷穗，休尋喬木，獨憐遺老。同社詩囊，小窗針線，斷腸秋早。看歸來，幾許吳霜染鬢，驗愁多少。〔註54〕

詞中表達了故土未收復的憂奮沉重心情，及對受到異族統治的遺老的關懷，對於即將來臨的北行，史達祖願意不辭勞苦達成使命，充分展現了憂國之情、爲國之志，清樓靜思評曰：「『楚江南、每爲神州未復，

〔註52〕參見龍建國：〈史達祖詞的創作分期與藝術風貌〉，《文學遺產》，1995年第 6 期，頁 55。

〔註53〕元‧脫脫等撰、楊家駱主編：《新校本宋史並附編三種二》（臺北縣：鼎文書局，1978 年 11 月），卷 38，頁 738～741。

〔註54〕王步高：《梅溪詞校注》（天津：天津人民出版社，1994 年 10 月），頁 304。

闌干靜、慵登眺。』新亭之泣，未必不勝於蘭亭之集也。」〔註55〕。

史達祖使金後南下歸國，行經故鄉汴京，在此逗留時所寫的〈滿江紅·九月二十一日出京懷古〉同樣可見愛國的熱情：

> 緩轡西風，嘆三宿、遲遲行客。桑梓外、鋤耰漸入，柳坊花陌。雙闕遠騰龍鳳影，九門空鎖鴛鴦翼。更無人、撧笛傍宮牆，苔花碧。　　天相漢，民懷國。天厭虜，臣離德。趁建瓴一舉，再收鰲極。老子豈無經世術，詩人不預平戎策。辦一襟、風月看昇平，吟春色。〔註56〕

詞的上片寫所見的汴京城荒涼衰敗之景，抒發了黍離之悲，下片議論政治局勢，並抒發自己滿腔的愛國熱忱，可惜自己無法以正途入仕，只得委身作吏，但對於未來勝金仍然展現了期待與自信。

開禧元年至開禧三年（1207 年）十一月韓侂胄失勢為止，這兩年多期間，史達祖「權炙縉紳」，士大夫皆趨其門，他也因此依勢弄權，可說是人生中最為得意的時光。周密《浩然齋雅談》云：

> 史達祖邦卿，開禧堂吏也。當平原用事時，盡握三省權。一時士大夫無廉恥者皆趨其門，呼為「梅溪先生」。韓敗，達祖亦貶死。善詞章，多有膾炙人口者。〔註57〕

宋葉紹翁的《四朝聞見錄》卷五戊集〈慶元、嘉泰、開禧年間事，侂胄、師旦、周筠等本末〉云：

> 師旦既逐，韓為平章。事無決，專倚省吏史邦卿奉行文字，擬帖撰旨，俱出其手。權炙縉紳，侍從簡札，至用申呈。時有李其姓者，嘗與史游，于史几間大書云：「危哉邦卿，侍從申呈」，未幾致黜云。〔註58〕

〔註55〕清·張宗橚輯、楊家駱主編：《詞林紀事》（臺北縣：鼎文書局，1971年3月），卷13，頁379。

〔註56〕王步高：《梅溪詞校注》（天津：天津人民出版社，1994年10月），頁283。

〔註57〕宋·周密撰：《浩然齋雅談》，收於《百部叢書集成之二十七》（板橋市：藝文書局，1966年），卷上，頁20。

〔註58〕宋·葉紹翁撰、符均注：《四朝聞見錄》（西安市：三秦出版社，2004年5月），頁253。

《四朝聞見錄》卷五戊集〈臣寮雷孝友上言〉又云：

> 蘇師旦既逐之後，堂吏史達祖、耿檉、董如璧三名隨
> 即用事，言無不幸，公受賄賂，共爲奸利。伏乞審斷，將
> 三名送大理寺根究，依法施行，實快士論。〔註59〕

除此之外，從蔡幼學的〈繳堂吏達祖、耿檉、董如璧決配旨揮狀〉中
亦可知，韓侂胄等人所作所爲引起敢直言進諫的大臣們共憤，希望寧
宗能從重量刑：

> 況韓侂胄竊弄大權，擅興邊事，以御前金字置之私
> 家，惟其意之所欲行。而史達祖、耿檉、董如璧三人實爲
> 之用，憑藉威勢恣爲姦利，宰相甘與之伍，……自韓侂胄
> 盜權以後，風俗日壞，賄賂公行，利歸權門，禍流海內，
> 陛下既正侂胄之罪，正宜取法太祖明正刑章，使中外之臣
> 皆知戒懼，今三吏之罪不可勝窮而猶不忍加誅，何以警
> 眾？……師旦既已伏誅，三人者決不當幸免，臣愚欲望審
> 斷，特降指揮，將史達祖、耿檉、董如璧並行處死以正朝
> 廷之典。〔註60〕

開禧三年（1207年）北伐戰爭終究因韓侂胄好大喜功，未能深
謀遠慮而失敗，韓侂胄被殺，史達祖難逃被黥面流放、誅殺的不幸。
清樓敬思就曾對史達祖的遭遇感到惋惜：「史達祖南渡名士，不得進
士出身。以彼文采，豈無論薦，乃甘作權相堂吏，至被彈章，不亦
降志辱身之至耶？」〔註61〕清吳衡照《蓮子居詞話》卷一也云：「史
邦卿奇秀清逸，爲詞中俊品，張功甫序其集而行之，乃甘作權相堂
吏，身敗名裂」〔註62〕。過去的歷史家、詞評家根據《宋史》的觀
點，多半將主張抗敵而失敗的韓侂胄視爲奸臣，而由於史達祖曾爲

〔註59〕宋・葉紹翁撰、符均注：《四朝聞見錄》（西安市：三秦出版社，2004
年5月），頁239。

〔註60〕宋・蔡幼學撰：《育德堂奏議》（宋刻本，2008年），卷3，頁22。

〔註61〕清・張宗橚輯、楊家駱主編：《詞林紀事》（臺北縣：鼎文書局，1971
年3月），卷13，頁379。

〔註62〕清・吳衡照《蓮子居詞話》，唐圭璋編：《詞話叢編（三）》（北京：
中華書局，2005年10月），頁2421。

韓侂胄之堂吏，因此受到後人鄙薄，並對詞品產生偏頗之言，如清周濟《介存齋論詞雜著》：「梅溪甚有心思，而用筆多涉尖巧，非大方家數，所謂一鉤勒即薄者。梅溪詞中，喜用『偷』字，足以定其品格矣。」〔註63〕，清馮煦《蒿庵論詞》：「詞爲文章末技，固不以人品分升降；然如毛滂之附蔡京，史達祖之依韓侂胄……所造雖深，識者薄之。」〔註64〕。

　　史達祖因貧而仕，雖有報國之志卻因北伐失敗而付諸流水，其攀附韓侂胄而弄權之事，更成爲後人攻訐之處，以致忽略了史達祖創作詞的表現，至爲可惜。

（三）交遊情形

　　南宋文人結社的風氣很盛，如龍榆生所言：

　　　　南宋遷都臨安，夙擅湖山之勝。……於是名門世胄權相遺賢，異軌同奔，極意聲樂。……文人才士既各有所依歸，杯酒交歡，聯吟結社。〔註65〕

因此文人之間常有相互酬唱之作，從史達祖的〈點絳唇・六月十四日夜，與社友泛湖過西陵橋，已子夜矣〉，使金臨行前寫的〈龍吟曲・陪節欲行留別社友〉，及〈賀新郎・六月十日夜西湖月下〉中的詞句「同住西山下。是天地中間，愛酒能詩之社。」〔註66〕可知其亦有參與結詩社。此外，由《梅溪詞》的詞題來看，如「壬戌閏臘望，雨中立癸亥春，與高賓王各賦」、「舟中趙子埜有詞見調，即意和之」、「湖上高賓王、趙子埜同賦」、「南湖以碧蓮見寄，次韻謝之」、「詠梅寄南湖先生」、「席上夢錫、漢章同賦」、「浙江送人，時子振之官越幕」，

〔註63〕 清・周濟著：《介存齋論詞雜著》，收於《中國古典文學理論批評專著選輯》（北京：人民文學出版社，1984年5月），頁7。
〔註64〕 清・馮煦著：《蒿庵論詞》，收於《中國古典文學理論批評專著選輯》（北京：人民文學出版社，1984年5月），頁62。
〔註65〕 龍榆生著：《龍榆生詞學論文集》，（上海：上海古籍出版社，1997年7月），頁249。
〔註66〕 王步高：《梅溪詞校注》（天津：天津人民出版社，1994年10月），頁153。

可知其交遊有高觀國、張鎡、趙子埜、子振、漢章、陳夢錫等人，而陳造與史達祖也有詞章唱和。

1. 高觀國

高觀國，字賓王，號竹屋，山陰（今浙江紹興）人，生卒年及生平事蹟不詳，著有詞集《竹屋癡語》，收其詞 108 首，陳造爲其作序。史達祖與高觀國交情甚篤，爲同社之友，兩人常有酬唱之作。陳造與張炎對兩人的詞作評價頗高，《宋六十名家詞》中毛晉的〈竹屋詞跋〉引陳造序云：「高竹屋與史梅溪皆周、秦之詞，所作要是不經人道語。其妙處，少游、美成亦未及也。」〔註67〕，張炎在《詞源》中則說：「秦少游、高竹屋、姜白石、史邦卿、吳夢窗，此數家格調不侔，句法挺異，俱能特立清新之意，刪削靡曼之詞，自成一家，各名於世。」〔註68〕。而從《欽定四庫全書》集部十中〈竹屋癡語提要〉所云：「詞自鄱陽姜夔句琢字鍊，始歸醇雅；而達祖、觀國爲之羽翼。」〔註69〕來看，可知高、史兩人詞作受到姜詞的影響。

高觀國也像史達祖一樣喜歡詠物，並且擅長詠物，《歷代詩餘》卷八引《古今詞話》云：

> 高觀國精於詠物，《竹屋癡語》中最佳者有〈御街行〉詠轎、詠簾，〈賀新郎〉詠梅，〈解連環〉詠柳，〈祝英臺近〉詠荷，〈少年遊〉詠草，皆工而入逸，婉而多風。〔註70〕

可見「工而入逸，婉而多風」是其詠物詞的特色。

史達祖、高觀國兩人一時並稱，因此常見詞評家比較兩人詞作。

〔註67〕 明・毛晉〈竹屋詞跋〉，金啓華等編：《唐宋詞集序跋匯編》（臺北市：臺灣商務印書館，1993 年 2 月），頁 241。

〔註68〕 宋・張炎《詞源》，唐圭璋編：《詞話叢編（一）》（北京：中華書局，2005 年 10 月），頁 255。

〔註69〕 清・紀昀等撰：《欽定四庫全書集部：竹屋癡語》，收於《景印文淵閣四庫全書集部四二七詞曲類・第 1488 冊》（臺北市：臺灣商務印書館，1983 年），頁 445。

〔註70〕 清・沈辰垣編：《歷代詩餘》（清文淵閣四庫全書本，2008 年），卷 118，頁 1428。

清陳廷焯就認為「竹屋詞最雋快，然亦有含蓄處。抗行梅溪則不可。」，又「竹屋、梅溪並稱，竹屋不及梅溪遠矣。梅溪全祖清真，高者幾於具體而微，論其骨韻，猶出夢窗之右。」〔註71〕，就陳廷焯的觀點而言，高觀國的實際成就不足與史達祖並列，但高詞自有其特長；胡雲翼則認為「梅溪的描寫，比竹屋活潑些，而竹屋的格調則比梅溪高些，古典的氣味少些。」〔註72〕。可見雖然兩人唱和詞多，但詞的作風倒是迥然有別。

　　史達祖與高觀國志趣相投，疊相唱和。兩人於宋寧宗嘉泰二年（1202年）同賦〈東風第一枝〉，史達祖作〈東風第一枝‧壬戌閏臘望，雨中立癸亥春，與高賓王各賦〉，高觀國則作〈東風第一枝‧壬戌春日訪梅溪雨中同賦〉。史達祖使金前作〈龍吟曲‧陪節欲行留別社友〉，而高觀國的〈雨中花〉應為送別史達祖使金而寫的酬贈之作，詞中展現了兩人真摯的情誼，〈雨中花〉內容如下：

> 旆拂西風，客應星漢，行參玉節征鞍。緩帶輕裘，爭看盛世衣冠。吟倦西湖風月，去看北塞關山。過離宮禾黍，故壘煙塵，有淚應彈。文章俊偉，穎露囊錐，名動萬裏呼韓。知素有、平戎手段，小試何難。情寄吳梅香冷，夢隨隴雁霜寒。立勳未晚，歸來依舊，酒社詩壇。〔註73〕

「吟倦西湖風月，去看北塞關山。過離宮禾黍，故壘煙塵，有淚應彈」是高觀國對史達祖出使心情的體會，並且以「文章俊偉，穎露囊錐，名動萬裏呼韓」讚揚其才能，而「知素有、平戎手段，小試何難」是對史達祖的鼓勵，此行分別後兩地相隔遙遠，高觀國希望能藉書信來關心在遠方的好友。史達祖在〈龍吟曲‧陪節欲行留別社友〉中有「看歸來，幾許吳霜染鬢，驗愁多少」的惆悵詞句，而高觀國則

〔註71〕清‧陳廷焯《白雨齋詞話》，唐圭璋編：《詞話叢編（四）》（北京：中華書局，2005年10月），頁3800～3801。

〔註72〕胡雲翼著：《宋詞研究》（臺南市：大行出版社，1990年6月），頁174。

〔註73〕唐圭璋編：《全宋詞（四）》（北京市：中華書局，2005年1月），頁3040。

以「立勳未晚，歸來依舊，酒社詩壇」來表達對他的祝福與期許，眞情融注於詞中。

高觀國於史達祖使金期間寫了〈齊天樂・中秋夜懷梅溪〉來表達對他的懷念之意，內容如下：

> 晚雲知有關山念，澄霄卷開清霽。素景分中，冰盤正溢，何嘗嬋娟千里。危闌靜倚。正玉管吹涼，翠觴留醉。記約清吟，錦袍初喚醉魂起。孤光天地共影，浩歌誰與舞，淒涼風味。古驛煙寒，幽垣夢冷，應念秦樓十二。歸心對此。想斗插天南，燕橫遼水。試問姮娥，有誰能爲寄。〔註74〕

此首詞扣緊了月的意象，並使用了「冰」、「玉」、「涼」、「孤光」「淒涼」、「煙寒」「夢冷」等字詞烘托出寂靜清冷的氣氛，再將心中最深層的思念釋放出來。姜夔就曾以「徘徊宛轉，交情如見」〔註75〕來表示對此詞的讚美。

此外，高觀國另有兩首詞與史達祖有關，〈東風第一枝・爲梅溪壽〉語多頌揚，〈八歸・重陽前二日懷梅溪〉亦是思友之作。

2. 張鎡

張鎡（1153～1235 年），字功甫，號約齋，西秦（今陝西）人，居臨安，曾任臨安府通判、直秘閣、司農少卿等官職。開禧三年（1207年），參與史彌遠謀殺韓侂胄之事。嘉定四年（1211 年），因密謀反對史彌遠而被貶謫至象臺。

張鎡嘗卜築南湖，擅長畫竹石古木，周密《齊東野語》云：「張鎡功甫，號約齋，循忠烈王諸孫，能詩，一時名士大夫，莫不交游，其園池聲妓服玩之麗甲天下。」〔註76〕，張鎡因爲生活在富貴的環境

〔註74〕唐圭璋編：《全宋詞（四）》（北京市：中華書局，2005 年 1 月），頁3019。

〔註75〕見清・沈辰垣編：《歷代詩餘》（清文淵閣四庫全書本，2008 年），卷 118，頁 1428。

〔註76〕宋・周密撰、張茂鵬點校：《齊東野語》（北京市：中華書局，2004年 5 月），卷 20，頁 374。

之中，故詞作題材狹窄，著有《南湖集》、《玉照堂詞》。而張鎡曾爲
史達祖的《梅溪詞》作序，對《梅溪詞》有很高的評價：

> 蓋生之作，辭情俱到，纖綃泉底，去塵眼中，妥帖輕
> 圓，特其餘事。至於奪苕艷於春景，起悲音於商素，有瑰
> 奇警邁，清新閒婉之長，而無詭蕩汙淫之失。端可以分鑣
> 清眞，平倪方回，而紛紛三變行輩，幾不足比數。〔註77〕

史達祖曾寫〈蘭陵王・南湖以碧蓮見寄，次韻謝之〉、〈醉公子・詠梅
寄南湖先生〉，兩首爲與張鎡唱和的詠物詞。

3. 陳造

陳造（1133～1203 年），字唐卿，晚號江湖長翁，高郵（今屬江
蘇）人，淳熙二年（1175 年）中進士，官至淮浙安撫史參議。陳造
有《江湖長翁集》，集中有〈次韻趙子野贈別〉、〈贈趙子野〉、〈次陳
夢錫韻二首〉、〈次韻陳夢錫〉、〈謝陳夢錫詩卷二首〉、〈次韻高賓王見
投四首〉、〈次韻贈高賓王〉、〈寄題高賓王詩後卷〉等詩，與史達祖詞
集提及的人相符合，可見陳造與史達祖爲同詩社之友。

而集中〈題史鸂詞卷二首〉、〈題史鸂詩卷後二首〉、〈次史鸂韻二
首〉、〈又次韻二首〉的七言絕句詩，足證其與史達祖有往來之跡。〈次
史鸂韻二首〉、〈又次韻二首〉爲與史達祖的唱和之詩，應當寫於史達
祖出使之前：

> 痛憶分題把酒時，暑寒誰遣隙駒馳。芙蓉風露梅花
> 月，又費騷人幾首詩。已誤西湖鷗鷺約，客州西上更徘徊。
> 故人益嘆天涯遠，懷抱何從得好開。（〈次史鸂韻二首〉）
> 〔註78〕
> 愁爲離群老不禁，詩來深得故人心。自摩病眼添沈炷，

〔註77〕宋・張鎡〈梅溪詞序〉，金啓華等編：《唐宋詞集序跋匯編》（臺北市：
臺灣商務印書館，1993 年 2 月），頁 238。

〔註78〕宋・陳造撰：《江湖長翁集》，收於《景印文淵閣四庫全書集部一 0
五別集類・第 1166 冊》（臺北市：臺灣商務印書館，1983 年），卷
20，頁 258。

　　滿紙晶熒亂碎金。向來湖上扶攜醉，醉裡清吟雜雨聲。此
　去淮西望京國，詩邊酒處若爲情。(〈又次韻二首〉)〔註79〕

　　至於《梅溪詞》中提到的趙子野，生平事蹟不詳，但從陳造《江
湖長翁集》中〈跋趙子野詩卷〉所讚美之言可窺其詩之風格：

　　　　晚乃得趙子野詩，讀之予敬且服焉。清峻而豐腴，麗
　雅而精粹，其調度功力，排戛頓挫，沉著恢托。〔註80〕

可惜趙子野之詩作面貌已無從得見。而《梅溪詞》同樣提及的子振、
漢章、陳夢錫等人，則無確切、詳細的史料可證明其爲何人。

　　史達祖以高超的技巧抒發自己的人生感受，不同時期的作品展現
出不同的藝術風貌。早年的作品寫的是少年情懷與離情別緒，成爲受
到韓侂胄器重的堂吏之後，與許多文人名士有較多的來往，是史達祖
人生中最得意的時光，創作的成果也最爲豐碩，其詞多詠物酬唱之
作，在作品的藝術技巧方面已十分成熟；而其陪節使金的經歷以及企
欲收復故土的悲憤心情更使他創作了表達愛國情懷的作品，詠物詞中
更展現了自己對於南宋朝廷上下耽溺於享樂的憂心，然終究地位卑
下，無法扭轉頹勢。在韓侂胄遇害之後，史達祖身處逆境，只好寄寓
人生感慨於詞中，後期的作品反映孤苦落寞的內心世界。曾一時風
光，也曾有滿腔的愛國熱情，最終潦倒悽涼，遭受黥面流放之辱，起
伏的人生遭遇與滄桑的世事變化造就了史氏精彩的詠物詞作。

小　結

　　文學創作乃以現實社會爲基，有其特有的時間與空間上的含意。
時代風貌影響了作家的創作心態，文學思潮促使作家追求更高的藝術

〔註79〕　宋・陳造撰：《江湖長翁集》，收於《景印文淵閣四庫全書集部一０
　　　　五別集類・第 1166 冊》(臺北市：臺灣商務印書館，1983 年)，卷
　　　　20，頁 258。
〔註80〕　宋・陳造撰：《江湖長翁集》，收於《景印文淵閣四庫全書集部一０
　　　　五別集類・第 1166 冊》(臺北市：灣商務印書館，1983 年)，卷31，
　　　　頁 392。

表現，而作家的個人經歷則凝結成人生智慧，使作品能更貼近眞實的自我，因此時代風貌、文學思潮、個人經歷都會對作家的創作產生決定性的影響。

　　史達祖的詠物詞創作受到精神氣候與文化土壤的影響。首先要提到的是，當時的達官顯貴因湖山美景而廣造亭園別墅，好養清客與聲伎，詞人盤桓名園之中，時常以詠物爲爭新競巧的題材，彼此間常互相唱和，史達祖就有次韻、分韻、同賦聯吟之作；文人結社的風氣至南宋極爲盛行，詩社中的文藝同好，在聚會交誼之時，以詠物之作各逞其才，使得詠物詞創作增多，並造成雕琢文字的創作風氣，提高了詞人創作的雅趣與藝術技巧；而詞人在結社的集體活動中，創作可以受到矚目，且有機會接觸許多新奇的事物，如此便擴大詠物詞取材的範圍。再者，宋朝發達的工商業促成了社會經濟繁榮，社會風氣趨於奢華，人們開始重視娛樂藝術，詞人便大量的創作；南宋人喜歡逸樂，重視節日，許多的習俗節慶都有其象徵意義，節序中的盛況都爲詞人提供許多詠物詞的吟詠題材。其次，達官顯貴廣置園亭，往往爲文人詞客聚會之所，許多詞人爲了求生存必須長期依附權貴，迎合權貴的審美情趣與藝術品味成了影響詞人創作的重要因素，心態上傾向以和緩、淒婉的方式來表達；而權貴喜好高品味的精神享受，詞在其中便扮演妝點高雅、烘托情趣的角色，在此文化背景之下，史達祖曾帶著詞作拜訪張鎡，張鎡爲《梅溪詞》作序之後，史達祖因此受到當時其他文人的注意。

　　南宋時代環境發生劇烈的變化，審美觀念與意趣趨向的改變主導了史達祖詠物詞創作的方向。首先，苟安宴樂刺激朝廷上下的聲伎之好，使得唱詞之風趨於極盛，帶動了音律化、柔婉化的應歌和樂之詞大量產生，南宋文人創作詞時希望能突顯文人的高雅情趣，拉開與俗詞間的距離，並希望透過本身的文學修養，引導詞不斷雅化；復雅運動在當時蔚爲風行，文人將之實踐在創作與理論方面，因此南渡以來詞風已有所轉變，文人詞作中的兒女之情逐漸淡化，主張應以詞言志抒懷，而人們評

斷雅俗的標準除了從詞的內容來看，也開始注意到詞的形式層面；詞壇
吹起反對俗豔軟媚、傾向騷雅俊逸的復雅之風，使文人認爲詞要能符合
道德標準，且能顯現自我情懷。再者，南宋的理學盛行與詠物詞大盛有
密切的關係，理學是宋代詠物詞的哲學基礎，理學的精神使南宋人的文
學創作具有理性的自覺與反省，反映出含蓄內斂的風貌，也影響了文學
作品抒發情感要以理節情，因此南宋人的詠物詞作中常融入人生體悟與
哲學思考，對於萬事萬物能投以深切關注的眼光。其次，江西詩派強調
用典使事與去陳反俗，影響南宋詞人均染用典使事之習，史達祖創作詠
物詞時便傾力於形式技巧，在遣詞鍊字、格律、用典使事方面力求工麗
貼切；又南宋的政治環境使詞人藉由比興的手法，託物寓意，寄託身世
之感與家國之憂，史達祖等騷雅詞人秉持詞必有寄託的騷雅精神，並且
同樣重視詞本有的婉約言情特色。

　　史達祖起伏的人生經歷造就了其精彩的詠物詞作，而後人對其詞
作的評價也常與人品連結在一起，出現偏頗之言。首先，史達祖處於
朝廷內外不斷爭議「和戰」的政治環境，韓侂冑獨攬朝政後，爲了鞏
固權位而有伐金之謀，史達祖曾奉命出使金國，在出使期間創作了許
多具有愛國情懷的作品，然韓侂冑因缺乏妥善規劃，宋軍大敗，韓氏
也被誅殺，黨附韓之人皆遭到貶逐，史達祖因而受到牽連而死。再者，
史達祖出身低微，仕途不順，在投靠韓侂冑成爲堂吏之後，依勢弄權，
士大夫皆趨其門，是人生中最爲得意的時光，爲創作的高峰期，但隨
著韓侂冑的失敗，史達祖因此受到後人鄙薄，詞作的表現也受到忽
略，可見史氏政治經歷、人生際遇影響了後世對其詞作的觀感。其次，
史達祖曾參與詩社，常有與社友相互酬唱之作，對於詠物詞創作技巧
的提升是有助益的；史氏的交遊有高觀國、張鎡、趙子埜、子振、漢
章、陳夢錫、陳造等人，在高觀國、陳造與史氏的往來之作可見彼此
的情感；史氏所交往的朋友之中，張鎡爲其知音，因爲張鎡的賞識使
史氏能在詞壇嶄露頭角，高觀國爲其知己，與史氏同在創作上切磋琢
磨，高、史詞作表現可謂各有千秋。

　　時代與環境是養成作家的外在因素。每一個時代都有其特色、風
尚，一個敏銳的作家往往能夠清楚的認識時代，並覺察政治、社會的
情況，在文學潮流的推移下，創造出劃時代的作品；而環境能夠塑造
出作家的色彩，作家的身分地位與人生經歷影響了作品的風格呈現，
使其作品展現個人特色。史達祖生活在政治動盪的南宋時期，時代氛
圍與其生平遭遇提供了極佳的材料，並高度激發了他的詠物詞創作，
能反照人心與世道，展現才情與人性的自覺。

第四章　史達祖詠物詞之內涵析論

　　依據本論文第一章第二節所定義的詠物詞義界，史達祖詠物詞作共有二十六首。本章先歸納分析史達祖詠物詞的題材範圍，分爲自然風物類、地理類、動物類、植物類、器物類、人體類等，以見史達祖取材偏嗜或側重的情形。

　　一般而言，詠物詞的內涵可分爲兩類，一是體物類，一是寄興類。所謂體物類的詠物詞是作者因感於物，故力求體物、狀物，以窮物之情、盡物之態，作者在作品中似乎未明顯的託出自身之情志，甚或完全不寄託己志，只客觀如實的描繪所詠之物的情態、物性、物用及相關時、地等；寄興類的詠物詞則是透過「物」的吟詠，以抒懷寄情、諷喻時政。〔註1〕清人李重華在《貞一齋詩說》中提到：「詠物詩有兩法，一是將自身放頓在裡面，一是將自身站立在旁邊」〔註2〕，由此可知作者是否融入了主觀情志於作品之中，爲判斷詠物詞是否爲寄託之作的基本方式，因此寄興類的作品較體物類的作品多出了作者主觀的情志寄託。

〔註1〕參見馬寶蓮：《兩宋詠物詞研究》（師大國研所72碩論），《國立臺灣師範大學國文研究所集刊》，第28號，1984年6月，頁135。

〔註2〕清·李重華《貞一齋詩說》，丁仲祜編訂：《清詩話（下）》（臺北縣：藝文印書館，1977年5月），頁1187。

　　然而對於寄託之作的認定，葉嘉瑩在〈常州詞派比興寄託之說的新檢討〉一文中所提到的標準較爲客觀，爲本文所依循：「第一當就作者生平之爲人來判斷，第二當就作品敘寫之口吻及表現精神來作判斷，第三當就作品所產生之環境背景來作判斷。」〔註3〕

　　本章之第二節、第三節、第四節以有無寄託爲判斷標準，分別從「詠物以見情趣」、「詠物以寄小我之感」、「詠物以寄大我之嘆」三大類來分析史達祖詠物詞的內涵，並舉史達祖詠物詞詞例加以分析。屬於體物類的是「詠物以見情趣」，屬於寄興類的則分爲「詠物以寄小我之感」、「詠物以寄大我之嘆」。

第一節　題材擇取

一、取自自然風物類，有四首：

（一）詠雪詞作兩首：

　　〈東風第一枝・春雪〉（巧沁蘭心）

　　〈龍吟曲・雪〉（夢回虛白初生）

（二）詠雨詞作一首：

　　〈綺羅香・春雨〉（做冷欺花）

（三）詠月詞作一首：

　　〈月當廳〉（白璧舊帶秦城夢）

二、取自地理類，有一首：

（一）詠潮詞作一首：

　　〈滿江紅〉（中秋夜潮）

三、取自動物類，有一首：

（一）詠燕詞作一首：

〔註3〕葉嘉瑩著：《中國古典詩歌評論集》（臺北市：純眞出版社，1983 年 4 月），頁 176。

〈雙雙燕〉（過春社了）

四、取自植物類，有十六首：

（一）詠海棠花詞作一首：

〈海棠春令〉（似紅如白含芳意）

（二）詠梨花詞作一首：

〈玉樓春・賦梨花〉（玉容寂寞誰爲主）

（三）詠薔薇詞作一首：

〈祝英台近・薔薇〉（綰流蘇）

（四）詠桃花詞作一首：

〈桃源憶故人・賦桃花〉（明霞烘透春機杼）

（五）詠玉蕊花詞作一首：

〈菩薩蠻・賦玉蕊花〉（唐昌觀里東風軟）

（六）詠林檎（沙果）詞作一首：

〈留春令・金林檎詠〉（秀肌豐靨）

（七）詠梅花詞作六首：

〈留春令・詠梅花〉（故人溪上）

〈瑞鶴仙・紅梅〉（館娃春睡起）

〈換巢鸞鳳・梅意〉（人若梅嬌）

〈惜奴嬌〉（相剝酥痕）

〈龍吟曲・問梅劉寺〉（夜寒幽夢飛來）

〈醉公子・詠梅寄南湖先生〉（神仙無膏澤）

（八）詠荷花詞作兩首：

〈蘭陵王・南湖以碧蓮見寄，次韵謝之〉（漢江側）

〈隔浦蓮・荷花〉（洛神一醉未醒）

（九）詠茉莉花詞作一首：

〈風入松・茉莉花〉（素馨枬蕚太寒生）

（十）詠橙詞作一首：

〈齊天樂‧賦橙〉（犀紋隱隱鵝黃嫩）

五、取自器物類，有三首：

（一）詠數珠（念珠）詞作一首

〈西江月‧賦木犀香數珠〉（三十六宮月冷）

（二）詠軟香詞作一首

〈菩薩蠻‧賦軟香〉（廣寒夜搗玄霜細）

（三）詠笛詞作一首

〈夜合花‧賦笛〉（冷截龍腰）

六、取自人體類，有一首：

（一）詠白髮詞作一首

〈齊天樂‧白髮〉（秋風早入潘郎鬢）

由以上的分類統計中，可知史達祖二十六首的詠物詞，題材取自植物類的作品最多，有十六首，其中十五首以詠花卉為主，包含了海棠花、梨花、薔薇、桃花、玉蕊花、林檎、梅花、荷花、茉莉花九種花品，尤以詠梅之作為多，達六首，這反映出當時宋人愛花、賞花之生活雅趣與對藝術審美的追求。根據許伯卿的統計，在《全宋詞》兩千九百九十九首的詠物詞當中，所詠事物有兩百五十多種，而取材自植物類的詠物詞共有兩千四百一十八首，其中以詠花詞最多，達兩千兩百零八首，約佔了《全宋詞》詠物詞總數的百分之七十四，而詠花詞之中，以詠梅花者數量位居首位。〔註4〕

文人雅士喜歡以花為吟詠的題材，其來有自，早從《詩經》就已出現以花果來比喻女性的詩歌，而《楚辭》更是使花成為人格的象徵，至唐宋時代，繼承了詩騷與魏晉六朝風流，將詠花詩詞之作推向極致，花的形象與精神會隨著時代的政經、社會、文化風氣的改變而展現不同的氣象，葉嘉瑩在〈幾首詠花的詩和一些有關詩歌的話〉一文

〔註4〕 參見許伯卿：〈宋代詠物詞的題材構成〉，《南陽師範學院學報（社會科學版）》，2003 年 5 月第 2 卷第 5 期，頁 49～55。

中精闢的剖析了花之所以成爲文人喜愛歌頌的對象成因：

> 至於「花」之所以能成爲感人之物中最重要的一種，
> 第一個極淺明的原因，當然是因爲花的顏色、香氣、姿態，
> 都最具有引人之力，人自花所得的意象既最鮮明，所以由
> 花所觸發的聯想也最豐富。此外還有一個重要的原因，我
> 以爲則是因爲花所予人的生命感最深切也最完整的緣
> 故。……人之生死，事之成敗，物之盛衰，都可以納入「花」
> 這一短小的縮寫之中。因之它的每一過程，每一遭遇，都
> 極易喚起人類共鳴的感應。而況「花」之爲物，更復眼前
> 身旁隨處可見，所以古今詩人所寫的牽涉關聯到「花」的
> 作品也極多，這正是必然的結果。〔註5〕

文人的生命際遇驅使他們自己在書寫、吟詠「花」之時，注入鮮明的
個性特徵，是以能搖蕩出多采多姿的文化風貌。

宋代重文輕武的風氣，加上理學大興，使得宋代文化表現出重內
斂、富理趣的特徵，而文學精神也趨向理性的自省，並推崇氣節與品
格，在社會生活與思想文化的影響之下，宋人偏嗜清新冷香的梅品，
「使梅花的審美特徵日益受到關注和推崇，人格寄託意義不斷豐富和
凸顯，價值持續升高」〔註6〕。北宋後期梅花即成爲私家園林的新寵，
南渡之後優越的氣候條件使梅花種植更爲普及，並使賞梅之風開始興
盛，范成大的「范村」、張鎡的「玉照堂」，都是著名的賞梅之所，成
爲文士薈萃之地，「在宋代士大夫優裕、悠閒、雅致的生活氛圍中，
微小的梅花逐漸由自然存在走上了人們審美觀賞的至位，最終被推爲
『群芳之首』」〔註7〕，因此從宋代數量可觀的詠花詞可見，象徵高潔
品格的梅花一直是宋人最爲喜愛的題材。而有些文人也會藉梅花以附

〔註5〕 葉嘉瑩著：《迦陵論詩叢稿》（臺北市：桂冠圖書股份有限公司，2000
　　　 年6月），頁54～55。

〔註6〕 王瑩：〈唐宋國花意象與中國文化精神〉，《文學評論》，2008年第6
　　　 期，頁64。

〔註7〕 王瑩：〈唐宋國花意象與中國文化精神〉，《文學評論》，2008年第6
　　　 期，頁65。

庸風雅，對此元・郭豫亨在《梅花字字香》提要評論道：

〈離騷〉遍擷香草，獨不及梅。六代及唐，漸有賦詠，而偶然寄意，視之亦與諸花等。自北宋林逋諸人遞相矜重，「暗香疏影」、「半樹橫枝」之句，作者始別立品題。南宋以來遂以詠梅為詩家一大公案。江湖詩人，無論愛梅與否，無不借梅以自重。凡別號及齋館之名，多帶「梅」字以求附於雅人。〔註8〕

由此可見在宋代以前，梅花並非是文人特別喜愛吟詠的題材，但自北宋林逋所作〈山園小梅〉：「眾芳搖落獨暄妍，占盡風情向小園。疏影橫斜水清淺，暗香浮動月黃昏。」〔註9〕廣為人知後，詠梅之作漸多，到了南宋，不僅詠梅詩詞增多，在文人的心中，無論是創作或是生活，梅花已然與風雅產生了密切的關聯性。

在眾多花卉草木之中，史達祖便是對「梅花」情有獨鍾，除了以「梅溪」為號之外，所吟詠的花卉，以詠梅之作最多，而在這六首詠梅詞中，除了〈醉公子・詠梅寄南湖先生〉之外，〈留春令・詠梅花〉、〈瑞鶴仙・紅梅〉、〈換巢鸞鳳・梅意〉、〈惜奴嬌〉、〈龍吟曲・問梅劉寺〉均與愛情有關，王步高認為可能因史氏的妻子或情人，以「梅」為名或有愛梅的癖好，又或許是死於梅花盛開的季節，〔註10〕因此梅花會觸動史達祖對逝去愛人的想念。〈留春令・詠梅花〉、〈瑞鶴仙・紅梅〉〈龍吟曲・問梅劉寺〉藉詠梅悼念已離開人世的情人，而〈換巢鸞鳳・梅意〉、〈惜奴嬌〉則藉詠梅寫自己對美好愛情的追求，可見史氏深情的一面。除了詠梅詞之外，史氏的悼亡詞亦是常提及梅花，詞中展現了睹物思人，但物是人非的感慨與深切思念，如：

舊時明月舊時身，舊時梅萼新。舊時月底似梅人，梅

〔註8〕元・郭豫亨撰：《梅花字字香前後集》，收於《琳琅秘室叢書第四函》（臺北市：藝文印書館，1966年），頁1。

〔註9〕北京大學古文獻研究所編：《全宋詩（二）》（北京：北京大學出版社，1991年7月），卷106，頁1218。

〔註10〕王步高：《梅溪詞校注》（天津：天津人民出版社，1994年10月），頁171、296。

春人不春。（〈阮郎歸‧月下感事〉）〔註11〕

　　神仙說道凌虛，一夜相思玉樣人。但起來、梅發窗前，
哽咽疑是君。（〈憶瑤姬‧騎省之悼也〉）〔註12〕

　　雙鴛魘月天津近。歸後嫩情常賸。燈市一年愁凝。心
共梅花冷。（〈桃源憶故人〉）〔註13〕

　　吳梅初試澗谷春。夜幽幽、江雁叫雲。人正在、孤窗
底，被穩愁、釅破醉魂。（〈戀綉衾〉）〔註14〕

南宋沈義父認為詞體主言情，詠花詞須與情意有所聯繫，但又不能有
過多的豔語，這顯現了創作詠花詞的挑戰性：

　　作詞與詩不同，縱是花卉之類，亦須略用情意，或要
入閨房之意。然多流淫豔之語，當自斟酌。如只直詠花卉，
而不著些豔語，又不似詞家體例，所以為難。〔註15〕

史氏詠花，常將花卉視為妻子或情人、佳人的象徵之物，有時也表
現出自己的情志、個性，如〈桃源憶故人‧賦桃花〉以桃花懷念故
去的歌妓，〈海棠春令〉（似紅如白含芳意）藉詠海棠來表達宮中女
子的怨情，〈玉樓春‧賦梨花〉藉梨花寫寂寞含愁的佳人，〈祝英台
近‧薔薇〉藉薔薇寫高潔的美人，同時也表達了希望自己能見用於
世的心願，〈風入松‧茉莉花〉則藉茉莉花寫自己高尚的情志，除此
之外，史氏在〈隔浦蓮‧荷花〉中亦藉詠荷花來寫對於國事的擔憂，
由此可見，史氏詠花不侷限於女子的閨怨、愁思、柔情，而能從花
卉本身的特性、姿態、精神來引發身世之感或家國之憂的深刻思考。

〔註11〕王步高：《梅溪詞校注》（天津：天津人民出版社，1994年10月），
　　　　頁57。
〔註12〕王步高：《梅溪詞校注》（天津：天津人民出版社，1994年10月），
　　　　頁62。
〔註13〕王步高：《梅溪詞校注》（天津：天津人民出版社，1994年10月），
　　　　頁128。
〔註14〕王步高：《梅溪詞校注》（天津：天津人民出版社，1994年10月），
　　　　頁287。
〔註15〕南宋‧沈義父《樂府指迷》，唐圭璋編：《詞話叢編（一）》（北京：
　　　　中華書局，2005年10月），頁281。

　　史達祖所選取的題材中，取自器物類的詠笛詞作與取自人體類的詠白髮詞作在《全宋詞》中較爲少見。《全宋詞》專門吟詠笛的詞作現存很少，只有蘇軾的〈水龍吟〉、無名氏的〈憶秦娥〉以及史達祖的〈夜合花‧賦笛〉。〔註16〕〈水龍吟〉含懷舊之思，〈憶秦娥〉寫的是宮女的怨情，而史達祖的〈夜合花‧賦笛〉除了寫笛聲與聽笛之感受，詞中有深隱的寄意，同樣是詠笛詞作，但〈夜合花‧賦笛〉較前兩首詞有更深的寄託。至於取自人體類的詠白髮詞作〈齊天樂‧白髮〉，在《全宋詞》中則是唯一的一首，〔註17〕藉白髮來抒發仕途不遇的感嘆與身世之感，史氏以白髮爲題材實與其政治遭遇、人生經歷能密切的結合。

第二節　詠物以見情趣

　　詠物以見情趣，指的是單純吟詠物象的作品，純粹描繪鋪陳物情、物性、物貌，能展現出物趣，詞人在作品中沒有融入主觀的個人情緒、情感，乃「將自身站立在旁邊」，以賞玩的角度來寫作。

一、詠海棠嬌豔之姿

　　海棠是一種春季開花的觀賞花木，花朵簇生，未開放時呈深紅色，開放之後呈淡粉紅色或白色，豔麗無比，在古時與洛陽的牡丹、揚州的芍藥同稱奇於天下。史達祖有詠海棠花的〈海棠春令〉：

　　　　似紅如白含芳意。錦宮外、烟輕雨細。燕子不知愁，
　　驚墮黃昏淚。燭花偏在紅簾底。想人怕、春寒正睡。夢著

〔註16〕參見周念先著：《梅溪詞選釋》（香港：天馬圖書有限公司，2001年
　　　　3月），頁68。
〔註17〕許伯卿分析統計宋代詠物詞的取材範圍，其中人體類的詠物詞包含
　　　　了詠白髮、詠眼睛、詠淚、詠腳、詠美人指甲、詠美人足各一首。
　　　　而此首詠白髮之作，則是史達祖的〈齊天樂‧白髮〉。參見許伯卿：
　　　　〈宋代詠物詞的題材構成〉，《南陽師範學院學報（社會科學版）》，
　　　　2003年5月第2卷第5期，頁49～50。

　　玉環嬌，又被東風醉。〔註18〕

　　這首詞展現了詞人對海棠吟賞的興趣，詞中雖很少正面著墨於海棠，但仍扣緊與海棠有關之事來寫，上片寫雨中海棠花的姿態，下片則寫宮中女子的愁怨。乃人花雙寫。

　　起首「似紅如白含芳意。錦宮外、烟輕雨細」，寫出了海棠的顏色、姿態、所處的環境。「似紅如白」以不確定的語氣來寫出花的顏色，從「烟輕雨細」可知正是細雨濛濛的天氣，因此海棠花的色彩看起來似白色又似紅色，具有一種朦朧的美感，「含芳意」寫出海棠花待放的嬌羞情態，「錦宮」指的是成都的宮殿，除了暗示所詠之物是海棠，也爲下片寫宮中女子的怨情埋下伏筆。「燕子不知愁，驚墮黃昏淚。」以擬人化的手法寫出海棠因愁而在黃昏時墮淚，海棠的愁暗示了人的愁，但是燕子不懂得春愁，看到海棠流淚便會感到驚訝。淚是打在海棠花上的雨，有如美人臉上凝結紅粉的淚水。

　　下片「燭花偏在紅簾底。想人怕、春寒正睡。」反用了蘇軾的〈海棠〉詩：「只恐夜深花睡去，故燒高燭照紅妝。」〔註19〕，詩句中展現的是人們對於海棠的喜愛與珍惜，然而史達祖詞中的人不將燭光照在海棠花上，而是照在紅簾底下，這不同於一般人愛花的表現，「想人怕、春寒正睡。」設想宮中的女子因爲怕春寒而睡覺，無心欣賞海棠的美，但入夢之後，所見仍是與海棠有關，「夢著玉環嬌，又被東風醉。」用了唐明皇與楊貴妃之事，《冷齋夜話》引《太眞外傳》記載道：

　　　　上皇登沉香亭，詔太眞妃子。妃子時卯醉未醒，命力士從侍兒扶掖而至。妃子醉顏殘妝，鬢亂釵橫，不能再拜。上皇笑曰：「豈是妃子醉，眞海棠睡未足耳。」〔註20〕

〔註18〕王步高：《梅溪詞校注》（天津：天津人民出版社，1994 年 10 月），頁 22。

〔註19〕北京大學古文獻研究所編：《全宋詩（十四）》（北京：北京大學出版社，1993 年 9 月），卷 805，頁 9333。

〔註20〕宋・惠洪撰、李保民校點：《冷齋夜話》，收於《宋元筆記小說大觀（二）》（上海：上海古籍出版社，2007 年 3 月），卷 1，頁 2167。

在唐明皇的眼中，醉酒的楊貴妃就是海棠的化身。「夢著玉環嬌」，宮中女子夢裡的海棠花如楊玉環一樣嬌美，此處由海棠花聯想到受寵的妃子，含蓄的指出宮中女子無法得到寵幸的哀怨。燕子不知愁，都能注意到海棠墮淚，然而富有感情的人卻無心關注海棠，眞正的原因不是因爲怕春天的寒氣，而是她心中有無限的幽怨無法向人傾訴，在入夢之時，她內心所憂愁之事便藉由夢境含蓄的表達出來，對她而言，夢境是一種心靈的釋放，她在夢境中面對了現實。海棠借代的是受寵的妃子，「又被東風醉」一句，一方面寫出海棠被東風吹醉的嬌艷之美，另一方面則是寫出宮中女子哀怨的姿態。整首詞虛實相生，描繪了海棠嬌美的形象，也表現出宮中女子之怨，抒情婉曲。

二、詠梨花素雅之美

梨是一種落葉喬木，於春季二、三月間開花。梨花共有五瓣，色白而繁盛，望之如白雪。史達祖的詠梨花佳作如〈玉樓春‧賦梨花〉：

玉容寂寞誰爲主？寒食新晴愁幾許？前身清澹似梅妝，遙夜依微留月住。　　香迷蝴蝶飛時路。雪在秋千來往處。黃昏著了素衣裳，深閉重門聽夜雨。〔註21〕

此首詞將梨花與寂寞佳人的形象合而爲一，寫物亦寫人，詞中沒有提及「梨花」二字，但句句都在寫梨花。

「玉容寂寞誰爲主，寒食新晴愁幾許？」詞人以佳人美好的容貌來比喻梨花，也就是說梨花是個寂寞憂愁的美人，「玉容寂寞誰爲主」，語句出自秦觀的〈調笑令‧王昭君〉詞中的「玉容寂寞花無主。」〔註22〕也用了白居易〈長恨歌〉詩中的「玉容寂寞淚闌干，梨花一枝

〔註21〕王步高：《梅溪詞校注》（天津：天津人民出版社，1994 年 10 月），頁 43。

〔註22〕秦觀的〈調笑令‧王昭君〉：「回顧。漢宮路。杆撥檀槽鶯對舞。玉容寂寞花無主。顧影偷彈　玉箸。未央宮殿如何處。目送征鴻南去。」。見唐圭璋編纂：《全宋詞（一）》（北京：中華書局，2005 年 1 月），頁 598。

春帶雨。」〔註23〕，因此使得梨花與佳人之間的聯繫極為緊密，看到梨花就會想到佳人，「誰為主」寫出了梨花不被賞識的寂寞，「寒食」點出了梨花開放的季節，雖然正值盛開之時，卻無人欣賞，因此內心感到憂愁寂寞。「前身清澹似梅妝，遙夜依微留月住。」接著寫梨花的素雅之美，「似梅妝」用了壽陽公主梅花妝的典故，《太平御覽》記載道：

> 武帝女壽陽公主，人日（正月初七）臥於含章簷下，
> 梅花落公主額上，成五出之，拂之不去，皇后留之，自
> 後有梅花妝，後人多效之。〔註24〕

梨花的素雅之美如同梅花一般，但詞人不說梨花看來像梅花一樣，而是使用了與這個典故有關的「似梅妝」，梨花如此美麗是因畫上了特別的梅花妝，這就呼應開頭兩句的擬人化；在深夜朦朧的月光下，白淨的梨花與月光的色調能互相交融，彷彿月亮就留在此地，意境十分優美。上片以「靜」來鋪陳，表現出梨花之孤寂與美人之愁。

下片則以「動」來續寫，開頭「香迷蝴蝶飛時路」寫出梨花的香氣，花香迷亂了蝴蝶飛的路徑，使蝴蝶只一味在花叢中飛舞。「雪在秋千來往處」寫出梨花的顏色，梨花掉落在秋千下，白色的花瓣就如同雪一般，「香」、「雪」二字指的都是梨花，而這兩句詞藉由動態的描寫來勾勒出梨花盛開時的背景。「黃昏著了素衣裳，深閉重門聽夜雨」，化用了李重元的〈憶王孫・春詞〉「欲黃昏。雨打梨花深閉門。」〔註25〕，仍是扣緊梨花來寫，也令人聯想到，黃昏時刻來臨，佳人更顯得寂寞，只好緊閉房門，「重門」二字說明佳人與世隔絕的孤苦，她難以入眠而「聽夜雨」，夜裡的雨聲有一種淒清之感，與前面第二

〔註23〕　清・聖祖御定：《全唐詩（七）》（臺北市：文史哲出版社，1978 年12 月），卷 435，頁 4819。

〔註24〕　宋・李昉等撰：《太平御覽（四）》（北京：中華書局，2006 年 6 月），卷 970，頁 4299。

〔註25〕　李重元的〈憶王孫・春詞〉：「萋萋芳草憶王孫。樓外樓高空斷魂。杜宇聲聲不忍聞。欲黃昏。雨打梨花深閉門。」見唐圭璋編纂：《全宋詞（二）》（北京：中華書局，2005 年 1 月），頁 1350。

句所提到的「愁幾許」是連貫的。最後以無盡的雨聲，無盡的愁來劃下句點。

　　此首詞寫出了梨花的形態與神韻，同樣是形神俱似之作。

三、詠荷花潔淨之美

　　史達祖的詠物詞中有與張鎡唱和的作品，張鎡曾爲其《梅溪詞》寫序，後來張鎡與史彌遠一同策動謀殺韓侂胄的玉津園政變，由此可判斷史達祖的〈蘭陵王‧南湖以碧蓮見寄，次韻謝之〉是寫於政變之前，爲應和張鎡〈蘭陵王〉的作品：

> 漢江側。月弄仙人佩色。含情久，搖曳楚衣，天水空濛染嬌碧。文漪簟影織。涼骨時將粉飾。誰曾見，羅襪去時，點點波間冷雲積。　　相思舊飛鷁。漫想像風裳，追恨瑤席。涉江幾度和愁摘。記雪映雙腕，刺縈絲縷，分開綠蓋素袂濕。放新句吹入。　　寂寂。意猶昔。念淨社因緣，天許相見。飄蕭羽扇搖團白。屢側臥尋夢，倚闌無力。風標公子，欲下處、似認得。〔註26〕

　　碧蓮是荷花中較爲名貴的一種。荷花是多年生水生花卉，葉翠綠如蓋且大而圓，夏日開淡紅、淡紫或白色的花，花型大。姿態亭亭玉立，香遠益清，有「花中君子」、「翠蓋佳人」之美稱。〔註27〕此首詞上片先以奇異的故事做爲詞的開端，以鋪陳出荷花生長的環境，「月弄仙人佩色」用的是鄭交甫之事，〔註28〕「含情久，搖曳楚衣」之句，「楚衣」化用〈離騷〉的「製芰荷以爲衣兮，集芙蓉以爲裳。」〔註29〕，「天

〔註26〕王步高：《梅溪詞校注》（天津：天津人民出版社，1994 年 10 月），頁 199～200。

〔註27〕參見孫映逵主編：《中國歷代詠花詩詞鑑賞辭典》（江蘇：江蘇科學技術出版社，1989 年 5 月），頁 770。

〔註28〕《韓詩外傳》記載：「鄭交甫將南適楚，遵彼漢皋臺下。乃遇二女配兩珠大如荊雞之卵。」見劉達純譯注：《韓詩外傳譯注》（長春：東北師範大學出版社，1993 年 5 月），頁 365。

〔註29〕傅錫壬注譯：《新譯楚辭讀本》（臺北市：三民書局股份有限公司，2005 年 10 月），頁 10。

水空濛染嬌碧」，在雨霧迷茫的天色之中，荷花的顏色顯得特別鮮艷。荷花的花影映照在水中，可見「文漪簟影織」，也就是水面泛起漣漪而波紋縱橫交錯的樣子。「涼骨時將粉飾」寫出了荷花的特性，荷花盛開之時，在梗上會有一層的白粉，看起來就像女子上脂粉一般。「誰曾見，羅襪去時，點點波間冷雲積。」句中的「羅襪」出自於曹植〈洛神賦〉的「凌波微步，羅襪生塵」〔註30〕，意謂洛水女神出現之時，在煙波浩渺的水上徘徊飄忽，行蹤不定，在本詞中的「羅襪去時，點點波間冷雲積」，乃指水波之間的雲影。

　　接著寫賞荷、採荷之雅事。「漫想像風裳，追恨瑤席」，「追恨瑤席」出自謝朓〈七夕賦〉：「臨瑤席而宴語，綿含睇而蛾揚」〔註31〕，「涉江幾度和愁摘」則出自〈古詩十九首〉：「涉江采芙蓉，蘭澤多芳草。」〔註32〕，詩中的芙蓉指的就是荷花，詞人設想摘採荷花的人之所以感到憂愁，是因相思之情。「記雪映雙腕，刺縈絲縷，分開綠蓋素袂濕」，緊接著上句的「涉江幾度和愁摘」，具體的描寫女子摘荷花的動作。記得曾看見身穿絲縷的女子，她雪白的雙腕將荷葉撥開時，便弄濕了白色的衣袖。「放新句吹入」正好應和了張鎡〈蘭陵王〉的「新詞奇句，便做有，怎道得？」〔註33〕。

　　「念淨社因緣」則用了佛教的詞語，能見到那位搖扇的女子白淨的臉龐，這段機緣也許是上天所賜，「屢側臥尋夢，倚闌無力。」則

〔註30〕傅隸樸選注：《賦選注》（臺北市：正中書局，1977年8月），頁116。
〔註31〕唐・歐陽詢等撰：《藝文類聚》（臺北市：文光出版社，1977年8月），卷4，頁79。
〔註32〕鄭文惠等選注：《歷代詩選注》（臺北市：里仁書局，1998年10月），頁87。
〔註33〕張鎡〈蘭陵王〉詞：「蓼汀側。朝露依依弄色。知何許、湘女淡妝，羽節飛來帶秋碧。輕裙素綃織。誰與明璫競飾。無言處、相與溯洄，應有柔情正堆積。　　當年駐香鷁。記草媚羅裙，波映文席。□□□□□□摘。□□□□□，□□□□，斜陽返照暮雨濕。愛天際涼入。愁寂。念疇昔。謾太華峰頭，幽夢尋覓。而今兩鬢如花白。但一線才思，半星心力。新詞奇句，便做有，怎道得。」見唐圭璋編纂：《全宋詞（三）》（北京：中華書局，2005年1月），頁2756。

寫出女子嬌弱的姿態。

　　此詞使用了很多關合荷花的典故，且多是虛擬懸想之事，在藝術方面不如〈雙雙燕〉、〈東風第一枝〉成功。

四、詠梅花高潔之美

　　梅，是珍貴的觀賞花木，性耐寒，傲霜雪，於冬末或早春時開花，多爲粉紅色或白色，能散發出清香。史氏詠物詞如〈醉公子・詠梅寄南湖先生〉亦是與張鎡唱和的詠梅詞作，張鎡在「玉照堂」種植了三百多棵梅樹，環境優美，成爲當時文人雅士聚集賞梅之所，張鎡在〈玉照堂梅說〉寫道：

　　　　淳熙歲乙巳，予得曹氏荒圃於南湖之濱，有古梅數十，散靘地十畝，移種成列，增取西湖北山別圃紅梅，合三百餘本，築堂數間以臨之。又挾以兩室東植千葉細梅，西植紅梅……花時居宿其中，環潔輝映，夜如對月，因名曰「玉照」。〔註34〕

　　史達祖與張鎡有交誼，想必亦曾在玉照堂賞梅，因此創作詠梅詞〈醉公子・詠梅寄南湖先生〉：

　　　　神仙無膏澤。瓊裾珠佩，卷下塵陌。秀骨依依，誤向山中，得與相識。溪岸側。倚高情、自鎖烟翠，時點空碧。念香襟沾恨，酥手翦愁，今後夢魂隔。　　相思暗驚清吟客。想玉照堂前、樹三百。雁翅霜輕，鳳羽寒深，誰護春色？詩鬢白。總多因、水村攜酒，烟墅留屐，更時帶、明月同來，與花爲表德。〔註35〕

詞中除了稱賞梅花的輕柔姿態、骨質秀美之外，也寫出梅花妝點蔚藍天光之美，而提及了「想玉照堂前、樹三百。」不無讚美張鎡的玉照堂之意。下片則呈現出一種閒適的情致，詞人藉「更時帶、明月同來，

〔註34〕宋・張功甫撰：《梅品》，收於《夷門廣牘第六函》（板橋市：藝文印書館，1966 年），卷 7。

〔註35〕王步高：《梅溪詞校注》（天津：天津人民出版社，1994 年 10 月），頁 328。

與花爲表德。」來表達自己對於梅花的喜愛，更說明了自己以梅溪爲
號之因。

五、詠林檎高貴之姿

　　「林檎」，又名「沙果」、「花紅」，春季開粉紅色的花，果實成熟
時就有鳥來啄食，故又被稱爲「來禽」。〔註36〕史氏詠金色林檎的是
〈留春令・金林檎詠〉：

　　　　　秀肌豐靨，韵多香足，綠勻紅注。翦取東風入金盤，
　斷不買，臨笻賦。　　　宮錦機中春富裕。勸玉環休妒。等
　得明朝酒消時，是閑澹、雍容處。〔註37〕

　　此首詞將沙果寫得雍容高貴，「秀肌豐靨，韵多香足，綠勻紅注。」
先從林檎的外觀、香味、色澤寫起，林檎的果肉豐碩，皮就如同美
人豐潤的粉面，看起來十分標緻，香氣也很充足。「斷不買，臨笻賦。」
則用長門陳皇后之事，〔註38〕意指陳皇后須靠司馬相如的〈長門賦〉
才能得親幸，而林檎本就十分受到喜愛，也無須擔心會有被冷落的
一天。詞人用「勸玉環休妒」來強調林檎的美好飽滿之姿，勸楊貴
妃不要嫉妒林檎的肥碩。「等得明朝酒消時，是閑澹、雍容處。」，
在詞人眼中，林檎化身爲閑適、態度大方從容的女子，這樣的女子
更顯得雍容華貴。

　　此首詞中，詞人以「金盤」、「宮錦」、「富裕」來烘托出金色的林
檎所予人的富貴氣息，也顯示出當時文人賞果林的雅致。

〔註36〕參見孫映逵主編：《中國歷代詠花詩詞鑑賞辭典》（江蘇：江蘇科學
　　　　技術出版社，1989 年 5 月），頁 638～639。
〔註37〕王步高：《梅溪詞校注》（天津：天津人民出版社，1994 年 10 月），
　　　　頁 167。
〔註38〕司馬相如〈長門賦〉序云：「孝武皇帝陳皇后時得幸，頗妒，別在長
　　　　門宮，愁悶悲思，聞蜀郡成都司馬相如，天下工爲文，奉黃金百斤，
　　　　爲相如文君取酒，因於解悲愁之辭。而相如爲文以悟主上，陳皇后
　　　　復得親幸。」見費振剛、仇仲謙、劉南平校注：《全漢賦校注》（廣
　　　　州：廣東教育出版社，2005 年 9 月），頁 130。

六、詠玉蕊與軟香相關典故

　　而如〈菩薩蠻・賦玉蕊花〉、〈菩薩蠻・賦軟香〉，詞中沒有寄託，亦沒有深遠的含意，只是使用了許多關合所詠之物的典故，思想性及藝術性較不高。以〈菩薩蠻・賦軟香〉而言：

　　　　廣寒夜搗玄霜細。玉龍睡重痴涎墜。鬥合一團嬌。偎人暖欲消。　　心情雖軟弱，也要人搏搦。寶扇莫驚秋。班姬應更愁。〔註39〕

首句「廣寒夜搗玄霜細」先以月兔在廣寒宮中搗藥的傳說作爲開頭，第二句「玉龍睡重痴涎墜」，使用了與「龍涎香」由來有關的典故，「龍涎香」是抹香鯨病胃的分泌物，因得於海上，故稱「龍涎」，混合其他的香料，香氣會更加濃烈，經久不散，是一種珍貴的香料，〔註40〕據《稗史彙編》記載：

　　　　諸香中龍涎最貴……出大食國，近海旁常有雲氣，罩住山間，即知有龍睡其下，或半年，或二三年，土人更相守候，視雲氣散則知龍已去矣，往觀之，必得龍涎。……或云龍多蟠於洋中大石，臥而吐涎，亦有魚聚而潛食之……又一說大洋海中有渦漩處，龍在下湧出其涎，爲太陽所爍則成片。〔註41〕

可知史氏此首詞所詠之「軟香」即爲「龍涎香」。「鬥合一團嬌。偎人暖欲消。」，「一團嬌」出自段成式〈柔卿解籍戲呈飛卿三首〉詩句：「未有長錢不求鄓錦，且令裁取一團嬌。」〔註42〕指的是布料的名稱，如果龍涎香與這些錦緞鬥合聯用，懷中抱著這樣的錦緞，可以使人感

〔註39〕王步高：《梅溪詞校注》（天津：天津人民出版社，1994 年 10 月），頁 142。

〔註40〕參見王步高：《梅溪詞校注》（天津：天津人民出版社，1994 年 10 月），頁 142。

〔註41〕明・王圻纂：《稗史彙編》（臺北市：新興書局，1969 年 2 月），卷 154，頁 2414。

〔註42〕清・聖祖御定：《全唐詩（九）》（臺北市：文史哲出版社，1978 年 12 月），卷 584，頁 6769。

到溫暖。下片「心情雖軟弱，也要人摶搦。」寫出龍涎香的質地，質地較軟需要人捏聚。「寶扇莫驚秋。班姬應更愁。」呼應了首句「廣寒夜搗玄霜細」，也許詞人寫作此詞時在秋季，因此除了聯想到廣寒宮之外，也聯想到班婕妤；此句意謂扇子莫驚秋日的來臨，感到憂愁的應是退處長信宮的班婕妤。〔註 43〕

此首詠物詞所詠的是宮廷所使用的軟香，最後又融入了宮怨詩，可知是一首宮詞，寫的是在宮中的生活，應是屬於應酬之作。

第三節　詠物以寄小我之感

詠物以寄小我之感是屬於一般性的寄託，即是藉描摹客觀物象或因物興情，來展現個人的品格，抒發小我的身世之感與懷才不遇之慨，以及對於故鄉、舊友、愛人、親人的思念和眞摯感情。

一、以高潔自詡之情

如〈風入松・茉莉花〉：

> 素馨柎萼太寒生，多剪春冰。夜深綠霧侵涼月，照晶晶、花葉分明。人臥碧紗櫥淨，香吹雪練衣輕。　頻伽銜得墮南薰。不受纖塵。若隨荔子華清去，定空埋、身外芳名。借重玉爐沉炷，起予石鼎湯聲。

「素馨柎萼太寒生，多剪春冰。」，茉莉花雖盛開於夏季，但那清香可以予人清涼的感覺，因此在詞人眼中的茉莉花，花朵像用春天的薄冰剪成的，如此精巧美麗。「夜深綠霧侵涼月，照晶晶、花葉分明。」，用視覺摹寫茉莉花的綠葉和花朵在夜晚的姿態，在秋夜月光下所見到深

〔註 43〕班婕妤〈怨歌行〉序云：「昔漢成帝班婕妤失寵，供養於長信宮，乃作賦自傷，並爲〈怨詩〉一首。」，詩云：「新裂齊紈素，鮮潔如霜雪。裁爲合歡扇，團團似明月。出入君懷袖，動搖微風發。常恐秋節至，涼風奪炎熱。棄捐篋笥中，恩情中道絕。」，此詠物言情之作對後代宮怨詩有很大的影響。見陳・徐陵編、清・吳兆宜注：《玉臺新詠箋注》（臺北市：明文書局，1988 年 7 月），卷 1，頁 26。

綠的葉叢，如罩著一片青茫的霧氣，襯托出花朵的明亮潔白。「人臥碧紗幬淨，香吹雪練衣輕。」，兩句以美人來襯托茉莉花之美，美人躺在潔淨的綠紗帳之中，微風挾帶著香氣吹來，拂動那雪白的絹衣，顯得十分輕盈，「碧」紗幬、「雪」練衣能呼應上文的「綠霧」、「春冰」的色彩，營造出朦朧、輕盈的感覺，情境優美，也寫出了茉莉花的特色。

下片由茉莉花出產之地寫起。「頻伽銜得墮南薰。不受纖塵。」，「頻伽」二字是妙音鳥的音譯，它是生長在極樂淨土的鳥類，在殼中未出時，發聲微妙，不同於其他的鳥，而茉莉是從西域傳過來的，所以用妙音鳥之事，〔註44〕詞人以妙音鳥來強調茉莉花的高潔，茉莉花是由妙音鳥從極樂淨土銜來，而落在中國生長，因此沒有受到汙染。「若隨荔子華清去，定空埋、身外芳名。」，詞人換另一個角度來想，如果茉莉花與荔枝一樣進了華清宮，那麼它那高潔、不受污染的美名一定會被埋沒，也就是說，雖然茉莉花不被統治者喜愛而無法進入宮中，但得以保持名聲，到此句，可明顯的看見史達祖以茉莉花來託喻自己的處境，他有極佳的才華卻屢試不第、未獲賞識，因此以茉莉花雖未受寵而能保持美名來安慰自己，可見這首詞應是作於史達祖進入到韓門之前。既然茉莉花不願入宮，那麼「借重玉爐沉烓，起予石鼎湯聲。」以旺盛的爐火燒開水，煮一壺茉莉花茶來品嘗吧！這裡詞人指出茉莉花不慕功名而願意伴雅士品茶，藉以讚頌那些不貪圖榮華富貴而能堅持自己操守的人，同時也用茉莉花來自喻高潔的品格。此首詠物詞上片正面描寫茉莉花之美，下片側面描寫茉莉花的高潔，取事寄慨，可見藉花寫人之意。

二、欲見用於世之願

如詠薔薇的〈祝英臺近·薔薇〉：

> 綰流蘇，垂錦綬。烟外紅塵逗。莫倚莓墻，花氣釀如

〔註44〕參見周念先著：《梅溪詞選釋》（香港：天馬圖書有限公司，2001年3月），頁89。

　　酒。便愁醺醉青虬，蜿蜿無力，戲穿碎、一屏新繡。　　謾
　　懷舊。如今姚魏俱無，風標較消瘦。露點搖香，前度剪花
　　手。見郎和笑拖裙，匆匆欲去，驀忽地，挂留芳袖。〔註45〕

這首詞構築了有動有靜的畫面，以擬人的方式寫出薔薇的芳香與多
情，可見薔薇的活潑可愛，也寄託了詞人希望見用於世的心願。

　　詞的開頭「縮流蘇，垂錦綬。烟外紅塵逗」有如以電影鏡頭特
寫，由車與人的裝飾 ——「流蘇」、「錦綬」，寫出輕烟外城市的繁
榮景象，繫著流蘇的華麗車馬與垂著絲帶的達官貴人，在城市熙來
攘往，當車馬經過時，會捲起飛揚的塵土，這便揭開了一幅熱鬧的
城市圖。但是薔薇並不願生長於這樣的環境，她寧願生長在荒郊、
偏僻的地方，雖然人世如此繁華，卻還是能讓人注意到幽靜的角落
有她的存在。到了第四句，薔薇出現了，她以香氣捕捉了人們的嗅
覺。「莫倚莓墻，花氣醣如酒」提醒了想靠近薔薇的人們，不要倚靠
著薔薇旁長滿青苔的牆，要不然如酒一般濃郁的花香會使人心醉，
到時候身子可是會不小心滑落下來。薔薇正是因其香氣而深深吸引
著人們想一親芳澤，也許有無數的人因為這花香而醉，在苔牆邊不
小心露出糗態呢！因此詞人才以「莫」字提醒剪花的人小心，這是
薔薇的魅力啊。薔薇生長的地方 ——「莓墻」正與顯露富貴氣象的
「紅塵」對比，「紅塵」固然令人嚮往，但「紅塵」是俗世，薔薇只
想默默的生長在毫不起眼的地方，她的生長環境 ——「莓墻」並沒
有華麗的裝飾，只有深綠的青苔，伴著她吐露芬芳。薔薇與俗世的
一切事物相比，顯得與眾不同，特別高潔。「便愁醺醉青虬，蜿蜿無
力，戲穿碎、一屏新繡」這幾句寫出了薔薇的形態，生動而別有情
韻，花香不僅醉了剪花人，還會醉了陪襯她的綠莖。「便愁」是詞人
的擔心，他擔心的是花香醺醉了藤莖，此處將薔薇的藤莖擬人化了，
寫得十分精妙生動，彎彎曲曲的藤莖有如酒醉般的姿態，身子無力

〔註45〕王步高：《梅溪詞校注》（天津：天津人民出版社，1994年10月），
　　　　頁108～109。

也沒有方向感、平衡感，因為醉了，所以藤莖會和花朵嬉「戲」，「戲」字用得極好，正配合了藤莖的沉醉，有尖銳刺的藤莖可能會在笑鬧之時，無意間把新盛開的薔薇花朵穿碎了、破壞了；綠叢之中，「新綉」特別突出，這兩字寫出了薔薇盛開時的顏色就如錦繡般艷麗、飽滿、精緻，讓人產生想好好珍惜之感。花朵本身散發的香氣令人喜愛也令人擔憂，怕那香氣醉了藤莖，而無意傷了想令人好好呵護的薔薇花朵，這樣的擔心看似多慮，其實正凸顯了詞人愛花之意。

下片「謾懷舊。如今姚魏俱無，風標較消瘦」則是由剪花之人寫起，剪花人懷念起牡丹盛開的時節，但現在牡丹花期已過，取而代之的是盛開的薔薇，而薔薇的姿態比牡丹清瘦，剪花之人其實不需留戀牡丹，只要用心注意欣賞，就會發現薔薇所展現出來的美是有別於牡丹的，空想過去倒不如好好珍惜、把握現在薔薇香氣郁烈的時刻，由此可知，牡丹在詞人心中的地位終究是不敵薔薇。「露點搖香，前度剪花手」以佳人剪花的一雙手來將畫面聚焦，聚焦在因為剪花佳人攀折而顫動的薔薇花朵，這富含了動態之美，露珠滾動，花朵散發出芳香。在這個剎那，只有剪的佳人與薔薇共處，但當剪花的佳人看到自己心愛的情郎出現，正想離開之時，盈滿花香的衣袖忽然被薔薇勾住了，薔薇和佳人一樣有情，佳人戀情郎，而薔薇戀佳人，至「驀忽地，挂留芳袖」表現出薔薇的情，薔薇的形象便完整呈現出來，她不僅僅有迷人的香氣，還會撒嬌的拉著人的衣袖，真是可愛。

這首詠物詞上片主要在寫形，下片主要寫神，詞人筆下的薔薇，是如此的與眾不同，她不羨慕繁華紅塵，只願在莓牆邊吐露芬芳，象徵了不被塵世污染的高潔的美人，遇到了知音「剪花之手」，便會不捨其離開，詞人寫活了薔薇獨特的個性與天真。由於詞人賦予了薔薇情感，因此薔薇之美更顯得動人，然而，薔薇之美並不同於牡丹俗氣的美，而是脫俗的、清新的。薔薇身上的刺是她獨特的標記，這刺並不是可怕的，也並不會傷了愛花之人；她渴望剪花人的親近，不捨分離，便會用刺輕輕拉住剪花人的衣袖，雖然薔薇無法言語，但她的動

作充滿了眞情眞意，拉近了花與人的距離。

俞平伯在〈讀詞偶得〉文中評論此首詞：「題爲詠物只鋪敘芳菲艷冶，悲感寄在言外，妙有含蓄。」〔註46〕，周念先認爲這首詞可能是史達祖在入韓門以前所作。〔註47〕因此，薔薇是詞人的寄託，是詞人心理的投射，她濃郁的花香就像詞人特出的才華一樣，縱使處在偏僻之處，還是能被人發掘，被人欣賞。而世俗所共同認知的美，不一定是絕對的、唯一的，人們也許愛牡丹的富貴艷麗氣息，但薔薇也有她獨特的美，默默的以自己清瘦的身軀散發醉人的香氣，她不會感到寂寞，也不吝於大方的展現自己的美麗，她相信自己終究會等到被人賞識的那一天。詞人創作這首詠物詞時，正在等待一展長才的機會，他把自己看成薔薇，等待知音人來親近，來攀折；薔薇是不應該孤獨的，正如詞人認爲自己應該見用於世一樣。薔薇爲一般人所知的就是香氣，然而詞人看到了她的另一面——不慕富貴榮華的高尚性格，她所處的環境正如同詞人所處的環境，都是荒僻不爲人知的角落；現在該是薔薇盛開的時刻，也是詞人想表現自己的時刻。

三、貧士失職不平之慨

如〈龍吟曲・雪〉：

> 夢回虛白初生，便疑冷月通窗戶。不知夜久，都無人見，玉妃起舞。銀界回天，瓊田易地，晃然非故。想兒童健意，生愁霽色，情頻在、窺簾處。　一片樵林釣浦。是天教、王維畫取。未如授簡，先將高興，收歸妙句。江路梅愁，灞陵人老，又騎驢去。過章臺、記得春風乍見，倚簾吹絮。〔註48〕

〔註46〕俞平伯著：《論詩詞曲雜著》（臺北市：長安出版社，1988 年 11 月），頁 531。

〔註47〕參見周念先著：《梅溪詞選釋》（香港：天馬圖書有限公司，2001 年 3 月），頁 61。

〔註48〕王步高：《梅溪詞校注》（天津：天津人民出版社，1994 年 10 月），頁 300～301。

　　史達祖詠物詞之中，有兩首詠雪詞，其一〈東風第一枝・春雪〉所詠的是初春紛紛飛舞的薄雪，而此首〈龍吟曲・雪〉所詠的則是隆冬時節的大雪。此首詞應是作於史氏擔任堂吏的時期，藉由此詞抒發自己政治不遇的牢騷。上片先舖敘詞人晚上夢醒時所見室外一片銀白澄澈的世界，這樣的雪景令兒童感到欣喜，然而詞人卻有說不出的心事。下片則將視野拉遠至遠方的樹林，白雪覆蓋樹林之上，看起來就像一幅水墨畫，引起了詞人想要將遠離塵俗而隱居的情趣，藉由詩句傳達出來。然而詞人表面雖說自己有歸隱的情趣，其實藉以安慰自己不得志的沮喪心情。「章臺」借指宮廷，〔註49〕暗示詞人此時是有官職在身的，又言「騎驢」乃隱含了職位卑微、生活窮困的牢騷。

　　此首詞雖用了很多關於雪的典故，但語言優美，不嫌板滯，詞的主意在於下片的「未如授簡，先將高興，收歸妙句。江路梅愁，灞陵人老，又騎驢去。」，這幾句話道出了詞人心中的委屈與不平。

　　如詠笛詞〈夜合花・賦笛〉：

　　　　冷截龍腰，偷拿鸞爪，楚山長鎖秋雲。梅花未落，年年怨入江城。千嶂碧，一聲清。兒人間，兒女簫笙。共淒涼處，琵琶溢浦，長嘯蘇門。　　當時低度西鄰。天淡闌干欲暮，曾賦高情。子期老矣，不堪殢酒重聽。纖手靜，七星明。有新聲、應更魂驚。夢回人世，寥寥夜月，空照天津。〔註50〕

王步高分析此詞的寫作背景時認為：「此詞可能作於史彌遠政變、韓侂冑遇害，史達祖被貶，黥面流放江漢時所作。此時當政者還是史彌遠，故詞中不得不欲言又止」〔註51〕，雷履平、羅煥章則說：「詞借向秀聽笛故事，寫垂暮之年經過被害友人舊居之內心悲苦。結更以李謨天津橋

────────────────

〔註49〕 參見王步高：《梅溪詞校注》（天津：天津人民出版社，1994 年 10月），頁 303。

〔註50〕 王步高：《梅溪詞校注》（天津：天津人民出版社，1994 年 10 月），頁 160。

〔註51〕 王步高：《梅溪詞校注》（天津：天津人民出版社，1994 年 10 月），頁 161。

上聞笛，寄寓滄桑之感與身世之痛。疑爲悼念韓侂胄而作。」〔註52〕，這首詞雖是詠笛，實是抒發自己滿腔的悲憤傷時之情，並寄託自己不遇之感慨，上片寫笛聲的哀怨，下片則寫出詞人聽笛所產生的感懷。

「冷截龍腰，偷拿鸞爪，楚山長鎖秋雲。」寫出了製笛的材料、拿笛之女子、笛之產地，「龍腰」是製笛的竹子，「鸞爪」則用以形容女子的手指秀美修長，「楚山長鎖秋雲」化用了蘇軾〈水龍吟〉中的「楚山修竹如雲」〔註53〕，用「秋雲」來形容茂盛的竹林，長年生長在楚山竹林的竹子，被製成清冷的笛子，而被女子的纖纖玉手偷偷的拿來吹奏。接著寫出笛子吹奏出哀怨之曲——「梅花未落，年年怨入江城。」，此兩句語本李白的〈與史郎中欽聽黃鶴樓上吹笛〉：「黃鶴樓中吹玉笛，江城五月落梅花」〔註54〕，此時梅花尚未凋落，但笛子所吹出的〈梅花落〉，哀怨的笛聲使人產生一番感慨。「千嶂碧，一聲清。杜人間，兒女簫笙。」，「千嶂」、「一聲」形成對比，清脆的笛聲從層層疊嶂的山巒中傳出，壯闊的背景襯托出笛聲之獨特，然而這樣哀怨的笛聲，隔絕了人世間歡樂的簫笙之聲，在歡樂之聲沉寂的同時，哀怨之聲就更爲突出了。「共淒涼處，琵琶溢浦，長嘯蘇門。」之句，以琵琶聲與長嘯聲來烘托笛聲，「琵琶溢浦」用了白居易〈琵琶行〉的故事，〔註55〕「長嘯蘇門」用的是阮

〔註52〕宋・史達祖撰、雷履平、羅煥章校注：《梅溪詞》（上海：上海古籍出版社，1988 年 4 月），頁 77。

〔註53〕蘇軾的〈水龍吟〉：「楚山修竹如雲，異材秀出千林表。龍須半翦，鳳膺微漲，玉肌匀繞。木落淮南，雨晴雲夢，月明風嫋。自中郎不見，桓伊去後，知孤負、秋多少。　　聞道嶺南太守，後堂深、綠珠嬌小。綺窗學弄，梁州初遍，霓裳未了。嚼徵含宮，泛商流羽，一聲雲杪。爲使君洗盡，蠻風瘴雨，作霜天曉。」見唐圭璋編纂：《全宋詞（一）》（北京：中華書局，2005 年 1 月），頁 357～358。

〔註54〕清・聖祖御定：《全唐詩（三）》（臺北市：文史哲出版社，1978 年12 月），卷 182，頁 1856。

〔註55〕白居易被貶爲江州司馬後，有一次於溢浦口送客之時，聽到鄰舟的琵琶之聲，便請女子來舟中彈奏，在聽她訴說自己的身世之後，白居易有所感而寫下〈琵琶行〉。白居易〈琵琶行〉序寫道：「元和十年，予

籍見孫登於蘇門山之事，〔註56〕詞人認爲溢浦口的琵琶聲與蘇門山上的長嘯聲，與耳中所聽到的笛聲都是同樣悽涼哀怨的；白居易遭受貶謫，阮籍、孫登避亂世而隱居，同樣都是因懷才不遇，因此他們的遭遇特別容易使詞人感同身受。上片主要是以與笛有關的典故來側寫笛聲，其中寓含詞人遭貶感到不遇於時的心情。

「當時低度西鄰。天淡闌干欲暮，曾賦高情。」暗用向秀聞笛聲而思念故人之事，〔註57〕想當年清亮的笛聲從鄰居的房子傳出來，在天色漸暗、夕陽西下之時，向秀曾經有感而發的寫下了〈思舊賦〉來抒發懷念故人的高尚之情，而詞人心中也有懷念故人的此種「高情」，此處詞人以向秀懷念好友之事來暗示自己對於韓侂胄被殺的悼念之意，如王步高所云：

> 詞之後闋用向秀聽鄰人吹笛而懷念好友嵇康、呂安的故事，以表示對韓侂胄等遇害者的悼念。嵇康因爲「與魏宗室婚」的關係，無辜地和呂安一道被司馬昭殺害了，……韓侂胄也是外戚，與嵇康相同，他也是被冤殺的。〔註58〕

左邊九江郡司馬。明年秋，送客溢浦口，聞舟中夜彈琵琶者。聽其音，錚錚然有京都聲。問其人，本長安倡女，嘗學琵琶於穆曹二善才；年長色衰，委身爲賈人婦。遂命酒，使快彈數曲。曲罷，憫默。自敘少小時歡樂事，今漂淪憔悴，轉徙於江湖間，予出官二年，恬然自安，感斯人言，是夕始覺有遷謫意。」見清·聖祖御定：《全唐詩（七）》（臺北市：文史哲出版社，1978年12月），卷435，頁4821。

〔註56〕據《晉書·阮籍傳》記載：「籍嘗於蘇門山遇孫登，與商略終古及栖神導氣之術，登皆不應，籍因長嘯而退。至半嶺，聞其聲若鸞鳳之音，響乎岩谷，乃登之嘯也。」見唐·房玄齡等撰、楊家駱主編：《新校本晉書並附編六種二》（臺北縣：鼎文書局，1979年），卷49，頁1362。

〔註57〕向秀在〈思舊賦〉序中說：「余與嵇康、呂安居止接近，……其後各以事見法……余逝將西邁，經其舊廬，于時日薄虞淵，寒冰淒然，鄰人有吹笛者，發音寥亮，追思曩昔遊宴之好，感音而嘆，故作賦云……」。見傅隸樸選注：《賦選注》（臺北市：正中書局，1977年8月），頁223。

〔註58〕王步高：《梅溪詞校注》（天津：天津人民出版社，1994年10月），頁161。

畢竟史達祖曾受過韓氏的提拔，對於韓氏被殺以及自己目前的處境有極深的感觸，因此在詞中含蓄的表達了深切的悲憤。「子期老矣，不堪瘞酒重聽。」兩句，詞人以向秀來比喻自己，說年華老去已無法忍受重聽這淒涼的笛聲，再看上片的「年年怨入江城」以及「共淒涼處，琵琶溢浦，長嘯蘇門。」可見詞人被貶的處境與心情。「纖手靜，七星明。有新聲、應更魂驚。」寫笛孔清晰可見，乃因吹笛的女子停止了吹奏，而此時的靜默就如同又是一首令人心驚的新樂曲，笛聲雖止但引出詞人更深沉的感嘆，「夢回人世，寥寥夜月，空照天津。」用了李謨偷譜記曲之事，〔註59〕笛聲停止之後，已經將詞人的思緒拉回到現實來，現在只剩寂寞的月兒，獨自照在天津橋上，以夜景作為整首詞的結尾，餘韻無窮，詞人感嘆在現實生活中，繁華盛世有如夢一般，人事已非，自己也已經無法回到過去。

整首詞所使用的典故均能扣緊笛聲與詞人自己的感受而寫，塑造出朦朧的意境，淒冷沉鬱的情調，並且能以鋪敘的方式，抒發自己的感舊之情與政治遭遇之怨。

四、老去無依之愁

如詠白髮的〈齊天樂・白髮〉：

秋風早入潘郎鬢，斑斑遽驚如許。暖雪侵梳，晴絲拂領，栽滿愁城深處。瑤簪謾妒。便羞插宮花，自憐衰暮。尚想春情，舊吟淒斷茂陵女。人間公道惟此，嘆朱顏也恁，容易墮去。涅不重緇，搔來更短。方悔風流相誤。郎潛幾縷。漸疏了銅駝。俊游儔侶，縱有黟黟，奈

〔註59〕元稹〈連昌宮詞〉有「李謨擫笛傍宮牆，偷得新翻數般曲。」句，元稹自注云：「又明皇嘗於上陽宮夜後按新翻一曲。屬明夕正月十五日，潛游燈下，忽聞酒樓上有笛奏前夕新曲，大駭之。明日密遣捕捉笛者，詰驗之。自云：『其夕竊於天津橋玩月，聞宮中度曲，遂於橋柱上插譜記之，臣即長安少年善笛者李謨也。』明皇異而遣之。」見清・聖祖御定：《全唐詩（六）》（臺北市：文史哲出版社，1978年12月），卷419，頁4612。

何詩思苦？〔註60〕

此首詞是《全宋詞》中唯一詠白髮的詠物詞，詞中藉詠白髮來抒發仕途不順與懷才不遇之怨，寄託身世的不幸與內心的愁苦，應是史達祖在遭受到貶逐之後所作。

「秋風早入潘郎鬢，斑斑遽驚如許。」兩句用晉代詩人潘岳之事，潘岳曾在〈秋興賦〉序中云：「余春秋三十有二，始見二毛。」〔註61〕詞人寫作此詞時也許正值中年，用潘岳之事來寫自己中年鬢髮初白的感受，「驚」字道出了詞人看到鬢邊白髮時內心驚訝的感覺，「斑斑」二字用以形容黑髮中夾雜著白髮，早生白髮引起了詞人的感嘆萬千。「暖雪侵梳，晴絲拂領，栽滿愁城深處。」以「雪」來形容白髮，突出頭上白髮是銀白色的，以「暖」寫出了頭髮的溫度，當詞人將頭髮放下以梳子梳理時，能感受到頭髮的溫度，因此說「暖雪」；而用「晴絲」形容白髮，突出頭髮的輕與細，一絲絲的拂過衣領；「愁城」寫出了自己愁苦的心情，再用「栽滿」來強調愁苦之深。接著由白髮再想到瑤簪與宮花，「瑤簪謾妒。便羞插宮花，自憐衰暮。」，「宮花」是科舉時代經由考試中選的士子在皇帝賜御宴時所戴的花，〔註62〕此處詞人自憐自嘆，感到自己已開始衰老，卻尚未戴上宮花，因此瑤簪也不需嫉妒宮花了，言外之意在藉瑤簪與宮花來抒發自己屢試不第及政治上不遇的牢騷。接著從另一個角度來寫與白髮有關的故事，為下片的回憶埋下伏筆，「尚想春情，舊吟淒斷茂陵女。」用的是司馬相如與卓文君之事，《西京雜記》卷三提到：「司馬相如將聘茂陵人女為妾，卓文君作〈白頭吟〉以自絕，相如乃止。」〔註63〕，〈白頭吟〉

〔註60〕王步高：《梅溪詞校注》（天津：天津人民出版社，1994 年 10 月），頁 246。

〔註61〕傅隸樸選注：《賦選注》（臺北市：正中書局，1977 年 8 月），頁 239。

〔註62〕參見王步高：《梅溪詞校注》（天津：天津人民出版社，1994 年 10 月），頁 247。

〔註63〕東晉・葛洪編纂、成林等譯注：《西京雜記》（臺北市：地球出版社，1994 年 9 月），頁 147。

使司馬相如回心轉意打消娶妾的念頭，如此一來倒是傷了茂陵女的心，詞人以此故事來安慰自己政治上不幸之悲。

下片開始進入到抒情的部份，追悔年華已逝。「人間公道惟此，嘆朱顏也恁，容易墮去。」，「人間公道惟此」用了杜牧〈送隱者一絕〉的詩句：「公道世間唯白髮，貴人頭上不曾饒。」〔註 64〕，朱顏容易衰老呼應了前面的「秋風早入」，可見詞人之感嘆，由此感嘆再引出了對於年少往事的回憶。「涅不重緇，搔來更短。方悔風流相誤。」，就算把白髮染黑，搔起來更稀更短，現在無論做什麼也無法回到過去年少的時光，也無法挽回逝去的青春；到了年華逝去，詞人才開始悔恨過去的風流情事誤了青春。「郎潛幾縷。漸疏了銅駝。」，「郎潛」指的是都尉顏駟老於郎署之事，〔註 65〕詞人以顏駟來比喻自己，有不見用於世之意，而詞人與過去一同冶遊的朋友也漸漸疏遠了。「俊游儔侶，縱有黟黟，奈何詩思苦？」，即使還有零星的黑髮，仍然是無可奈何，意指朝廷不重視人才，縱使年華正茂，也改變不了現在的處境，句中的重點在於「詩思苦」，以歸結所詠之題，發洩心中的不平。

這首詞的情調較為低沉，巧妙的融合了許多典故與詩句，以抒發自己的政治遭遇；在用詞方面雕琢凝鍊，如「暖雪侵梳，晴絲拂領」能予人優美之感，而描寫白髮色彩雖清淡，但抒發的感情卻極為濃烈，可知其愁，可見其苦。

再如詠月的〈月當廳〉：

　　　　白璧舊帶秦城夢，因誰拜下，楊柳樓心。正是夜分，
　　魚鑰不動香深。時有露螢自招颭，風裳可喜影麩金。坐來

〔註 64〕清・聖祖御定：《全唐詩（八）》（臺北市：文史哲出版社，1978 年 12 月），卷 523，頁 5988。

〔註 65〕《後漢書》〈張衡傳〉注引〈漢武故事〉曰：「上至郎署，見一老郎，鬢眉皓白，問：『何時為郎？何其老也？』對曰：『臣姓顏，名駟，以文帝時為郎。文帝好文而臣好武，景帝好老而臣尚少，陛下好少而臣已老，是以三葉不遇也。』上感其言，擢為會稽都尉也。」見宋・范曄等撰、楊家駱主編：《新校本後漢書並附編十三種三》（臺北市：鼎文書局，1978 年），卷 59，頁 1926。

久，都將涼意，盡付沈吟。殘雲事緒無人拾，恨匆匆、藥娥歸去難尋。綴取霧窗，曾唱幾拍清音。猶有老來印愁處，冷光應念雪翻簪。空獨對，西風緊，弄一井桐陰。〔註66〕

「白璧舊帶秦城夢，因誰拜下，楊柳樓心。」，以白色的玉璧來指月亮，可見滿月明亮的光輝，「楊柳樓心」出自晏幾道〈鷓鴣天〉的「舞低楊柳樓心月，歌盡桃花扇影風。」〔註67〕，上片三句先營造出一片寂靜的氣氛。接著描寫明月當空，眼前所見清麗的夜景，「正是夜分，魚鑰不動香深。」，夜半時分詞人仍未入睡，必然是心中有所思，為下片的感嘆埋下伏筆；「時有露螢自招颼，風裳可喜影麩金。」，因為夜深便有露水，月光下，螢火蟲在風中飛舞，風吹動詞人的衣裳，螢火蟲之光與詞人的身影均倒映在水中，彷彿金色的波光閃爍。「坐來久，都將涼意，盡付沈吟。」，詞人不知不覺已在深夜的月光下待了許久，開始感到陣陣的涼意，然而這涼意並沒有打斷了詞人的思緒，他仍然沉浸在思量之中。

續接上片的最後兩字「沉吟」，下片「殘雲事緒無人拾，恨匆匆、藥娥歸去難尋。」之句，在此詞人用了嫦娥之事，〔註68〕暗指無人過問、關心自己的遭遇，因而產生一種孤寂無依之感。「綴取霧窗，曾唱幾拍清音。」，「霧窗」暗指妓院，〔註69〕詞人回想起曾在妓院聆聽清亮歌聲的往事，快樂的往事只能留存在回憶之中，現在不得不面對歲月飛逝的事實，「猶有老來印愁處，冷光應念雪翻簪。」之句寫出

〔註66〕王步高：《梅溪詞校注》（天津：天津人民出版社，1994年10月），頁266。

〔註67〕唐圭璋編纂：《全宋詞（一）》（北京：中華書局，2005年1月），頁290。

〔註68〕《淮南子》曰：「譬若羿請不死之藥於西王母，姮娥竊以奔月。」，東漢許慎、高誘注作「姮娥，羿妻。羿請不死之藥於西王母，未及服之，姮娥盜食之，得仙，奔入月中，為月精也。」。見西漢‧劉安等撰、許匡一譯注：《淮南子（上）》（臺北市：臺灣古籍出版有限公司，2005年12月），頁409～410。

〔註69〕參見王步高：《梅溪詞校注》（天津：天津人民出版社，1994年10月），頁267。

了自己的慨嘆，年紀已大，頭髮已現雪白，當清冷的月光照在白髮上，又想起自己目前的遭遇，更覺得「愁」了。「空獨對，西風緊，弄一井桐陰。」中的「空」、「獨」二字更顯出詞人的孤獨。

此首詞上片詠月之文字清麗，意境優美，回首往事，詞人心中充滿的是對於自己年華老去的感嘆，以及孤寂無依之愁，應也是遭受到貶逐之後所作。

五、思鄉懷人之情

如詠春雨的〈綺羅香・春雨〉：

> 做冷欺花，將烟困柳，千里偷催春暮。盡日冥迷，愁裡欲飛還住。驚粉重、蝶宿西園，喜泥潤，燕歸南浦。最妙他、佳約風流，鈿車不到杜陵路。 沉沉江上望極，還被春潮晚急，難尋官渡。隱約遙峰，和淚謝娘眉嫵。臨斷岸、新綠生時，是落紅、帶愁流處。記當日、門掩梨花，剪燈深夜語。〔註70〕

這首詞和〈雙雙燕〉同樣都是史達祖頗具盛名的代表作，亦是宋代詠物詞的名篇。詞人句句不離「春雨」，而以「春愁」作為情感鋪陳的主線，抒發了懷鄉與懷人的心情；雖是詠春雨卻沒有寫出一個雨字，窮形盡相，突出了雨的鮮明形象，又能傳達出雨的精神，因此受到歷代讀者的喜愛。俞陛雲曾說：「此詞體物殊工，與碧山之詠蟬，玉田之詠春水，白石之詠蟋蟀，皆能融情景於一篇者。」〔註71〕，可見〈綺羅香・春雨〉是一篇情文並茂之作。

「做冷欺花，將烟困柳，千里偷催春暮。」能攝住春雨之魂，「冷」、「烟」、「偷催」先營造春雨中一片迷濛的氣氛，「欺」、「困」則把春雨寫活了。開頭先從觸覺、視覺感受來描寫春雨，「冷」字

〔註70〕王步高：《梅溪詞校注》（天津：天津人民出版社，1994 年 10 月），頁 1。

〔註71〕俞陛雲撰：《唐五代兩宋詞選釋》（臺北市：文史哲出版社，1988 年 7 月），頁 421。

是春天的細雨所給人特有的觸覺感受，春雨帶來寒冷，妨礙花朵綻放，而眼前所見一片濛濛霧氣，籠罩正要長出新綠嫩葉的楊柳。「千里偷催春暮」從空間拓展出春雨綿綿、陰沉鬱悶的意境，符合詞人此時的心境；下雨的範圍極為廣闊，所有的事物似乎都被春雨包圍著，在不知不覺中，雨又下了一天，很快到了黃昏，因此說「偷催」，「偷」字適切的表達了細雨霏霏那無聲無息的腳步。「春暮」除了指一天的時間已晚，也指在雨中春天即將消逝，隱含了傷春的感嘆。「盡日冥迷，愁裡欲飛還住。」能表達出春雨的動態，「盡日」承接上面的「春暮」，一整天連綿的春雨，予人陰暗迷茫的感覺，牽引出雨「愁」與人之惆悵，「欲」、「還」為虛字，寫出春雨欲飛不能、如此依戀多情的情態。接著詞人以細膩的觀察再寫雨中景物，也就是寫蝶與燕的物性，「驚粉重、蝶宿西園，喜泥潤，燕歸南浦。」化用了李商隱〈細雨成詠獻尚書河東公〉的詩意：「稍稍落蝶粉，斑斑融燕泥。」，〔註72〕同時緊扣連綿的春雨來側寫。蝴蝶因雨水淋濕了粉翅，而難以飛行，於是停留在園林之中；而春雨使泥土濕潤，適合銜泥築巢，因此燕子感到歡喜，從西南方水邊的草地銜著泥回去築巢了。同樣的春雨給予人與物的感受卻不相同，蝶「驚」燕「喜」，而人呢？「最妨他、佳約風流，鈿車不到杜陵路。」是春雨對於人事的影響，詞人感嘆綿綿細雨使得遍地泥濘，阻礙了佳人所乘華麗的車子，使她無法去郊外和情人約會。

下片「沉沉江上望極，還被春潮晚急，難尋官渡。」從郊外的景色寫起，天色漸晚，雨意就更濃了，「沉沉」正反映了詞人沉重的心情。此處化用了韋應物的〈滁州西澗〉：「春潮帶雨晚來急，野渡無人舟自橫。」〔註73〕向遠處望去，江上煙波一望無際，春雨濛濛，潮水

〔註72〕清・聖祖御定：《全唐詩（八）》（臺北市：文史哲出版社，1978 年12 月），卷 541，頁 6250。

〔註73〕清・聖祖御定：《全唐詩（三）》（臺北市：文史哲出版社，1978 年12 月），卷 193，頁 1995。

湍急，難找得到渡船，因此顯得蒼茫淒清，引出了回家無望而更加思念家鄉的情懷。「隱約遙峰，和淚謝娘眉嫵」，遙望煙雨中的山峰，詞人想起了心中所思念的人，那山峰隱隱約約如含著淚的佳人的愁眉，更顯得嬌美嫵媚。俞陞雲認爲：「以山喻眉，以雨喻淚，常語也，眉黛與淚痕合寫，便成雋語。」〔註74〕。「臨斷岸、新綠生時，是落紅、帶愁流處。」之句大受姜白石讚賞，〔註75〕以鮮明的色彩構成優美的意境，並能展現哲思。詞人站在幽寂的絕壁邊，雨後新漲的春水，沖盪落花帶著春愁漂流而去，因此有所感觸，同一個環境下，有喜有愁，新的事物生成之時，正是衰亡的事物消逝之時，時光不斷向前推移，美好的事物中有逝去的一天，落花之愁與詞人之愁已自然的融合在一起了，而句中的「愁」字更呼應了前面「愁裡欲飛還住」的「愁」，只是愁思又更加的濃厚。「記當日、門掩梨花，剪燈深夜語。」，春雨使詞人遙想起前代詩人身處綿密夜雨下的心境，也想起了自己昔日的回憶，與目前的孤寂生活形成反差，「門掩梨花」出自李重元〈憶王孫・春詞〉：「萋萋芳草憶王孫。柳外樓高空斷魂。杜宇聲聲不忍聞。欲黃昏。雨打梨花深閉門。」，〔註76〕「剪燈深夜語。」則出自李商隱〈夜雨寄北〉：「何當共剪西窗燭，卻話巴山夜雨時」。〔註77〕猶記得當時，門外梨花盛開，在雨中與故人秉燭夜談至深夜。這個回憶展現了詞人的懷人之情，更把愁緒推向高潮。

　　這首詞層層遞進，上片寫三種景物：雨中的花柳、雨中的蝶燕、及雨阻鈿車，下片再寫三種景象：江上春潮、雨中遙峰、及新綠落花，

〔註74〕俞陞雲撰：《唐五代兩宋詞選釋》（臺北市：文史哲出版社，1988 年7 月），頁 422。

〔註75〕黃昇曰：「『臨斷岸』以下數語，最爲姜堯章稱賞。」。見宋・黃昇輯：《中興以來絕妙詞選》，（北京：北京圖書出版社，2004 年 10 月），卷 7。

〔註76〕唐圭璋編纂：《全宋詞（二）》（北京：中華書局，2005 年 1 月），頁1350。

〔註77〕清・聖祖御定：《全唐詩（八）》（臺北市：文史哲出版社，1978 年12 月），卷 539，頁 6151。

最後再點出詞人被春雨所困而引起的思鄉懷人之情，可見詞人精密的
構思，字字句句都有令人身歷其境、餘音繞樑之感。

如詠雪詞〈東風第一枝‧春雪〉：

> 巧沁蘭心，偷黏草甲，東風欲障新暖。謾疑碧瓦難留，
> 信知暮寒較淺。行天入鏡，做弄出、輕鬆纖軟。料故園、
> 不卷重簾，誤了乍來雙燕。　　青未了、柳回白眼。紅欲
> 斷、杏開素面。舊游憶著山陰，厚盟遂妨上苑。熏爐重熨，
> 且放慢、春衫針綫。恐鳳鞋、挑菜歸來，萬一灞橋相見。

〔註78〕

此首詞是史達祖詠物名作之一，沒有一字提到雪，而又句句寫雪。以
細膩的文字寫出春雪的特點，體物入微，並抒發懷鄉、懷人的情思。

「巧沁蘭心，偷黏草甲，東風欲障新暖。」，開頭並未直接點名
所詠之物，但能扣住春雪的特點來寫，「蘭心」與「草甲」暗示出季
節，照應「新暖」二字。紛紛飛舞的春雪，輕巧的滲入蘭心，偷偷黏
上剛萌芽的草的外皮，「巧沁」、「偷黏」極言春雪之輕、細。關於「偷」
字的使用，清周濟曾批評：「梅溪詞中，喜用『偷』字，足以定其品
格矣。」〔註79〕，周濟所言將道德評價與審美評價混為一談，劉永濟
反駁周濟之言較為允當：「史用『偷』字，皆有暗中使人不覺之意。
周濟以此論品格，不免太苛。」〔註80〕。雪花隨著春風飄來，想要阻
擋出初春的暖意，「新暖」適當的寫出春天節候的特色，此時寒冬已
過去了，剛剛回暖仍稍有寒意的春天已悄然來臨。「謾疑碧瓦難留，
信知暮寒較淺。」，春雪落在琉璃瓦上很快就融化，已現春意，因此
詞人確知此時暮寒已不會像隆冬大雪那樣的嚴寒。「行天入鏡，做弄
出、輕鬆纖軟。」，是正面描寫春雪之句，語出韓愈〈春雪〉詩：「入

〔註78〕 王步高：《梅溪詞校注》（天津：天津人民出版社，1994 年 10 月），
頁 27～28。

〔註79〕 清‧周濟著：《介存齋論詞雜著》，收於《中國古典文學理論批評專
著選輯》（北京：人民文學出版社，1984 年 5 月），頁 7。

〔註80〕 劉永濟著：《微睇室說詞》，（上海：上海古籍出版社，1987 年 5 月），
頁 126。

鏡鸞窺沼，行天馬度橋。」〔註81〕，春雪在天空飄揚，飛入如明鏡一
般的池水，「行天入鏡」開拓了空間的廣度，從天上到池水，春雪紛
飛無處不至。「做弄出」寫出春雪的神態，「輕松纖軟」使用了疊韻詞，
切合「行天入鏡」寫春雪飛舞的輕細姿態。春雪無所不至，使詞人聯
想到遙遠故鄉的閨中人，開始抒發對於故鄉的思念，「料故園、不卷
重簾，誤了乍來雙燕。」，以「料」字展開想像，料想閨中人或許因
春雪而不捲起簾幕，耽誤了正要飛回來傳信的雙燕。

　　下片「青未了、柳回白眼。紅欲斷、杏開素面。」，再回到雪中
的景物來描寫，青色的柳枝與紅色的杏花蒙上一層薄薄的春雪，遮蓋
了原本的顏色，但並未遮盡。柳芽被雪掩住似人的眼睛而稱「白眼」，
杏花蒙雪如女子上粉而稱「素面」，「白眼」、「素面」以擬人化手法來
寫柳枝、杏花上面淺淺的雪痕，形象具體。「舊游憶著山陰，厚盟遂
妨上苑。」運用了與雪有關的兩個典故，前句出自《世說新語》，用
王徽之於雪夜訪戴逵的故事，〔註82〕後一句出自謝惠連〈雪賦〉，用
司馬相如雪天赴梁王兔園宴晚到的故事。〔註83〕詞人由此想起了昔日
在下雪的夜晚出遊的情景以及現在因雪而阻礙了約會。「熏爐重熨，
且放慢、春衫針綫。」，再設想故鄉的閨中人因擔心自己歸來感到室
內寒冷，便放下手中原本正在縫製的春衫，而重暖熏爐。熏爐為詞人
而暖，春衫為詞人而縫製，這是閨中人對於詞人的體貼之情，此處展

〔註81〕　清・聖祖御定：《全唐詩（五）》（臺北市：文史哲出版社，1978 年
　　　　　12 月），卷 343，頁 3842。
〔註82〕　劉義慶《世說新語・任誕》記載：「王子猷居山陰，夜大雪，眠覺，
　　　　　開室，命酌酒，四望皎然。因起彷徨，詠左思〈招隱〉詩，忽憶戴
　　　　　安道，時戴在剡，即便夜乘小船就之。經宿方至，造門不前而返。
　　　　　人問其故，王曰：『吾本乘興而行，興盡而返，何必見戴？』」見南
　　　　　朝宋・劉義慶著、里望譯注：《世說新語》（太原：山西古籍出版社，
　　　　　2004 年 1 月），頁 219。
〔註83〕　謝惠連〈雪賦〉寫道：「梁王不悅，游於兔園。置旨酒，命賓友，召
　　　　　鄒生，延枚叟。相如末至，居客之右。俄而微霰零，密雪下。」。見
　　　　　宋安華編選：《歷代名賦選》（鄭州：黃河文藝出版社，1988 年 4 月），
　　　　　頁 90。

現了詞人對於閨中人的思念。「恐鳳鞋、挑菜歸來，萬一灞橋相見。」，「鳳鞋」用以代指閨中人，「挑菜」則是傳統民俗，〔註84〕「灞橋」用了驢背尋詩的故事，暗指風雪，便歸結到所詠之題。〔註85〕詞人擔心自己騎驢去灞橋尋詩思，會在那兒遇到挑菜歸來的閨中人，雖然此事似乎不可能發生，但表現了詞人懷人的情思，以虛筆作結。

〈東風第一枝‧春雪〉精煉的文字受到後人的賞識，如楊慎《詞品》所云：

> 〈春雪〉詞云：「行天入鏡，都做出、輕鬆纖軟。」「寒爐重暖，便放慢、春衫針線。恐鳳鞋、挑菜歸來，萬一灞橋相見。」此句尤為姜堯章拈出。「輕鬆纖軟」，元人小令借以詠美人足云。……語精字鍊，豈易及耶。〔註86〕

而劉永濟則點出了此首詞的獨特之處：

> 此詞從各方面著筆寫春雪，或分或合，而以閨情、舊俗穿插其中，亦詠物之一格也。〔註87〕

六、對美滿愛情之頌

如詠橙的〈齊天樂‧賦橙〉：

> 犀紋隱隱鶯黃嫩，籬落翠深偷見。細雨重移，新霜試摘，佳處一年秋晚。荊江未遠。想橘友荒涼，木奴嗟怨。就說風流，草泥來趁蟹螯健。　　并刀寒映素手，醉魂沉夜飲，曾倩排遣。沆瀣含酸，金罌裹玉，蔌蔌吳鹽輕點。

〔註84〕 每到春天踏青時節，年輕婦女會到野外挑生菜，用來調春菜吃；唐宋時挑菜節為二月初二日。參見周念先著：《梅溪詞選釋》（香港：天馬圖書有限公司，2001年3月），頁17。

〔註85〕 孫光憲《北夢瑣言》載曰：「唐相國鄭綮雖有詩名，……或曰：『相國近有新詩否？』對曰『詩思在灞橋風雪中驢子上，此處何以得之？蓋言平生苦心也。』」。見宋‧孫光憲撰：《北夢瑣言》，收於《中國野史集成（四）》（成都：巴蜀書社，1993年），卷7，頁34～35。

〔註86〕 明‧楊慎《詞品》，唐圭璋編：《詞話叢編（一）》（北京：中華書局，2005年10月），頁490。

〔註87〕 劉永濟著：《微睇室說詞》，（上海：上海古籍出版社，1987年5月），頁126。

瑤姬齒軟。待惜取團圓，莫教分散。入手溫存，帕羅香自
滿。〔註88〕

　　此首詠物詞除了詠橙之外，還寓含了對美滿愛情的讚美。上片一
開始先描寫橙的色澤與花紋，「犀紋隱隱鶯黃嫩，籬落翠深偷見。」，
用「隱隱」二字來表示隱隱約約、看不分明之意，乃因為詞人是站在
籬笆之外，在翠綠樹叢間的黃色果實吸引了詞人的注意，「偷」字正
配合了「隱隱」二字。「細雨重移，新霜試摘，佳處一年秋晚。」三
句寫出橙的生長規律，先移植，在初霜天氣微涼時就能試摘，而一年
之中，秋末是橙最為成熟、味道最好之時。上片前五句實詠橙，「想
橘友荒涼，木奴嗟怨。就說風流，草泥來趁蟹螯健。」四句則是陪襯，
寫與橙相關之事，「橘友」指橙，「木奴」指柑橘；〔註89〕秋季亦是螃
蟹肥美之時，亦可與橙搭配來享用。〔註90〕

　　「并刀寒映素手，醉魂沉夜飲，曾倩排遣。」，詞人想起妻子採
果時，那雙潔白的手拿著鋒利的剪刀剪斷果實的枝幹，妻子也曾陪著
他在夜深之時一同享用橙的美味，排遣時光。「沆瀣含酸，金罍裹玉，
薤薤吳鹽輕點。」三句寫出橙的味道，及食用橙的方式。橙外頭有金
黃色的外皮裹著，嘗起來帶酸味而汁液豐富，可用鹽輕點在橙瓣的上
頭來食用，「吳鹽」出自周邦彥〈少年游〉的詞句「并刀如水，吳鹽
勝雪，纖手破新橙。」〔註91〕。「瑤姬齒軟。待惜取團圓，莫教分散。
入手溫存，帕羅香自滿。」之句由物及人，「齒軟」出自韓偓的〈幽

〔註88〕王步高：《梅溪詞校注》（天津：天津人民出版社，1994 年 10 月），
　　　　頁 253。
〔註89〕參見王步高：《梅溪詞校注》（天津：天津人民出版社，1994 年 10
　　　　月），頁 254。
〔註90〕林洪《山家清供》上有關於「蟹釀橙」的記載：「橙用黃熟大者，截
　　　　頂剜去穰，留少液，以蟹膏肉實其內，仍以帶枝頂覆之，入小甑用
　　　　酒醋水蒸熟，用醋鹽供食，香而鮮，使人有新酒、菊花、香橙、螃
　　　　蟹之興。」見宋・林洪撰：《山家清供》，收於《夷門廣牘》（板橋
　　　　市：藝文印書館，1968 年），頁 23。
〔註91〕唐圭璋編纂：《全宋詞（二）》（北京：中華書局，2005 年 1 月），頁
　　　　781。

窗〉詩:「手香江橘嫩,齒軟越梅酸。」〔註92〕,詞人希望自己與妻子能像尚未被分瓣的橙肉抱成一團,永遠都不要分散;「入手溫存,帕羅香自滿。」,詞人憐惜的拿起妻子的手,她的手上、絲巾還留有橙的香味,這裡細膩的描寫出兩人親密的小動作,足見兩人感情十分甜蜜。

　　這首詞的文字優美、細膩,能將橙的色澤、外皮、果肉、酸甜多汁的味道、以及吃完橙之後手裡的清香味描寫出來,除了詠橙,亦寫出與妻子之間美滿的愛情生活,而詞句中流露出來的是詞人想與妻子長相廝守的眞摯願望。

七、悼亡傷逝之悲

　　史達祖《梅溪詞》中常提到梅,多與過世的妻子或愛人有關,王步高分析史氏的繼室或情人應以「梅」為名,或是喜愛梅,而在史彌遠政變後也慘死,〔註93〕因此多首詠梅詞均與此女子有關,以梅喻人,不僅表達深切的思念,亦有讚美此女子品德高潔之意。

如詠梅詞〈惜奴嬌〉:

> 香剝酥痕,自昨夜、春愁醒。高情寄、冰橋雪嶺。試約黃昏,便不誤、黃昏信。人靜,倩嬌娥、留連秀影。　　吟鬢簪香,已斷了、多情病。年年待、將春管領。鏤月描雲,不枉了、閒心性。謾聽。誰敢把、紅兒比並。〔註94〕

此首詞藉詠梅起興,上片寫出梅花如施了脂粉的美女,「冰橋雪嶺」是梅花生長之處,「高情」二字表達出詞人對梅花的讚賞。「試約黃昏,便不誤、黃昏信。人靜,倩嬌娥、留連秀影。」之句可見詞人追求美好愛情的心願,希望能與心愛的人相約在黃昏後一同賞梅;「倩嬌娥」

〔註92〕清・聖祖御定:《全唐詩(十)》(臺北市:文史哲出版社,1978年12月),卷683,頁7830。

〔註93〕參見王步高:《梅溪詞校注》(天津:天津人民出版社,1994年10月),頁292～293。

〔註94〕王步高:《梅溪詞校注》(天津:天津人民出版社,1994年10月),頁295～296。

指的是美麗的梅花，亦指心中所愛之人。下片寫出詞人對於梅花的珍愛之情，詞人將梅花戴在耳鬢邊，是對梅花的憐惜亦是對佳人的想念；詞人希望年年都能以閒適的心情，與佳人一同欣賞梅花開放時那精麗工巧的春景。「誰敢把、紅兒比並。」用了杜紅兒之事，〔註95〕雖然古來美女皆不如紅兒，但詞人認為梅花的姿色可以比擬紅兒，也就是說在詞人心中所愛的人當然能與紅兒相提並論；杜紅兒的身分是歌妓，詞人用她來比自己的愛人，由此可見史氏的愛人應是一名歌妓。此外，從史氏其他的悼亡詞來看，如同樣寫到梅花的〈憶瑤姬‧騎省之悼也〉有「弄杏箋初會，歌裡殷勤。」〔註96〕句，〈花心動〉有「綉戶鎖塵，錦瑟空弦，無復畫眉心緒。」〔註97〕句，〈過龍門‧春愁〉有「有絲闌舊曲，金譜新腔」〔註98〕句，足證他的愛人是善於唱歌彈奏的歌妓。

〈桃源憶故人‧賦桃花〉這首有明顯寄託的詠物詞，史達祖懷念的就是這名曾與他交往十多年的歌妓：

> 明霞烘透春機杼。春在明霞多處。我是有詩漁父，一夢秦天古。　　柳枝巷陌深朱戶。牆外風流一樹。十五年來凝佇。彈盡胭脂雨。〔註99〕

〔註95〕《唐才子傳》記載羅虬的事蹟云：「時雕陰籍中有妓杜紅兒，善歌舞，姿色殊絕，嘗為副戎屬意。會副戎聘鄰道，虬久慕之，至是請紅兒歌，贈以繒彩。孝恭以為副戎所貯，從事則非禮，勿令受賕，虬不稱意，怒，拂衣起，詰旦，手刃殺之。孝恭以虬激己坐之。傾會赦。虬追其冤，於是取古之美女有姿豔才德者，作絕句一百首，以比紅兒，當時盛傳。……序曰：『紅兒美貌年少，機智慧悟，不與群妓等。余知紅者，擇古灼然美色，優劣於章句間。』」見戴揚本注譯：《新譯唐才子傳》（臺北市：三民書局股份有限公司，2005 年 9 月），卷 9，頁 549～550。

〔註96〕王步高：《梅溪詞校注》（天津：天津人民出版社，1994 年 10 月），頁 62。

〔註97〕王步高：《梅溪詞校注》（天津：天津人民出版社，1994 年 10 月），頁 132。

〔註98〕王步高：《梅溪詞校注》（天津：天津人民出版社，1994 年 10 月），頁 90。

〔註99〕王步高：《梅溪詞校注》（天津：天津人民出版社，1994 年 10 月），頁 130。

「明霞烘透春機杼。春在明霞多處。」，一大片的桃花，顏色極為鮮豔，宛如天邊燦爛的紅霞，襯托出明媚的春光。「我是有詩漁父，一夢秦天古。」之句用了陶淵明〈桃花源記〉的故事，〔註 100〕這片美麗的桃花讓詞人自比為進入到桃花源的漁父。「柳枝巷陌深朱戶」一句暗指妓院，也是詞人所懷念之人的居處。「牆外風流一樹。十五年來凝佇」，佇立在桃花樹下，詞人開始凝想這十五年來所發生的事情，「十五年來」四字說明了詞人與此歌妓交往已久，而在悼亡詞〈憶瑤姬・騎省之悼也〉中有「十年未始輕分」〔註 101〕句，可知兩人共同生活了十多年，也因此有深厚的感情。「彈盡胭脂雨」雖然寫的是紅色的落花，其實寓含了詞人悲傷的心情。鮮豔的桃花與美麗的春景勾起了詞人懷舊之思，他的腦中湧現了許多的回憶，當思緒拉回到現實後，發現伊人已不在人世，飄落的花瓣是紅雨，也是詞人的眼淚。「十五年來凝佇。彈盡胭脂雨。」之句將詞人複雜的情緒帶到高潮，使此首詞在無盡的感傷中畫下句點。

再如另一首詠梅詞〈換巢鸞鳳・梅意〉：

> 人若梅嬌。正愁橫斷塢，夢繞溪橋。倚風融漢粉，坐月怨秦簫。相思因甚到纖腰。定知我今，無魂可銷。佳期晚，謾幾度、淚痕相照。　　人悄。天渺渺。花外語香，時透郎懷抱。暗握蕤苗，乍嘗櫻顆，猶恨侵階芳草。天念王昌忒多情，換巢鸞鳳教偕老，溫柔鄉，醉芙蓉、一帳春曉。〔註 102〕

〔註 100〕　〈桃花源記〉故事寫的是東晉孝武帝時，武陵漁父誤入桃花源，居住在這與世隔絕之地的人，自云先世避秦時亂才來此，漁父離開桃花源之後，往見太守說此遭遇，太守派人前往尋找，卻迷路找不到此地。見鄭文惠等選注：《歷代詩選注》(臺北市：里仁書局，1998年 10 月)，頁 213～214。

〔註 101〕　王步高：《梅溪詞校注》(天津：天津人民出版社，1994 年 10 月)，頁 62。

〔註 102〕　王步高：《梅溪詞校注》(天津：天津人民出版社，1994 年 10 月)，頁 292。

此詞以梅起興，前三句「人若梅嬌。正愁橫斷塢，夢繞溪橋。」嵌入了史達祖其號「梅」、「溪」二字。詞人寫出了兩人共有的愛情回憶，將希望能夠白頭偕老的心情表露無遺。

又如〈留春令・詠梅花〉：

　　　故人溪上，挂愁無奈，烟梢月樹。一涓春水點黃昏，便沒頓、相思處。　　曾把芳心深相許。故夢勞詩苦。聞說東風亦多情，被竹外，香留住。〔註103〕

此首小令藉由詠物以悼念過世的妻子或是情人。上片開頭「故人溪上，挂愁無奈，烟梢月樹。」點出了賞梅的時間與地點，詞人在春天的某個黃昏時刻來到溪邊賞梅。梅花有許多品種，姿態各異，張鎡《梅品》記載：「花宜稱凡二十六條，爲澹陰，爲曉日，爲薄寒，爲細雨，爲輕烟，爲佳月……」〔註104〕，此處「烟梢月樹」互文見義，指出梅花千姿百態的形象。〔註105〕之所以「愁」、「無奈」，是因詞人看到梅花便想起過世的愛人，可見此情此景下詞人的孤單與寂寞。「一涓春水點黃昏，便沒頓、相思處。」寫出詞人在溪邊、梅樹下徘徊的情景。涓涓的溪水圍繞著清奇幽艷的梅花，梅花的冰姿雪容妝點昏暗的暮色，如此清幽的景象使詞人滿懷的愁思沒有可以安頓之處，只好坦然面對自己內心深切的思念，此處婉曲的透露了詞人無盡的相思之情。

下片寫出詞人與愛人之間的回憶。「曾把芳心深相許」，愛人曾以芳心相許，因此詞人至今仍然沉浸在昔日相愛的回憶中，往事歷歷在目，但美好的時光已不復返，舊情仍在，難以忘懷，在思緒紛亂、魂牽夢縈之際，便吐出了「故夢勞詩苦」，「苦」字道出了詞人的相思之

〔註103〕　王步高：《梅溪詞校注》（天津：天津人民出版社，1994 年 10 月），頁 169。

〔註104〕　宋・張功甫撰：《梅品》，收於《夷門廣牘第六函》（板橋市：藝文印書館，1966 年），卷 8。

〔註105〕　參見王步高：《梅溪詞校注》（天津：天津人民出版社，1994 年 10 月），頁 170。

苦，表達出詞人與愛人相愛至深的情感。「聞說東風亦多情，被竹外，香留住。」，愛人已不在身邊，詞人的相思無法對她訴說，驀然想起多情的春風也許可以傳達自己的思念給已故的愛人，沒有想到，春風被竹林之外開放的梅花香氣所留住了，無法替詞人傳達思念，此處湧現出詞人哀傷、痛苦、失望的感情。

　　這首詞詞意含蓄深曲，低迴的文字中蘊含刻骨的思念，可見詞人的深情。

　　而〈瑞鶴仙・紅梅〉、〈龍吟曲・問梅劉寺〉同樣是藉詠物悼念愛人之作。如〈瑞鶴仙・紅梅〉：

　　　　館娃春睡起。爲發妝酒暖，臉霞輕膩。冰霜一生裡。
　　厭從來冷澹，粉腮重洗。胭脂暗試。便無限、芳穠氣味。
　　向黃昏、竹外寒深，醉裡爲誰偷倚？　　嬌媚。春風模樣，
　　霜月心腸，瘦來肌體。孤香細細。吹夢到，杏花底。被高
　　樓橫管，一生驚斷，卻對南枝灑淚。漫相思，桃葉桃根，
　　舊家姊妹。〔註106〕

　　上片「館娃春睡起。爲發妝酒暖，臉霞輕膩。」以擬人的手法寫紅梅的姿色，如同畫了妝的美女，臉上泛起如晚霞的紅暈，看來是如此的嬌美。然而紅梅多在冰霜嚴寒之地生長，因此說「冰霜一生裡」，縱使它身處艱難的處境，依然堅持綻放自己的美麗，因此「厭從來冷澹，粉腮重洗。胭脂暗試。」，以胭脂來爲自己粉白的臉腮上色，此處點出紅梅的顏色。接著再寫出花的香味，「便無限、芳穠氣味。向黃昏、竹外寒深，醉裡爲誰偷倚？」，此股濃香不絕，令人心醉。

　　下片「嬌媚。春風模樣，霜月心腸，瘦來肌體。孤香細細。」寫出紅梅不只有嬌豔的外觀，更有無懼風霜之質，枝幹瘦弱卻能在孤寒中散發幽香，因此詞人說它「春風模樣」，它的嬌美與香氣替人們傳遞了春天的訊息。接著便轉入懷人的情思之中，由「漫相思，桃葉桃

─────────────────────

〔註106〕　王步高：《梅溪詞校注》（天津：天津人民出版社，1994 年 10 月），
　　　　頁 175。

根，舊家姊妹。」之句，「桃葉」是晉王獻之的愛妾，而「桃根」是她的妹妹，〔註107〕費昶〈行路難〉有詩句云：「君不見長安客舍門，倡家少女名桃根。」〔註108〕，由此可知詞人所愛的兩個女子身分可能是歌妓，而由「卻對南枝灑淚」可知其中一人已經離開人世。此首詞能展現紅梅嬌豔之姿與傲霜鬥雪的本質，再由詠物轉入懷人，「紅梅」就是詞人所愛的兩個女子的化身，對於紅梅，詞人所讚美的不僅是外在的姿態，亦讚美其內在的心地，因爲紅梅的美，而引起詞人的感嘆，「對南枝灑淚」可見詞人明白的表達出失去所愛的人的難過。這首詞寫梅亦是寫人，情感深切。

而如〈龍吟曲·問梅劉寺〉：

> 夜寒幽夢飛來，小梅影下東風曉。蝶魂未冷，吾身良是，悠然一笑。竹杖敲苔，布鞋踏凍，歲常先到。傍蒼林卻恨。儲風養月，須我輩、新詩弔。　　永以南枝爲好。怕從今、逢花漸老。愁消秀句，寒回斗酒，春心多少。之子逃空，伊人遁世，又還驚覺。但歸來對月，高情耿耿，寄白雲杪。〔註109〕

此首詞仍是以梅起興，詞人冒著嚴寒來到人跡罕至、在蒼林之外的劉寺，此地引起了詞人悲傷的情緒。從「之子逃空，伊人遁世」之句可以得知史氏所懷念的人曾遁入空門，王步高認爲劉寺可能是此女子出家之所。〔註110〕不同於〈惜奴嬌〉、〈換巢鸞鳳·梅意〉兩首詞中所描寫甜蜜的愛情生活，此首詞充滿了詞人重遊舊地而產生的感傷及遺憾。

〔註107〕　參見王步高：《梅溪詞校注》（天津：天津人民出版社，1994 年 10月），頁 177。

〔註108〕　宋·郭茂倩編撰：《樂府詩集（二）》（臺北市：里仁書局，1999 年1 月），卷 70，頁 1003。

〔註109〕　王步高：《梅溪詞校注》（天津：天津人民出版社，1994 年 10 月），頁 298。

〔註110〕　參見王步高：《梅溪詞校注》（天津：天津人民出版社，1994 年 10月），頁 298。

也許因爲史達祖所懷念的女子曾有遁入空門的經歷，因此史氏在詠物詞中多用佛教詞語、典故，如詠念珠的〈西江月‧賦木犀香數珠〉：

> 三十六宮月冷，百單八顆香懸。只宜結贈散花天。金粟分身顯現。　　指嫩香隨甲影，頸寒秋入雲邊。未忘靈鷲舊因緣。贏得今生圓轉。〔註111〕

此詞雖爲詠物，但仍寫戀愛之事。這串散發著桂花香味的念珠曾被女子以指頭掐著計數誦經次數，也曾經被掛在頸邊作裝飾；詞人藉「未忘靈鷲舊因緣」之句表達自己含蓄的情意，他未曾忘記與此女子之間的緣分，也暗示出此女子曾與詞人相愛的情事。

史達祖將對於妻子或是愛人無限的追憶與思念展現在這些詠物詞中，她雖是風塵女子，但史氏以眞情待之；史氏在政治境遇上的失落，愛情也許可說是史氏的心靈慰藉，故而在她離開人世之後，兩人美滿的生活消逝了，史氏心中充滿悲痛，將悼念之情轉化爲情致深婉、眞摯之詞，是對於這段感情的珍視與紀念。

第四節　詠物以寄大我之嘆

如果說上一節所謂的「詠物以寄小我之慨」，是屬於一般性的寄託，偏於一般封建時代的文人的「貧士失職」、「悲士不遇」的內涵的話，那麼，本節所謂的「詠物以寄大我之嘆」則是屬於特殊性的寄託，即是詞人在吟詠物象之時，藉物抒發大我的家國之憂、政治的抱負與熱情，偏於忠臣賢士不志的怨憤之懷，或藉物本身以抒發自己不便明說之意，而此種詠物詞往往是詞人內心最眞實幽隱的反映，誠如詹安泰在〈論寄託〉一文中所云：「此種不容不言而又不容明言之情意，最爲眞實，其人之眞性情、眞品格，胥可於是觀之焉。」〔註112〕。

〔註111〕　王步高：《梅溪詞校注》（天津：天津人民出版社，1994 年 10 月），頁 118。

〔註112〕　趙爲民、程郁綴選輯：《詞學論薈》（臺北市：五南圖書出版公司，1989 年 7 月），頁 539。

一、暗諷朝廷苟安現狀

清沈祥龍曾在《論詞隨筆》中說：

> 詠物之作，在借物以寓性情。凡身世之感、君國之憂，
> 隱然蘊於其內，斯寄託遙深，非沾沾焉詠一物矣。〔註113〕

由此觀之，詠物之作，除了借物以寓小我性情、抒我身世之感以外，還可以懷君國之憂，相較於北宋詞，南宋詞更多具有政治內涵的特殊寄託之作，乃殘山剩水的社會環境所使然。史達祖的詠物詞中就有不少是「寄託遙深」之作，如詠燕詞〈雙雙燕〉：

> 過春社了，度簾幕中間。去年塵冷。差池欲住，試入
> 舊巢相並。還相雕梁藻井。又軟語、商量不定。飄然快拂
> 花梢，翠尾分開紅影。　　芳徑，芹泥雨潤。愛貼地爭飛，
> 競夸輕俊。紅樓歸晚，看足柳昏花暝。應自栖香正穩，便
> 忘了、天涯芳信。愁損玉人，日日畫闌獨憑。〔註114〕

這首詞是史達祖頗具盛名的代表作，亦是宋代詠物詞的名篇，自宋代以來許多選本都喜歡選入此詞。史達祖以極為細膩的筆法描寫成雙成對的春燕競飛輕盈的神態，全篇沒有提到一個「燕」字，但句句寫燕，不僅能完整描寫出燕子的形象，更能巧妙的傳達出燕子的神韻；並以雙燕的快樂來反襯閨中少婦的孤獨，構思十分精巧。然而此詞表面寫燕與閨中人，實有更深的寄託內蘊。

起句「過春社了，度簾幕中間。去年塵冷。」點出了燕子重返舊地的時間與環境，「春社」是在立春之後，在這溫暖的時節，燕子穿越重重的簾幕，終於回到去年築巢的地方，然而此處卻是冷冷清清，還布滿了灰塵，這三句隱含了物是人非的感嘆，為最後閨中少婦的寂寞生活預作伏筆。接著便寫出燕子的反應，「欲住」寫出燕子猶疑生怯的神情，經過一番試探才飛入舊巢，「相並」二字展現了燕

〔註113〕　清·沈祥龍《論詞隨筆》，唐圭璋編：《詞話叢編（五）》（北京：中
　　　　　華書局，2005 年 10 月），頁 4058。
〔註114〕　王步高：《梅溪詞校注》（天津：天津人民出版社，1994 年 10 月），
　　　　　頁 7〜8。

子成雙成對飛翔的情態，與最後一句的「獨憑」形成對比。「還相雕梁藻井。又軟語、商量不定。」曲折細膩的寫出燕子的心理，舊巢的清冷使得燕子開始猶豫起來，它們仔細的觀察了環境，這裡已不似過往，呢喃的聲音聽似在商量事情，然而它們究竟是在商量些什麼？詞人在此留給讀者無限的想像空間，「商量不定」四字能繼續保持詞中應呈現的動態感與速度，自一開始燕子就是不斷的飛翔，持續的「動」，燕子沒有停滯在原地「商量」很久，「不定」顯示商量的時間是短暫的，它們很快的又飛出舊巢進入到花叢之中，地點從室內轉到了室外。「飄然快拂花梢，翠尾分開紅影。」燕子在飛翔時是如此的輕盈、迅速，而「翠尾」、「紅影」如此鮮明的色彩予人強烈的視覺感受。

下片「芳徑，芹泥雨潤。愛貼地爭飛，競夸輕俊。」緊接著上片繼續描寫飛翔的情狀，展現了燕子啄泥與低飛的特點，「愛」、「爭」、「競誇」顯現燕子的活潑、自由適意。「紅樓歸晚，看足柳昏花暝」，「紅樓歸晚」寫燕子對於春景的留戀，直到它們在外飛倦了，才又再飛回紅樓，此時它們已飽覽了春天黃昏的景色，「看足柳昏花暝」之句以凝煉的文字形容天色漸漸昏暗，也表現出燕子所看到的柳與花在春光下互相爭妍一整天，到了黃昏之時也產生了倦意，此處詞人寫活了身為背景陪襯物的柳與花。然而綺麗的春天景色與紅樓的孤寂冷清，愉快、雙雙飛翔的燕子與孤單的紅樓閨中少婦，始終成鮮明的對比，亦加深了詞的意境。燕子似乎不知閨中少婦殷切期盼的心情，「應自栖香正穩，便忘了、天涯芳信。」是詞人以虛筆來寫它們返回舊巢睡得香甜，「便忘了」一句開始轉入人事的描寫，可說巧妙而自然，燕已歸而人未歸，燕子忘了捎來少婦所朝思暮想在遠方的人的信息，因此使得她更加憔悴、愁苦了，她心中的失落可想而知，只好繼續天天獨倚畫闌，靜靜等待遠在天涯的丈夫歸來。

然而詞中的涵義不僅於此，尚具有言外之意，「紅樓歸晚，看足柳昏花暝。應自栖香正穩，便忘了、天涯芳信。愁損玉人，日日畫闌

獨憑」，詞人以大自然「柳昏花暝」這種昏暗的景象來喻指黑暗的政治，以「便忘了、天涯芳信」暗諷當時朝廷上下苟於偏安現狀，意志消沉，只知陶醉在太平的歡樂中，不圖振作，忘記了故土尚未收復的事實，這令希望能夠抗金的中原父老內心非常的愁苦，所以說「愁損玉人」。這幾句詞在陳匪石的眼中更是春秋之筆，陳匪石云：

> 如以寄託言，則『紅樓歸晚』以下六句，譏不思恢復，
> 晏安鴆毒之非，喻中原父老望眼欲穿之苦。曰「看足」，曰
> 「應自」，曰「便忘了」，曰「愁損」，曰「獨憑」。微而顯，
> 志而晦，婉而成章，居然春秋之筆。〔註115〕

由此觀之，「玉人」其實是亟欲伐金、收復故土的人，也包含了詞人自己。

　　許多詞評家對於〈雙雙燕〉的評價極高，多讚賞其藝術方面的表現，如宋張炎說：「此皆全章精粹，所詠瞭然在目，且不留滯於物。」〔註116〕他認為整首詞的文字十分精巧凝煉，能生動傳神的呈現出物態、物情、物性，無論是燕子外在行為的特徵或是心理，詞人均能細膩刻畫，因此使得燕子的形象躍然紙上，如在讀者眼前，形神俱似，十分自然而不滯於物；清許昂霄說此詞：「清新俊逸，兼有之矣。」〔註117〕；清吳衡照則舉出了〈雙雙燕〉中的佳句來詮釋其所謂的「不粘不脫之妙」：

> 詠物雖小題，然極難作，貴有不粘不脫之妙，此體南
> 宋諸老尤擅長。……史梅溪〈春燕〉云：「還相雕梁藻井，
> 又軟語商量不定。飄然快拂花梢，翠尾分開紅影。」……
> 數語刻畫精巧，運用生動，所謂空前絕後矣。〔註118〕

〔註115〕　陳匪石編著：《宋詞舉》（臺北市：正中書局，1983 年 1 月），頁 47
　　　　　～48。
〔註116〕　宋・張炎《詞源》，唐圭璋編：《詞話叢編（一）》（北京：中華書局，
　　　　　2005 年 10 月），頁 262。
〔註117〕　清・許昂霄《詞綜偶評》，唐圭璋編：《詞話叢編（二）》（北京：中
　　　　　華書局，2005 年 10 月），頁 1560。
〔註118〕　清・吳衡照《蓮子居詞話》，唐圭璋編：《詞話叢編（三）》（北京：

吳氏認爲詠物詞創作有一定的難度,最難能可貴的是要能適切的展現
出物的本質、特性,史達祖巧妙的文字運用,受到吳氏極高的評價;
而史達祖雕琢文字卻不露痕跡的功力,清王士禎更是稱譽備至:

> 僕每讀史邦卿詠燕詞,「又軟語商量不定,飄然快拂花
> 梢,翠尾分開紅影」,又「紅樓歸晚,看足柳昏花暝」,以
> 爲詠物至此人,巧極天工矣。〔註119〕

而此詞運用了擬人化的手法,使雙燕具有靈性,又能依照時間發
展的進程來寫雙燕的動作,從「過春社了」到「紅樓歸晚」,最後「栖
香正穩」,描寫環環相扣,是匠心獨運之作。

清況周頤在《蕙風詞話》中對於詠物之作如何才是屬於「佳」作,
有精闢的分析:

> 問,詠物如何始佳?答:「未易言佳,先勿涉獃。一獃
> 典故;二獃寄託;三獃刻畫,獃襯托。去斯三者,能成詞
> 不易,矧復能佳,是眞佳矣。題中之精蘊佳,題外之遠致
> 尤佳。自性靈中出佳,從追琢中來亦佳。」〔註120〕

以此觀之,好的詠物詞除了要靠詞人靈活的寫作技巧之外,還要出
自於性靈,也就是能反映眞實的內心,然後詞人再以細密的觀察力
去觀物,能觀物,才能得題中之精蘊、題外之遠致,〈雙雙燕〉正
是具備了這些條件,有許多句子須反覆咀嚼才能體會出眞義,劉永
濟云:

> 邦卿〈詠燕〉餘語皆題中精蘊,惟「紅樓歸晚,看足
> 柳昏花暝」,得題外遠致。讀之覺所詠之物與詠物之人融而
> 成一,而「柳昏花暝」四字中,包含無限之事,此無限之
> 事,或不能說,或不忍說,或不敢說,而又不能不存之胸
> 中,不能不形之筆墨,而「昏暝」二字,適足以盡之。此

中華書局,2005 年 10 月),頁 2417。

〔註119〕　清・王士禎《花草蒙拾》,唐圭璋編:《詞話叢編(一)》(北京:中
華書局,2005 年 10 月),頁 682~683。

〔註120〕　清・況周頤《蕙風詞話》,唐圭璋編:《詞話叢編(五)》(北京:中
華書局,2005 年 10 月),頁 4527~4528。

等句必凝思至深而忽然得之。〔註121〕

因為〈雙雙燕〉出自於性靈，也因此這些包含「無限之事」的文字能受到歷來選本的青睞。

二、主張收復故土的激情與豪氣

如詠潮的〈滿江紅‧中秋夜潮〉：

> 萬水歸陰，故潮信，盈虛因月。偏只到、涼秋半破，
> 鬥成雙絕。有物揩磨金鏡淨，何人拿攫銀河決。想子胥、
> 今夜見嫦娥，沉冤雪。　　光直下，蛟龍穴。聲直上，蟾
> 蜍窟。對望中天地，洞然如刷。激氣已能驅粉黛，舉杯便
> 可吞吳越。待明朝、說似與兒曹，心應折。〔註122〕

這首詞所詠的是錢塘江潮，是有寄託的詠物詞。錢塘江潮是杭州有名的景觀，《夢梁錄》記載了杭州人觀潮的盛況：

> 西有湖光可愛，東有江潮堪觀，皆絕景也。每歲八月
> 內，潮怒勝於常時。都人自十一日起便有觀者。至十六、
> 十八日傾城而出，車馬紛紛。〔註123〕

而周密在《武林舊事》中曾具體詳細的描述錢塘江潮壯觀的景色：

> 浙江之潮，天下之偉觀也。自既望以至十八日為最
> 盛。方其遠出海門，僅如銀線。既而漸近，則玉城雪嶺，
> 際天而來，大聲如雷霆，震撼激射，吞天沃日，勢極雄豪。
>
> 〔註124〕

如此氣勢磅礴的錢塘江潮，成為宋人寫詞所喜愛的題材，如辛棄疾的〈摸魚兒‧觀潮上葉丞相〉，詞中就有觀潮的描述：

〔註121〕 劉永濟著：《詞論》（臺北市：源流文化事業有限公司，1982 年 5 月），頁 97。

〔註122〕 王步高：《梅溪詞校注》（天津：天津人民出版社，1994 年 10 月），頁 275～276。

〔註123〕 宋‧吳自牧撰：《夢梁錄》，收於《中國近代小說史料續編（三十五）》（臺北市：廣文書局，1987 年 10 月），卷 4，頁 5。

〔註124〕 宋‧周密撰：《武林舊事（一）》，收於《知不足齋叢書第十六函》（臺北市：藝文印書館，1966 年），卷 3，頁 11。

望飛來、半空鷗鷺。須臾動地鼙鼓。截江組練驅山去，
鏖戰未收貔虎。朝又暮。誚慣得、吳兒不怕蛟龍怒。風波
平步。看紅旆驚飛，跳魚直上，蹴踏浪花舞。　　憑誰問，
萬里長鯨吞吐。人間兒戲千弩。滔天力倦知何事，白馬素
車東去。堪恨處。人道是、子胥冤憤終千古。功名自誤。
謾教得陶朱，五湖西子，一舸弄煙雨。〔註125〕

一般詞人多寫白天觀潮的情形，而史達祖的〈滿江紅·中秋夜潮〉
寫的是在中秋月夜觀潮的情形，上片寫出中秋夜潮壯麗的景象，聲、
色皆具，下片則抒寫了自己開闊的胸襟。

「萬水歸陰，故潮信，盈虛因月」，詞的開頭從科學的角度來解
釋錢塘江潮的形成原因，詞人使用「歸」字來表示漲潮能量的蓄積，
使人可想見漲潮的壯觀；當所有的河川都匯流入海，海水上漲之後便
形成了錢塘江潮，而潮水的漲落隨著月的滿與空而變化，此處扣題說
明了潮水與月亮的關係。「偏只到、涼秋半破，鬥成雙絕」，「涼秋半
破」指的是秋天過了一半，隱含了「中秋」二字，中秋滿月與錢塘江
潮都是極為難得、壯觀的景色，因此詞人說「雙絕」。「有物揩磨金鏡
淨，何人拿攫銀河決」二句以揩磨得十分明淨的金鏡來描寫月光的皎
潔澄圓，再以被挖出一個決口、奔騰而下的銀河來描寫月光下洶湧的
潮水，可見詞人想像之奇特，亦可見其心中之讚嘆。月光使詞人聯想
到古代嫦娥的神話，而潮水則使詞人想到伍子胥的傳說，〔註126〕「想

〔註125〕 唐圭璋編纂：《全宋詞（三）》（北京：中華書局，2005 年 1 月），頁
2413。

〔註126〕 《太平廣記》記載：「伍子胥累諫吳王，賜屬鏤劍而死，臨終，戒
其子曰：『懸吾首於南門，以觀越兵來，以鮧魚皮裹吾屍，投於江
中，吾當朝暮乘潮，以觀吳之敗。』自是自海門山，潮頭洶高數百
尺，越錢塘漁浦，方漸低小；朝暮再來，其聲震怒，雷奔電走百餘
里，時有見子胥乘車白馬在潮頭之中，因立廟以祠焉。盧州城內
泄河岸上，亦有子胥廟。每朝暮潮時，泄河之水，亦鼓怒而起，至
其廟前，高一二尺，廣十餘丈，食頃乃定，俗云：『與錢塘潮水相
應焉。』」見宋·李昉等編：《太平廣記（六）》（北京：中華書局，
2003 年 6 月），卷 291，頁 2315。

子胥、今夜見嫦娥，沉冤雪。」，月亮如同被揩淨的金鏡，如此的晶瑩，代表真相即將水落石出，而潮水如此洶湧幾乎達天際，那麼伍子胥能因此而見到嫦娥，必定能沉冤得雪。此處詞人以豐富的想像，使視覺焦點不僅是在錢塘江潮，而能拉大空間的廣度至天際的明月，此外，伍子胥與嫦娥的會面更突破了時間、空間的限制。

　　下片「光直下，蛟龍穴。聲直上，蟾蜍窟。」承接上片「有物揩磨金鏡淨，何人拿攫銀河決。」續寫月亮與潮水。上片之句著重於視覺描寫，而下片此句除了視覺感受之外，又加入了聽覺感受，用了兩個「直」字，可見氣勢，月光能直入深淵，顯示月光十分明亮，潮水的聲響能直入月宮，顯示潮水之洶湧、壯闊。「對望中天地，洞然如刷。」開始轉入抒情的描寫，眼前的景象使詞人的心境更為豁達，更激起了一股激情與豪氣。「激氣已能驅粉黛，舉杯便可吞吳越。」，震耳欲聾的潮水聲能使女子害怕而逃，在舉杯之間，氣勢浩大的潮水甚至能吞掉吳越兩國，此句一方面諷刺歷史上如吳王夫差、越王勾踐這些使伍子胥含冤而死的昏庸君王，一方面「以『粉黛』諷刺當時畏敵的投降派」〔註127〕，而詞人主張收復故土，自認其勇氣之大、無所畏懼，就如同錢塘江潮雄偉的氣勢一樣。「待明朝、說似與兒曹，心應折」，詞人相信將觀潮的情景與感受說給兒孫輩聽，定會使他們衷心信服。

　　周念先認為此首詞不像史達祖被貶以後的淒苦之作，可能是作於開禧三年以前依韓弄權時期。〔註128〕而楊海明認為史氏在此詞展現出自己於政治上的是非愛憎：

　　　　按嘉泰四年五月，韓侂冑在定議伐金之後上書寧宗，追封岳飛為「鄂王」；次年四月，又追論秦檜主和誤國之罪，改諡「謬醜」。韓氏之所為，其主觀目的姑且不論，但在客觀上卻無疑大長了抗戰派的威風。大減了投降派的志氣，

〔註127〕　王步高：《梅溪詞校注》（天津：天津人民出版社，1994 年 10 月），頁 278。

〔註128〕　參見周念先著：《梅溪詞選釋》（香港：天馬圖書有限公司，2001 年 3 月），頁 124～125。

為岳飛伸張了正義。史達祖身為韓侂冑的得力幕僚，他在
詞裡寫伍子胥的沉冤得以洗雪，恐即與此事有關。〔註129〕

史達祖在此首詞中表面寫伍子胥之事，實暗示了自己對於忠君愛
國英雄的讚頌以及對於韓侂冑追封岳飛之作法的肯定；且借古諷今，
抒發了豪情，也展現了對於國家大事的關心，顯示了其詞風不只有婉
麗細密，亦有爽朗、慷慨激昂的一面。

三、對國家前途的深切憂慮

如〈隔浦蓮‧荷花〉：

　　　洛神一醉未醒。俯鑒窺紅影。萬綠森香衛，西風靜，
不放冷。侵曉鷗夢穩。非塵境。棹月香千頃，錦機靚。　　亭
亭不語，多應嗔賦玉井。西湖游子，慣識雨愁烟恨。只恐
吳娃暗折贈。耿耿。柔絲容易縈損。〔註130〕

南宋統治者苟安享樂，上下都沉浸在繁華昇平的氛圍之中，似已
忘記了賠款稱侄之恥及靖康之難，詞人看到了隱藏在太平氣象下的危
機，透過此首詠物詞來表達出自己對於國家前途深切的憂慮。

「洛神一醉未醒。俯鑒窺紅影」，上片開頭以洛水女神宓妃來比
喻荷花，以寫出荷花的美麗姿態；而荷花就生長在水平如鏡的湖中，
因為水平如鏡，才能從水中看到紅色的花影，「紅」字呼應前句所言
的「一醉未醒」，展現出洛水女神醉酒臉上泛起的紅暈。此處實暗示
南宋目前偏安享樂的環境，就如水平如鏡之湖。「萬綠森香衛，西風
靜，不放冷。」之句點出荷花生長的環境與季節，花朵被叢叢的綠葉
包圍，身處在看似十分安穩的環境，因此「侵曉鷗夢穩」，荷花能
在天拂曉之時，安穩的做閒散自在的夢，此句呼應前面的「洛神一
醉未醒」，也暗示目前的太平氣象。「非塵境」，然而那樣閒適的夢，

〔註129〕　參見唐圭璋、繆鉞等撰：《唐宋詞鑑賞辭典：南宋遼金卷》（上海：
　　　　　上海辭書出版社，1988年1月），頁1838。
〔註130〕　王步高：《梅溪詞校注》（天津：天津人民出版社，1994年10月），
　　　　　頁209～210。

終究並非是現實世界，此句爲下片所提荷花可能的遭遇作伏筆。「棹月香千頃，錦機靚。」寫荷花的香氣，以及遊人乘月泛舟的雅興。

「亭亭不語，多應嗔賦玉井。」，湖中的荷花是如此的孤峻高潔，總是沉默不語，詞人認爲也許荷花應該要感到憤怒，「西湖游子，慣識雨愁烟恨。」之句以「愁」、「恨」暗寫國仇家恨，雖說「慣識」，其實乃是諷刺那些在西湖之上遊樂的統治者已忘記了國仇家恨。「只恐吳娃暗折贈」，滿湖的荷花如此美麗，詞人擔心吳地美女會折了送人。荷花容易被人摧折，就如同江山容易被賣國者斷送前途一樣。「耿耿。柔絲容易縈損」，「耿耿」二字是荷花的心情，也是詞人對於國家前途的深切憂慮。荷花煩躁不安的原因在於「只恐吳娃暗折贈」，如此嬌弱的花朵必定會因心中有所牽掛而損傷。詞人是清醒的，他由荷花的「容易縈損」去看清國家目前的處境，預先設想未來可能遭遇到的不幸。

在此首詞之中，詞人表達了家國之憂，當所有人盡情享樂之時，詞人先天下之憂而憂，江山如同荷花，雖美卻容易被摧折，這樣的遠見乃源於詞人的愛國之情，故寄託遙深。

小　結

史達祖詠物詞作約有二十六首，本章第一節先歸納分析史達祖詠物詞的題材範圍，取自自然風物類有四首，取自地理類有一首，取自動物類有一首，取自植物類有十六首，取自器物類有三首，取自人體類則有一首。史達祖詠物詞題材取自植物類的作品最多，有十六首，其中十五首以詠花卉爲主，尤以詠梅之作爲多，達六首，這反映出當時宋人愛花、賞花之生活雅趣與對藝術審美的追求。

在社會生活與思想文化的影響之下，梅花的審美特徵日益受到關注和推崇，加上南渡之後優越的氣候條件使梅花種植更爲普及，並使賞梅之風開始興盛，因此象徵高潔品格的梅花一直是宋人最爲

喜愛的題材，而有些文人也會藉梅花以附庸風雅。在眾多花卉草木之中，史達祖便是對「梅花」情有獨鍾，除了以「梅溪」爲號之外，所吟詠的花卉，以詠梅之作最多，可能因史氏的妻子或情人，以「梅」爲名或有愛梅的癖好，又或許是死於梅花盛開的季節，因此梅花會觸動史達祖對逝去愛人的想念。

史氏詠花，常將花卉視爲妻子或情人、佳人的象徵之物，有時也表現出自己的情志、個性；且不侷限於女子的閨怨、愁思、柔情，而能從花卉本身的特性來引發身世之感或家國之憂的深刻思考。

　　史達祖所選取的題材中，取自器物類的詠笛詞作與取自人體類的詠白髮詞作在《全宋詞》中較爲少見。取自人體類的詠白髮詞作〈齊天樂・白髮〉，在《全宋詞》中更是唯一的一首，這是其選材的獨特之處。

　　一般而言詠物詞的內涵可分爲兩類，一是體物類，一是寄興類。本章第二節、第三節、第四節從「詠物以見情趣」、「詠物以寄小我之感」、「詠物以寄大我之嘆」三大類來分析史達祖詠物詞的內涵。屬於體物類的是「詠物以見情趣」，屬於寄興類的則是「詠物以寄小我之感」、「詠物以寄大我之嘆」。

　　「詠物以見情趣」，指的是單純吟詠物象的作品，純粹描繪鋪陳物情、物性、物貌，能展現出物趣，詞人在作品中沒有融入主觀的個人情緒、情感，乃將「自身站立在旁邊」，以賞玩的角度來寫作。詠海棠花的〈海棠春令〉虛實相生，描繪了海棠嬌美的形象，也表現出宮中女子之怨，抒情婉曲。〈玉樓春・賦梨花〉將梨花與寂寞佳人的形象合而爲一，寫物亦寫人，且寫出了梨花的形態與神韻，同樣是形神俱似之作。〈蘭陵王・南湖以碧蓮見寄，次韵謝之〉爲應和張鎡〈蘭陵王〉的作品，使用了很多關合荷花的典故，且多是虛擬懸想之事。〈醉公子・詠梅寄南湖先生〉亦是與張鎡唱和之作，除了稱賞梅花的輕柔姿態、骨質秀美之外，也不無讚美張鎡的玉照堂之意，同時表達自己對於梅花的喜愛，更說明了自己以梅溪爲號之因。〈留春令・金

林檎詠〉烘托出金色的林檎所予人的富貴氣息，也顯示出當時文人賞果林的雅致。而〈菩薩蠻・賦玉蕊花〉、〈菩薩蠻・賦軟香〉，沒有深遠的含意，只是使用了許多關合所詠之物的典故，思想性及藝術性較不高。

「詠物以寄小我之感」，是屬於一般性的寄託，即是藉描摹客觀物象或因物興情，來展現個人的品格，抒發小我的身世之感與懷才不遇之慨，以及對於故鄉、舊友、愛人、親人的思念和眞摯感情。在〈風入松・茉莉花〉詞中，史達祖以茉莉花來託喻自己的處境，他有極佳的才華卻屢試不第、未獲賞識，因此以茉莉花雖未受寵而能保持美名來安慰自己，同時也自喻高潔的品格。如〈祝英臺近・薔薇〉以擬人的方式寫出薔薇的芳香與多情，也寄託了詞人希望見用於世的心願，薔薇不羨慕繁華紅塵，只願在莓牆邊吐露芬芳，象徵了不被塵世污染的高潔的美人，薔薇是詞人心理的投射，濃郁的花香就像詞人特出的才華一樣，縱使處在偏僻之處，還是能被人發掘，被人欣賞。再如〈龍吟曲・雪〉、〈夜合花・賦笛〉都寄託了悲憤傷時之情與懷才不遇之慨：〈龍吟曲・雪〉隱含了自己政治不遇、職位卑微、生活窮困的牢騷；〈夜合花・賦笛〉抒發自己滿腔的悲憤傷時之情，並寄託不遇之感慨，詞人感嘆在現實生活中，繁華盛世有如夢一般，人事已非，自己也已經無法回到過去。〈齊天樂・白髮〉是《全宋詞》中唯一詠白髮的詠物詞，詞中藉詠白髮來抒發仕途不順與懷才不遇之怨，寄託身世的不幸與內心的愁苦，暗指朝廷不重視人才。詠月的〈月當廳〉暗指無人過問、關心自己的遭遇，詞人心中充滿的是對於自己年華老去的感嘆，以及孤寂無依之愁。〈綺羅香・春雨〉句句不離「春雨」，而以「春愁」作爲情感鋪陳的主線，展現懷鄉、懷人之情與深刻的哲思，春雨使詞人想起了自己昔日的回憶，與目前的孤寂生活形成反差。〈東風第一枝・春雪〉以細膩的文字寫出春雪的特點，體物入微，並抒發懷鄉、懷人的情思。〈齊天樂・賦橙〉除了詠橙之外，還寓含了對美滿愛情的讚美，詞句中流

露出來的是想與妻子長相廝守的眞摯願望。再如〈惜奴嬌〉、〈桃源憶故人‧賦桃花〉、〈換巢鸞鳳‧梅意〉、〈留春令‧詠梅花〉、〈瑞鶴仙‧紅梅〉、〈龍吟曲‧問梅劉寺〉、〈西江月‧賦木犀香數珠〉七首都是想念逝去的愛人之作：詠梅詞〈惜奴嬌〉中寫出對梅花的憐惜及對佳人的想念；〈桃源憶故人‧賦桃花〉中，鮮豔的桃花與美麗的春景勾起了詞人懷舊之思；〈換巢鸞鳳‧梅意〉寫出了兩人共有的愛情回憶；〈留春令‧詠梅花〉藉由詠物以悼念過世的妻子或是情人，低迴的文字中蘊含刻骨的思念；在〈瑞鶴仙‧紅梅〉中，「紅梅」就是詞人所愛的兩個女子的化身，對於紅梅，詞人所讚美的不僅是外在的姿態，亦讚美其內在的心地，且明白的表達出失去所愛的人的難過；從〈龍吟曲‧問梅劉寺〉可以得知史氏所懷念的人曾遁入空門，此首詞充滿了詞人重遊舊地而產生的感傷及遺憾；〈西江月‧賦木犀香數珠〉則表達含蓄的情意，也暗示出此女子曾與詞人相愛的情事。

「詠物以寄大我之嘆」，是屬於特殊性的寄託，即是詞人在吟詠物象之時，藉物抒發大我的家國之憂、政治的抱負與熱情，偏於忠臣賢士不志的怨憤之懷，或藉物本身以抒發自己不便明說之意，而此種詠物詞往往是詞人內心最眞實幽微的反映。詠燕詞〈雙雙燕〉以極爲細膩的筆法描寫成雙成對的春燕競飛輕盈的神態，不僅能完整描寫出燕子的形象，更能巧妙的傳達出燕子的神韻，並以雙燕的快樂來反襯閨中少婦的孤獨，然而此詞表面寫燕與閨中人，實有所寄託，暗諷當時朝廷上下只知陶醉在太平的歡樂中，不圖振作，忘記了故土尚未收復的事實，這令希望能夠抗金的中原父老內心非常的愁苦；而由於〈雙雙燕〉能得題中之精蘊、題外之遠致，因此能受到歷來選本的青睞。〈滿江紅‧中秋夜潮〉寫出中秋夜潮壯麗的景象，聲、色皆具，也抒寫了自己開闊的胸襟，並展現對於國家大事的關心，詞人主張收復故土，自認其勇氣之大、無所畏懼，就如同錢塘江潮雄偉的氣勢一樣；而詞中表面寫伍子胥之事，實暗示了自己對於忠君愛國英雄的讚頌以

及對於韓侂胄追封岳飛之作法的肯定。南宋統治者苟安享樂，上下都沉浸在繁華昇平的氛圍之中，詞人看到了隱藏在太平氣象下的危機，透過〈隔浦蓮‧荷花〉來表達出自己對於國家前途深切的憂慮，他由荷花的「容易縈損」去看清國家目前的處境，預先設想未來可能遭遇到的不幸。

　　史達祖的詠物詞中，無寄託的「詠物以見情趣」類作品有七首，富寄託的「詠物以寄小我之感」類作品有十六首、「詠物以寄大我之嘆」類作品有三首，由此可知，史氏詠物詞以寄興類的作品為多，共有十九首，其中大多是屬於小我的一般性寄託。

　　「詠物以見情趣」之作除了展現物趣之外，也呈現了史氏生活中賞花、賞果的雅致，對於所詠之物的描寫可說是形神俱似，然亦有只是堆砌典故的應酬之作，思想性及藝術性較不高。

　　「詠物以寄小我之感」之作，十六首中有七首都是借詠物來想念逝去的愛人，可見史氏對於愛情的態度，他珍惜自己所擁有的愛情，他所愛的人在其生命中必然是扮演著重要的角色，史氏政治際遇並不順遂，除了創作之外，愛情也許也是他的心靈慰藉，故而在所愛的妻子或情人逝去之後，詞作中寄託了真摯的思念與悲傷，是史氏的柔情展現。而以花自喻高潔的品格，表達自己想見用於世的心願，可以看出詞人的自信。史氏被貶逐之後，懷才不遇以及對於現實的無奈，使他有滿腔的悲憤，回想過去曾風光一時，而今年華老去，孤苦無依，只好在詞中寄託了濃濃的「愁」。「詠物以寄大我之嘆」之作與時代環境、史氏個人的政治遭遇密切相關，屬寄託遙深之作。無論是對南宋偏安的諷刺、欲收復故土的主張、對國家前途的憂慮，都充分展現了史氏對於國家的關注。

　　清陳廷焯曾說：「人心不能無所感，有感不能無所寄，寄託不厚，感人不深。」〔註131〕，史達祖對自己的生命經歷有所感觸，故寄託

〔註131〕　清‧陳廷焯《白雨齋詞話》，唐圭璋編：《詞話叢編（四）》（北京：中華書局，2005年10月），頁3750。

於詞，其詠物詞所表達的並非只是小我的懷才不遇與兒女情長，亦有
關注大我的家國之憂，可見其詠物詞寄託之深。

　　純詠物象的詠物詞可見史氏的閒情逸致，而寄興類的詠物詞呈現
的是他最關切的政治與愛情。史氏曾胸懷大志、充滿了對自己高潔品
格的自信，然而在經歷仕途的不順及被貶逐的遭遇之後，心中更多的
是悲憤與感慨；而愛情在史氏的生命中亦是重要的，他曾與妻子、情
人有過一段美好的時光，但所愛的人終究是離他而去，因此詞中盡是
滿滿的追思。對於政治與愛情，史氏只有無盡的失落與感傷。通過寄
託遙深，史氏的小我與大我之情方能得到含蓄內斂的深摯展現。